读客®

读客悬疑文库

认准读客读悬疑，本本都是大师级。

爱情
就是悬疑

［英］达芙妮·杜穆里埃 著　　庄惠敏 译

THE BIRDS
AND OTHER STORIES
Daphne du Maurier

北京日报出版社

图书在版编目（CIP）数据

爱情就是悬疑 /（英）达芙妮·杜穆里埃著；庄惠
敏译 . -- 北京：北京日报出版社，2022.10（2022.12 重印）
ISBN 978-7-5477-4345-4

Ⅰ.①爱… Ⅱ.①达… ②庄… Ⅲ.①短篇小说 - 小
说集 - 英国 - 现代 Ⅳ.① I561.45

中国版本图书馆 CIP 数据核字（2022）第 116330 号

爱情就是悬疑

作　　者：［英］达芙妮·杜穆里埃
译　　者：庄惠敏
责任编辑：王　莹
特约编辑：徐於璠　　顾珍奇
封面设计：李子琪
出版发行：北京日报出版社
地　　址：北京市东城区东单三条8-16号东方广场东配楼四层
邮　　编：100005
电　　话：发行部：（010）65255876
　　　　　总编室：（010）65252135
印　　刷：三河市龙大印装有限公司
经　　销：各地新华书店
版　　次：2022年10月第1版
　　　　　2022年12月第2次印刷
开　　本：890毫米×1270毫米　1/32
印　　张：8.75
字　　数：189千字
定　　价：45.90元

目录

群 鸟

The Birds

十二月三日，一夜之间，风向变了。冬天来了。在此之前，秋日柔软，金红色的叶子在树梢上来回晃动，绿意仍停留在树篱间。犁过的田里，土壤肥沃。

纳特·霍肯在战争中落下了残疾。他有抚恤金，不用在农场里全职工作，一周工作三天就好，工作内容也相对轻松：搭篱笆、盖茅屋顶、修补农舍。

虽然已经结婚生子，他仍是独来独往的性子，最喜欢一个人工作。安排他去远在半岛的另一端建堤岸，或者修铁门，他会很高兴。在那儿，农田的两侧都被海水包围着。到了中午，他便会稍作休息，吃着妻子为他烤的馅儿饼，坐在悬崖边观鸟。秋日最适合观鸟了，甚至更胜春天。春天，群鸟会从海面飞向陆地。它们很清楚自己的方向，目标明确，坚定不移，生命的节奏与仪式刻不容缓。秋天，那些没有跨海迁徙，而是留下来过冬的鸟也会陷入相同的飞行冲动之中，但因为不能迁徙，它们的飞行自成一格。它们成群飞来半岛，不安、焦虑、一刻不停；一会儿在空中盘旋、打转，一会儿在刚松好的沃土上觅食。但即便如此，它们看起来似乎并不饥饿，并不渴望食物。不安让它们再次腾空。

寒鸦与海鸥，黑白相间，随意结伴，寻求着某种解放，永不满足，永不停歇。成群的椋鸟也因这种飞行冲动而扇动翅膀，发出像丝绸摩擦时的沙沙声响，飞向清新的牧场。麻雀和云雀这些体形稍小的鸟儿则如同被迫一般，飞散在树丛与树篱间。

纳特看着它们，也看着海鸟。海鸟们在海湾边等待着潮汐，显得更有耐心。蛎鹬、红脚鹬、三趾滨鹬、麻鹬守在岸边，待海水缓缓吞没海岸，再缓缓退去，留下海草和砾石，便一窝蜂地扎向海滩。然后，同样的飞行冲动让它们掠过平静的海面，呐喊着、呼啸着、叫唤着，离开了海岸。如此着急地离开，是要飞往何方、为何而飞？秋天不安的冲动，带着不满与悲伤，给它们施了咒，让它们必须成群结队、盘旋呐喊；必须赶在冬天来临之前，振翅飞翔。

纳特坐在崖边，咀嚼着馅儿饼，心想：或许秋天向群鸟释放了一个信号，像是一种警告——冬天就要到来。许多鸟在冬天死去。人若担心死亡，便会拼命工作或干脆及时行乐。人且如此，群鸟亦然。

今年秋天，群鸟的焦躁更甚从前。一成不变的日子越发加深了这种不安。西边山坡上，拖拉机沿着车辙上上下下，驾驶座上现出农夫的侧影。在盘旋呐喊的群鸟的笼罩下，整台拖拉机和座上的农夫时隐时现。纳特确信今年的鸟比往年都多。每年秋天，它们都跟在耕犁后头，但从不像今年这般众多、这般喧闹。

那天，搭好篱笆后，纳特说起了这件事。"是啊，"农夫说，

"今年的鸟确实比往年多。我也注意到了。而且其中有一些简直胆大包天，完全没把拖拉机放眼里。今天下午有一两只海鸥几乎飞到了我头上，我都怕它们把我的帽子掀了！它们在我头顶飞着，阳光又直射我眼睛，害我几乎看不见路。我感觉要变天了。今年冬天不会好过，所以群鸟才会这么不安。"

踏过田间，顺着小路，纳特回到自家木屋中。在最后一抹夕阳余晖中，他望见仍环绕于西边山坡上的群鸟。四下无风，大海满盈，泛着灰调，一片平静。树篱间的剪秋萝仍在绽放，空气温和。但是农夫没说错，就在那天晚上，变天了。纳特的房间朝东，刚过凌晨两点他就被风灌进烟囱的声音吵醒。那不是会带来雨水的暴风或西南阵风，而是干冷的东风。烟囱里的声音听起来很沉闷，屋顶上一片松动的石板瓦被吹得啪啪作响。纳特听着声响。他可以听到海湾那儿的海水在咆哮。连这间小房间的空气都变冷了：冷空气从门缝钻进来，吹向床边。纳特裹紧了被子，靠近背对自己熟睡的妻子。他警醒着，一种没来由的不安爬上心头。

接着，他听到敲打窗户的声音，但木屋的墙上并没有爬藤植物要挣脱束缚爬向窗玻璃。他继续听着，终于被这声音搅得心烦意乱，于是起身走到窗边。但他刚打开窗户，就感觉有东西掠过他的手，猛戳他的指节，擦破他的皮肤。接着他看到了扑扇着的翅膀，飞上屋顶，飞向木屋后方，不见了。

是只鸟。他看不清是什么鸟。一定是因为狂风大作，鸟只好躲到窗沿上来。

他关上窗户回到床上，感觉指节处有点儿湿润，便用嘴含了含。

是血。他猜想这只鸟应该是受了惊，不知所措，想要找一处避风，才在黑暗中伤到了他。于是，他再一次睡着。

不一会儿，敲打声又出现了。这一次声音更响更急。他的妻子被这声音吵醒，转身说："去窗户那边看看，纳特，有声响。"

"我已经去看过了，"他说，"有只鸟在那儿，想要进来。你听不见风声吗？从东边刮来的，鸟只好找地方躲着。"

"赶走吧，"她说，"吵得我睡不着。"

他再次起身走向窗户。他打开了窗户。这一次，窗沿上不止一只鸟，而是有六七只。它们齐齐冲向他的脸，猛烈攻击。

他大声叫喊着，挥动手臂，把鸟打散开去。和第一只鸟一样，它们飞上屋顶，消失了。他马上关上窗户，闩住勾锁。

"你听到了吗？"他说，"它们冲着我来了，要啄我眼睛。"他站在窗边，凝视着黑暗，什么也看不见。妻子在熟睡中咕哝了两声。

"我没胡说，"他对妻子的反应很不满，"我和你说了，有鸟在窗沿上，想要进屋。"

突然，走廊对面孩子们睡的房间里传出惊恐的哭喊声。

"是吉尔，"听到声音，妻子马上从床上坐起来，"去看看怎么回事。"

纳特点了支蜡烛，但是刚打开门往走廊走，蜡烛就被一阵冷风吹灭。

惊恐的哭喊声再次传来，这次是两个孩子的声音。摸黑走进孩子们的房间，纳特感觉黑暗中好多翅膀劈头盖脸地打来。窗户大开着，闯进来的群鸟先是撞向天花板和墙，再掉头俯身冲向床上的孩子们。

"没事没事，我在这儿。"纳特喊着，孩子们尖叫着跑向他。黑暗中的鸟又腾起，俯冲，再次冲向他。

"怎么了，纳特，什么情况？"妻子从远处的房间里叫道。纳特一把将孩子们推出房间，迅速关起了门。现在，房间里只剩下他，以及这群鸟。

他从最近的床边抄起毯子来当进攻的武器，在空中用力地左右甩。他感觉到鸟被甩落在地，听到翅膀急促扇动的声音，但群鸟尚未败下阵来，它们一次次地发起进攻，用叉子一样锐利的鸟喙猛戳他的手和头。他只得把毯子缠在头上以作防御，然后在一片更深的黑暗中徒手反击。他不敢跌跌撞撞跑去开门，怕鸟会跟着他冲出去。

他不知道自己在黑暗中抗争了多久，但进攻的鸟逐渐减少，最后完全撤退。晨光透进盖在头上的毯子，他知道天要亮了。他等着、听着，除了远处房间里孩子们焦躁的哭声，别无其他。翅膀扇动呼呼作响的声音消停了。

他把毯子从头上拿下来，四下巡视着。清晨灰冷的光照亮了房间。黎明透过敞开着的窗户唤回了活着的鸟，死去的则留在了房间地板上。纳特震惊恐慌地盯着这些尸体。无一例外，都是小型鸟。地上准有五十只鸟的尸体：知更鸟、黄雀、麻雀、蓝山雀、云雀、燕雀。若是按照自然法则，这些鸟本应跟随自己的鸟群、留在自己的领地中，但现在它们混杂在一起，带着难以抑制的打斗冲动，或是撞向这间房间的墙壁，或是与他激斗，最终殒命。其中一些鸟因打斗而羽翼不全，一些鸟喙中还残留着血，纳特的血。

纳特感到恶心，走向窗边。他的视线越过院子，凝望着田野。

天气苦寒，地上的霜又硬又黑。不是在晨曦中闪闪发光的白霜，而是东风带来的黑霜。转向的浪潮使大海显得更加凶猛，掀起白沫，惊涛拍岸。此刻，群鸟去无踪。院子外的树篱间不见一只麻雀，草丛里也没有椋鸟和乌鸦来觅食。除了东风和海水的呼啸声，什么也听不见。

纳特关上窗户和小房间的门，穿过走廊，回到自己房间。妻子在床上坐着，大的孩子睡在她身边，小的孩子脸上缠着绷带，睡在她怀里。窗帘被紧紧地拉起。在屋里烛光的照耀下，她的脸光彩夺目。她摇摇头，示意纳特小点儿声。

"他睡着了，"她轻声说，"不过才刚睡着。肯定有什么东西割伤他了，我看到他眼角有血迹。吉尔说是鸟。她说她醒来时看到房间里有鸟。"

妻子抬头看着纳特，希望从他脸上得到肯定的答复。她看起来吓坏了，一脸茫然。他不愿让她知道，其实过去几小时发生的事也让他惊惶到几乎恍惚了。

"那个房间里有鸟，"他说，"死了，将近五十只。有知更鸟，有鹪鹩，全是这一带的小型鸟。东风好像让它们发狂成魔了。"他挨着妻子坐下，握着她的手。"是因为天气，"他说，"肯定是。天气这么恶劣。这些鸟也可能不是这一带的，是从北边南下的。"

"但是，纳特，"妻子轻声道，"晚上才刚刚变天。之前也没有下雪，这些鸟也没有挨饿。它们在田野里就能找到吃的。"

"是因为天气，"纳特重复道，"跟你说了，就是因为天气。"

和她一样，他的脸看起来也疲惫不堪。他们互相注视着对方，一言不发。

"我下楼去泡杯茶。"他过了一会儿说。

厨房里的场景让他稍微舒了口气。杯盘整齐地叠放在碗柜中，桌椅井然有序，妻子的毛线放在柳条椅上，孩子们的玩具收拾在壁角橱里。

他跪下身去，铲出灰烬，重新点起了火。火光让房子里的一切重回正常。冒着热气的烧水壶和褐色的茶壶，让人心里暖暖的，充满安全感。喝完茶，他带了一杯上楼给妻子。洗完杯碟，他便穿上靴子，打开了后门。

天色像灌了铅一般阴沉，昨天还在阳光中发亮的山，今天看起来又暗又秃。东风像剃刀一样剃光了树。叶子被风吹得发干，噼啪作响，颤抖着散落在风中。纳特用靴子跺了跺土。土已冻住，变得很硬。他从来不知道变化可以如此迅速、突然。短短一夜之间，黑色的冬天就已降临。

孩子们已经醒来。吉尔在楼上叽叽喳喳，小约翰尼又哭了。纳特听到妻子柔和的安慰声。现在他们下楼来了。他已经准备好早餐，新的一天又开始了。

"你把鸟都赶走了吗？"吉尔问道。厨房壁炉的火、晨光和早餐，让她恢复了平静。

"是的，现在它们都走了，"纳特说，"是东风把它们吹来的。它们吓坏了、迷路了，想要找个地方避避。"

"它们想啄我们，"吉尔说，"它们扑向约翰尼的眼睛。"

"因为它们太害怕了，"纳特说，"在那个漆黑的房间里，它们不知道自己在哪儿。"

"希望它们别来了，"吉尔说，"如果我们在窗沿上给它们放点儿面包，或许它们吃完就会飞走。"

吃完早餐，她拿上了外套、兜帽、书和小书包。纳特什么也没说，但是妻子坐在桌子对面看着他。两人心照不宣。

"我送她去车站，"他说，"今天我不去农场了。"

趁着孩子在洗手台时，他和妻子说："把所有的窗户都关好，门也都关上。小心一点儿总是好的。我一会儿去趟农场，看看其他人昨晚有没有听到什么。"然后他和女儿一起走了出去。她似乎已经把昨晚的事抛到了脑后，在他前面跳着，追着叶子，尖尖的兜帽下露出冻得粉红的小脸蛋。

"爸爸，会不会下雪？"她说，"已经好冷了。"

他抬头看着死寂的天空，感受着风从肩膀疾驰而过。

"不会，"他说，"不会下雪。今年的冬天是黑色的，不是白色的。"

他一直在寻找鸟的踪迹。他的目光落在树篱间，又越过树篱望向远处的田野，看向农场的树梢，那是之前白嘴鸦和寒鸦聚集的地方。但是，一只鸟也没有。

车站里有其他孩子在等着。他们戴着口罩，和吉尔一样也戴着兜帽，脸色发白，冻得发抖。

吉尔挥着手跑过去。"我爸爸说不会下雪，"她喊着，"今年的冬天是黑色的。"

她没提关于鸟的事，开始和一个小女孩推推扯扯地玩闹。巴士缓缓地开上山坡，纳特看着她上了车，转身往农场方向走。今天他本来不用工作，但他想确认是否一切无恙。放牛工吉姆正在院子里干活。

"老板来了吗？"纳特问道。

"去市场了，"吉姆回答，"今天不是周二吗？"

说完他就绕到木棚的角落去了。他不喜欢纳特，觉得他平时总是看书之类的，显得很清高。纳特忘了这天是周二，足见昨晚的事情把他吓得不轻。他走到农舍后门，听到特里格夫人在厨房里伴着收音机的音乐唱歌。

"你在里面吗，夫人？"纳特喊道。

她走到门边，眉开眼笑的，是位好脾气的女人。

"嘿，霍肯先生，"她说，"能不能告诉我这冷空气打哪儿来的，苏联吗？我从来没有见过变天变得这么快的。而且广播说这种天气还要持续下去，和北极圈有关系。"

"我们今天早上没有听广播，"纳特说，"老实说，昨晚我们遇上了麻烦。"

"孩子闹腾吗？"

"不是……"他几乎不知该怎么解释。大白天的，说什么和鸟打斗，也太荒谬了。

他试着和特里格夫人讲述昨晚的情况，但她的眼神告诉他，她觉得这个故事只是他做的一个噩梦罢了。

"你确定是真的鸟？"她笑着说，"羽毛什么的都有吗？不是周六晚上喝到打烊的人会看到的那种奇形怪状的东西？"

"特里格夫人，"他说，"有五十只鸟的尸体，知更鸟、鹪鹩之类的，现在还躺在孩子们房间的地上。它们扑向我，还要去啄小约翰尼的眼睛。"

特里格夫人怀疑地看着他。

"好吧，"她回答，"我猜是因为天气的关系。那些鸟飞进房间之后不知道自己要去哪里。可能是外国来的，从那个北极圈来的。"

"不是，"纳特说，"那些鸟你在这里到处都能见到。"

"有意思，"特里格夫人说，"真的太古怪了。你应该写下来去问问《卫报》。他们可能知道这是怎么回事。好了，我得接着干活了。"

她笑着颔首，回到厨房里去了。

纳特不太满意，转身走向农场大门。要不是房间地板上还有尸体等着他去捡起来埋掉，他也会觉得自己的故事太离谱了。

吉姆站在大门边。

"有没有遇上鸟？"纳特说。

"鸟？什么鸟？"

"昨晚鸟飞到我家里。好几十只，飞到孩子们的房间。非常残暴。"

"哦？"吉姆的脑袋要理解消化什么事都得费一阵工夫。"从没听过鸟会很残暴，"半晌后他说，"它们挺温驯的。有时候我看到鸟会飞到窗沿要面包屑吃。"

"昨晚的那些鸟可不温驯。"

"是吗？可能是因为又冷又饿吧。你给它们点儿面包屑。"

吉姆对这件事的兴趣一点儿也不比特里格夫人浓厚。纳特心想，这就像是战争中的空袭。国家这一头的人哪能知道普利茅斯人民的水深火热。眼下只能自己默默忍受。

他沿着小路往回走，跨过台阶，回到家里。妻子和小约翰尼在厨房里。

"见到什么人了吗？"她问道。

"特里格夫人，还有吉姆，"他答道，"我觉得他们不相信我的话。总之，他们那边没什么事。"

"你可以把那些鸟都清理出去了，"她说，"不然我都不敢进去整理床铺。我好害怕。"

"现在没什么好怕的了，"纳特说，"都死了。"

他拿着一个麻袋上楼，把已经僵直的鸟一只只丢进去。没错，总共五十只，都是树篱间寻常可见的小鸟，连一只画眉体形的都没有。昨晚它们肯定是因为害怕才么做的。真的难以想象蓝山雀、鹡鸰这样的鸟，喙居然这么有力，可以像昨晚那样刺破他的脸和手。他带着这个麻袋来到院子，却遇上了一个新难题——土硬得挖不动。现在并没有下雪，土却被冻得硬邦邦的。过去几小时里，除了东风刮来，别的什么也没有发生。一切都太不自然、太古怪了。天气预报员说得肯定没错，这变天和北极圈有关系。

寒风刺骨，他拿着麻袋不知如何是好。他瞧见泛着白浪的大海拍向海湾，于是决定把鸟带去海岸边埋葬。

到达海岬下的海滩，东风强劲，他几乎站不住，连呼吸都觉得刺痛，双手也冻得发青。他有记忆以来，从未经历过这般严寒。大海正处于低潮，他踩着咯吱作响的石头，走到沙子较为松软的地方，背对着寒风，用脚后跟在沙子上挖出一个坑。他本想把鸟从麻袋倒进坑里，但是刚一打开，狂风就把鸟尸吹起。这五十具鸟尸仿佛再度飞翔，像羽毛般，被吹向沙滩，凌乱散落。眼前的画面不堪入目，他不喜欢。风把死去的鸟从他身边吹走。

"涨潮时，浪会把它们带走的。"他喃喃自语。

他望着大海，看着此起彼伏泛着绿调的浪潮。浪潮高高涨起，卷曲，再一次拍向岸边。因为是退潮时分，海水在远处翻腾，不似涨潮时那般声势浩大。

然后，他看到了它们——海鸥。就在那里，乘着海浪。

原来他一开始看到的并非海浪上溅起的白沫，而是海鸥。成百，上千，上万只……它们在海浪的低处起起落落，直面狂风，像一支停泊的强大舰队，在浪潮中等待着。向东望去，向西望去，都有海鸥的身影，横跨他视野之所及。它们保持着密集队形，一队挨着一队。如果没有刮风，紧紧挨在一起的它们会仿若白云一般遮住整片海湾。只是东风掀起层层浪，让人在岸边无法看清它们。

纳特转身离开了海滩，爬上陡峭的小路回家。应该得让什么人知道，应该得告诉什么人，告诉他们东风和天气造成了一些让人无法理解的状况。他不知道该不该去车站的电话亭报警。但是，警察能做什么呢？其他人能做什么呢？如果告诉警察有上千只海鸥因为暴风，因为饥饿，在海上驰骋，他们要么觉得他疯了，要么觉得他醉了，要么就是淡定地听完他的说辞，然后说："谢谢。是的，已经有人反映过这个情况了。恶劣的天气把大量群鸟吹来陆地上。"纳特四下看了看，仍然不见任何鸟的踪迹。可能是严寒把它们从北面带来了？快走到家门口时，妻子出来迎他，激动地喊着。"纳特，"她说，"广播报道了。他们刚刚读了一则特别报道。我写下来了。"

"广播报道了什么？"他问。

"群鸟，"她说，"不只是这儿，到处都有。伦敦也是，全国都是。群鸟确实受到了什么影响。"

他俩一起走进厨房。他拿起桌上的纸读了起来。

"内政部今日上午十一点发布消息。过去几小时，全国各地陆续反映城镇、乡村、远郊出现大量群鸟，造成堵塞、破坏，甚至有群鸟袭人事件发生。据推测是目前笼罩在不列颠群岛的北极气流导致大量群鸟南迁，或许是由于极度饥饿，群鸟出现袭人行为。居民要注意检查门窗烟囱，确保孩童安全。稍后将发布进一步消息。"

纳特兴奋不已，他带着胜利的表情看向妻子。

"太好了，"他说，"但愿农场的人也会听到这则消息，特里格夫人就知道我没有胡说八道了。真有这样的事，全国都有。整个早上我都不停地告诉自己肯定有什么问题。就在刚刚，我在海滩上看到海上有成千上万只海鸥，密密麻麻的，连根针都插不进去。它们都在那里，乘着海浪等待着。"

"它们在等待什么，纳特？"她问。

他盯着她，然后目光又朝下看了看那张纸。

"我不知道，"他缓缓地说，"上面说群鸟很饥饿。"

他走向收着铁锤等工具的抽屉。

"你要做什么，纳特？"

"按报道里说的，去检查窗户和烟囱。"

"窗户都紧闭，它们还会闯进来？那些麻雀、知更鸟之类的？为什么？它们怎么可能进得来？"

他没有回答。他想的不是知更鸟和麻雀，而是海鸥……

他走上楼去，上午剩下的时间他都在那儿忙活。他用木板钉住了房间窗户，还填满了烟囱底座。还好今天不用去农场工作。他回忆起了旧时光。那是战争刚刚开始的时候，他还没结婚，在母亲位于普利茅斯的家里，所有的遮光板都是他做的。他还搭了避难处，以防万一。他好奇农场那边是否会采取这些防御措施。他有点儿怀疑他们什么也不会做，因为哈利·特里格和他太太都太随性了，他们可能会一笑而过，然后去跳舞或者打牌。

"午餐准备好了。"妻子在厨房叫他。

"好嘞！这就来。"

做好的边框完美地嵌套在窗玻璃和烟囱底座上，他对自己的手工活儿很满意。

午餐后，妻子在洗碗，纳特把广播调到一点钟新闻，这会儿正在重复早上妻子写下来的新闻，但做了进一步阐述。"群鸟在全国各地都引起了混乱，"广播员说，"今天上午十点，伦敦上空群鸟密布，整座城市仿佛笼罩在乌云之下。"

"群鸟会逗留在房顶、窗沿、烟囱上，其中包括乌鸫、画眉、常见的家麻雀，也有大城市中会见到的成群的鸽子和椋鸟，以及伦敦河的红嘴鸥。这种现象实在太不寻常，许多大道交通堵塞，商店无法正常营业，公司员工无法上班，街上和人行道上站满了看鸟的人。"

广播播报了许多相关事件，重申原因可能是群鸟饥寒交迫，并再次提醒居民做好防御措施。广播员声音柔和舒缓。纳特觉得这个人对待整件事的态度就像对待一个精心设计的玩笑。可能还有成百个像他这样的人，全然不知在黑暗中和群鸟抗争是什么感觉。今晚伦敦可能还会开派对，就像选举夜的那种派对。大家凑在一起，喧闹狂笑，喝得酩酊大醉，叫着："来啊，来观鸟啊！"

纳特关掉收音机，起身开始倒腾厨房的窗户。妻子在一旁看着他，小约翰尼跟在她身后。

"什么？楼下的窗户也要钉木条吗？"她说，"为什么？这样不到三点就得点蜡烛了。我觉得没必要。"

"小心点儿总没错，"纳特说，"我要确保万无一失。"

"他们应该派出军队扫射，"她说，"这样群鸟很快就会被吓走。"

"如果他们真这么做，"纳特说，"要从哪里入手呢？"

"码头就有军队，"她回答道，"码头工人罢工时，士兵就下到船里卸货。"

"是的，"纳特说，"可伦敦有八百多万人口，想想那儿得有多少大楼、公寓、房子。你觉得士兵有多到可以到每栋楼上去扫射吗？"

"我不知道。但是肯定要做点什么吧。他们应该要做点什么。"

纳特心想，"他们"此时此刻肯定在思考这个问题，但是无论

"他们"决定在伦敦和大城市里怎么处理这个问题，都无法帮到三百英里①外的这个地方。这里的居民只能自求多福了。

"家里的食物还够吗？"他说。

"为什么问这个，纳特，又怎么了？"

"没什么。食品柜里还剩下什么？"

"明天就要采购了，你知道的。我不会囤很多生食，容易变质。肉贩后天才会来。不过明天我可以先去镇上买点儿东西回来。"

纳特不想吓着她。他觉得她明天可能去不成镇上。他自己去食品柜里和她放罐头的橱柜里翻了翻。里头的东西够撑个两三天。面包剩得不多。

"面包师傅呢？"

"他明天也会来。"

他看到还有面粉。如果面包师傅明天不来，这些面粉也够她烤出一条面包了。

"还是以前好啊，"他说，"以前主妇每周烤两次面包，也做盐渍沙丁鱼，如果遇上特殊时期，也够一家人吃上好几个月了。"

"我给孩子们尝过鱼罐头，他们不喜欢。"她说。

纳特继续给厨房窗户钉木条。蜡烛也没剩多少了。她肯定打算明天去买蜡烛的。没办法，今晚必须早点儿上床睡觉。前提是，如果……

他起身从后门出去，站在院子里，从坡上向下望着大海。今天

---

① 1英里合1.6093公里。——译者注（本书中注释如无特别说明，均为译者注。）

一天都没有出太阳，现在才刚下午三点，周围就已经暗下来了。天空阴沉沉的，暗淡无光。他能听到海水猛烈撞击岩石的声音。他走下小道，往海滩方向走去。走到半路，他停了下来。涨潮了。上午十点左右还能看到的岩石，此刻已被海水吞没。但是，让他出神的并非海水，而是海上的海鸥。成百上千只海鸥盘旋在海上，逆风振翅。是海鸥遮住了天光。它们沉默着，一点儿声音也没有，只是翱翔盘旋、起起落落，不断与风较量着。

纳特转过身，跑上小道，跑回屋子里。

"我要去接吉尔，"他说，"我要去车站等她。"

"怎么了？"妻子问，"你脸色好惨白。"

"让约翰尼待在家里，"他说，"把门关好，点起蜡烛，拉上窗帘。"

"才刚过三点啊。"她说。

"不要紧。按我说的做。"

他到后门外的工具房里看了看。没有什么能用的。铲子太重，叉子用不上。他拿上了锄头。只有这个可能派得上用场，而且扛着也不重。

他走向车站，时不时回头看。

海鸥现在飞得更高了，队形更大更广，横跨长空。

他加快了脚步。虽然知道四点前巴士不会开到坡顶，他依然不自觉地疾步前行。路上一个人也没有，正合他意，因为他无暇停下来闲聊。

他在坡顶等着。他到得太早了，还要等半小时。高地上刮来的东风抽打着田野。他跺着脚，向手心哈气。从这个距离，他可以看到土坡在沉重苍白的天空下，光秃秃、白晃晃地立着。土坡后头腾起一团漆黑，开始像是大片污渍。污渍慢慢蔓延开来，颜色越来越深，化作一片云。这片云又散成四片，向着东、南、西、北延伸。不，不是云，是群鸟。他看着它们在空中穿行，从他头顶两三百英尺^①的高度飞过。他从飞行速度判断出是向北边陆地飞的群鸟，和这个半岛没有半点儿关系，有白嘴鸦、乌鸦、寒鸦、喜鹊、松鸦。通常它们会捕食比自己体形更小的动物，但这个下午，它们坚定地奔赴另一种使命。

"城镇才是它们的地盘，"纳特心想，"它们清楚自己要做什么。我们这里对它们来说无关紧要。这里是海鸥的地盘，其他鸟群都去城镇。"

他走进电话亭，拿起了听筒。只要有接线员就行，他们会帮忙传递消息的。

"我是从公路这边打来的，"他说，"在这边的车站这里。我想汇报一下这里有大量群鸟飞往北边。海湾这里也聚集了大量海鸥。"

"好的。"对面疲惫的声音简短地回答道。

"你会把这个消息转达给有关部门吧？"

"会的……会的……"现在声音中充满了不耐烦和厌倦，随后便传来电话挂掉的忙音。

"又一个，"纳特想，"又一个不在乎的。可能她整天都得接

---

① 1英尺合0.3048米。

听电话，心里却希望今晚能去看电影。她要牵住某个小伙子的手，指着天空说：'看啊，都是鸟！'她才不在乎。"

巴士笨重地爬上了山坡。吉尔和三四个孩子下了车，巴士便继续开向镇子。

"为什么带锄头呀，爸爸？"

孩子们围在他身边，指着锄头笑起来。

"顺便带着罢了，"他说，"来吧，回家吧。天冷，不要在外逗留了。来，你们几个，我看着你们跑过田野，看看你们可以跑多快。"

他是在对吉尔的朋友们说话。这些孩子来自不同家庭，都住在政府廉租房里，可以从田野抄近路回家。

"我们想在小路上玩一会儿。"其中一个说。

"不行，你得回家去，不然我告诉你妈妈。"

他们几个眼睛睁得圆圆的，交头接耳，然后便一溜烟地跑过了田野。吉尔盯着爸爸，撇着嘴不高兴。

"我们每天都会在小路上玩的。"她说。

"今晚不行，"他说，"走吧，别磨蹭了。"

他看到海鸥在田野上盘旋，要向着陆地来了。依旧沉默，依旧无声。

"看，爸爸，看那边，全是海鸥。"

"是。走快点儿，赶紧。"

"它们要飞到哪里去？要去哪里？"

"我猜是往北边去，那边暖和点儿。"

他抓紧她的手，一路在前面拉着她走。

"别走这么快。我要跟不上啦。"

成千上万只海鸥正学着白嘴鸦、乌鸦，在空中铺开队形，分别向着东、南、西、北四个方向飞去。

"爸爸，这是什么？海鸥在干吗？"

它们不像乌鸦和寒鸦那样有自己的飞行目的，也不像它们飞得那般高。海鸥仍在上空盘旋，似乎在等待某种信号，而指令仿佛悬而未决、尚不清晰。

"要不要我来背你，吉尔？来，上来。"

他以为这样可以加快速度。然而他错了。吉尔很重，一直从他背上滑下去。而且她哭了起来。他释放出的紧迫感、恐惧感，已经传递到了孩子的身上。

"我希望海鸥可以离开。我不喜欢它们。它们靠小路越来越近了。"

他把她从背上放下，跑了起来，吉尔跟在后头。他们跑到农场的路口时，看到农夫正在倒车出库。纳特喊住了他。

"可不可以带我们一程？"他说。

"怎么了？"

特里格先生从驾驶座里盯着他俩，笑意浮现在他红润愉快的脸上。

"感觉事情变得很有意思，"他说，"你看到海鸥了吗？吉姆和我准备去练练手。大家现在的话题只有一个，都在说群鸟发狂了。听说昨晚你也碰上麻烦了。要不要枪？"

纳特摇了摇头。

小车上堆满了东西，只够再塞进一个吉尔，而且前提是她得蜷坐在后座的汽油罐上。

"我不要枪，"纳特说，"但是如果你可以送吉尔回家，我会感激不尽。她害怕这些鸟。"

他言简意赅，因为不想在吉尔面前说得太多。

"行，"农夫说道，"我送她回家。你要不要留下来加入射击比赛？一块儿去闹一闹。"

吉尔爬上车，车子加速，转弯上了小路。纳特跟在后面走着，心想，特里格准是疯了，漫天的鸟，光有枪有什么用？

现在吉尔不在身边了，纳特可以细细地环顾四周。群鸟仍在田野上空盘旋。大多数都是银鸥，不过也有红嘴鸥。通常这两种海鸥会分开行动，但现在某种纽带将它们聚了起来。他听说过红嘴鸥攻击小型鸟，甚至攻击刚出生的小羊崽。他没有亲眼见过，但现在看着天空，突然就想起了这件事。它们向着农场的方向飞来，在低空盘旋着。红嘴鸥飞在前头领航，农场是它们的目标。它们要飞向农场。

纳特加快步伐往家里赶。他看到农夫的车拐过弯，顺着路开了过来，然后急刹车停在他身边。

"孩子跑进屋里了，"农夫说，"你老婆照看着呢。好了，你怎么看？镇上的人说是苏联人动的手脚，他们给鸟下了毒。"

"他们怎么能这么做？"纳特问。

"你可别问我。反正你知道事情总是传来传去的。要不要加入我们的射击比赛？"

"不了，我要回家了。不然我老婆要担心了。"

"我家那口子说我要是不吃海鸥，光打下来有什么用？"特里格说，"到时候我们要吃烤海鸥、烘海鸥，还要腌海鸥。你就等着我给这些畜生来点儿子弹吧。准吓得着它们。"

"你给窗户钉木条了吗？"纳特问。

"没有。这都瞎扯淡。广播就喜欢唬人。我今天忙得很，才没空钉什么木条哩。"

"我是你的话，现在就回去钉。"

"嗬。我看你是被吓得不轻。今晚要不要到我家来睡？"

"不用了，不过还是谢谢。"

"好吧。明早见。给你准备海鸥早餐。"

农夫咧着嘴笑，开着车子拐进了农场大门。

纳特脚步匆匆。穿过小树林，穿过旧谷仓，再翻过梯凳，就能走上最后一段田野。

他正在翻越梯凳，就听见翅膀呼呼扇动的声音。一只红嘴鸥朝着他俯冲下来，没击中，转身腾空，再次俯冲下来。其他红嘴鸥也瞬间聚拢来，六只、七只、十几只，其中还掺杂着大黑背鸥和银鸥。纳特丢开了没用的锄头，忙用手臂抱头跑向自家木屋。群鸟不依不饶，继续从空中向他扑来。周围一片死寂，只听得到振动翅膀的声音——那可怕的拍动的翅膀。他能感觉到手臂、手腕和脖子都在流血。猛扑下来的鸟喙一次又一次地扎破他的皮肤。他只求眼睛不要被啄到，其他的也顾不上了，但眼睛千万不能被啄到。它们现在还不知道如何抓紧肩膀、撕裂衣服、成群向着他的头和身体俯冲下来，但是它们每一次俯冲的攻击性都越发强劲。它们不计后果、拼死奋战，如果飞得太低，没有击中，就会撞到地上，伤痕累累，甚至支离破碎。纳特跑着，不时会踢绊到前面地上的尸体。

他跑到了门前，用鲜血淋漓的手拼命敲。窗户已经被钉住，一丝光也没有透出来。漆黑笼罩着一切。

"让我进去，"他喊着，"是我，让我进去。"

他大声喊叫，怕声音淹没在海鸥翅膀的振动声里。

这时，他看见一只塘鹅正准备从他头顶的天空俯冲下来。海鸥盘旋着，迎着风，一个接着一个撤退、翱翔。只剩下那只塘鹅，独自飞在他头顶上方。突然，它收紧翅膀，像一块石头极速落下。纳特惨叫起来，门开了。他跌跌撞撞迈进门槛，妻子马上用身体重重地把门撞上。

他们听见塘鹅"砰"的一声，猛砸在了地上。

妻子为他包扎了伤口。伤口不深，手背和手腕伤得最严重。要不是他戴着帽子，群鸟一定会攻击他的头部。至于那只塘鹅……差一点儿就把他的头砸成两半。

孩子们在哭。他们看到了父亲手上的血。

"现在没事了，"他告诉他们，"我没受什么伤，只是擦破一点儿皮。吉尔，你和约翰尼去玩。妈妈会帮我清洗伤口的。"

他把洗碗台那里的门半关着，这样孩子们就看不见了。妻子面如死灰，打开了洗碗台的自来水。

"我看到飞鸟了，"她轻轻地说，"吉尔跟着特里格先生跑进来的时候，它们就已经开始聚拢了。我赶紧重重地关上门，结果门卡住了，所以刚刚你回来的时候没办法一下子打开。"

"谢天谢地，它们是等着我来，"他说，"要是吉尔的话，肯定马上就摔倒了。一只鸟就能把她扑倒。"

为了不吓到孩子们，在包扎手和脖子后侧时，两人说话轻声细语、遮遮掩掩的。

"它们要飞去陆地，"他说，"好几千只。有白嘴鸦、乌鸦，都是体形比较大的鸟。我在车站就看见了。它们要飞到镇上去。"

"但是它们能怎么样呢，纳特？"

"它们会袭击街上的每一个人，还会试着从窗户、烟囱闯进室内。"

"为什么政府不做点儿什么？为什么不派出军队用机关枪扫射之类的？"

"事发突然，大家都措手不及。一会儿听听六点钟的新闻怎么说。"

纳特回到厨房，妻子也跟在他身后。约翰尼安静地在地板上玩。只有吉尔面露焦急之色。

"我可以听到鸟的声音，"她说，"听，爸爸。"

纳特听着。从门窗外传进闷响，是群鸟想要找到入口，翅膀在木屋表面擦过、划过、刮过的声音；有鸟的身体挤在一起，在窗沿上拖扯的声音；时不时还能听到鸟俯冲下来，坠地和撞击的声音。"这样会有一部分鸟死掉，"他想着，"但是防御还不够，永远不够。"

"没事，"他大声说，"吉尔，窗户那边我都钉了木条了。鸟进不来的。"

他把每个窗户都检查了一遍。早上的工作做得很彻底，所有的缝都堵住了。但是，他还是想确保万无一失。于是，他找来楔子、旧锡铁片、木条和金属条加固在窗户四周。锤头的声音稍稍掩盖了群鸟掉落、拍打的声响，以及一种他不想让妻儿听到的不祥声音——玻璃的碎裂声。

"打开收音机，"他说，"我们来听听广播。"

这样也能吞没那些声音。他走到楼上的卧室去加固那里的窗户。现在，他可以听到群鸟在屋顶上的动静，它们滑行、推撞、爪子刮擦的声音。

他决定今晚一家人要睡在厨房里，把炉里的火点着，把床垫搬下来铺在地板上。他担心卧室里的烟囱，因为烟囱底座的木条可能会倒塌。厨房有火，会安全一些。他会想办法尽量说得有趣点儿，和孩子们假装是在玩露营游戏。如果最糟的情况发生，群鸟从卧室烟囱强行闯入，那它们想要撞破房门还要几小时，甚至几天时间。在此之前它们会被关在卧室里，无法伤人。挤成一团的它们，最终会窒息而死。

他开始往楼下搬床垫。看到这一幕，妻子瞪大的眼睛里充满忧虑。她以为楼上已经被群鸟攻陷。

"来吧，"他愉快地说，"今晚我们一起在厨房睡觉。烤着火睡得更香。这样就不用担心听那些蠢鸟拍打窗户了。"

他让孩子们帮忙一起移动家具，然后妻子帮着他一起小心地把碗柜移到窗户一侧。刚好能放得下。这样就多了一重保障。现在可以把床垫放好了，让它们一张挨着一张，顶着橱柜那一侧的墙。

"现在够安全了，"他寻思着，"这里既牢固又温暖，就像是空袭时的避难所。我们可以挺过去。我就是担心食物，还有生火用的煤。现在的量只够用上两三天。到时候……"

不用想那么远，广播会给出指示，告诉人们要怎么做的。现在的核心问题是广播里放的是舞曲，而非像往常一样播放儿童节目。他看了看收音机上的指针。没错，是国内服务的频道。但是只有舞曲。他转台到BBC轻节目。他知道，只有在特殊时期，如选举日之类的，才会停播平时的节目。他试着回想在战争时期、在伦敦遭遇猛烈空袭时是否出现过这样的情况。但是，显然，那时BBC没有在伦敦进行播报，当时的广播是通过其他临时部门转播的。"还是在这里比较好，"他心想，"还是在厨房里比较好，这儿的门窗都已经钉上了木条。还好我们不是在北边的镇上。谢天谢地，我们不是住在镇上。"

六点时分，舞曲停止播放了，报时信号响起。此刻不管会不会吓到孩子们，他都一定要听新闻广播。报完时短暂的停顿后，广播员开始说话了。他的声音庄严肃穆，和白天听起来很不一样。

"这里是伦敦，"他说，"下午四点宣布进入全国紧急状态。有关部门已采取措施保卫人民生命和财产安全，但由于本次危机史无前例、无法预见，相关措施或无法即刻奏效。全体居民应做好防御工作，公寓里同住的各位居民应团结一致，全力阻止群鸟闯入。全体居民今晚务必待在室内，不可在街道、马路等任何户外场所逗留。大量群鸟正在袭击行人，并已开始攻击建筑物。但若谨慎防御，建筑物应是牢不可破的。大家要保持冷静、切勿惊慌。由于本次紧急情况的特殊性，明日七点前，将暂停播放所有广播节目。"

接下来奏响了国歌，便再无其他。纳特关掉了广播，看着妻子。妻子也看向了他。

"这是什么意思？"吉尔说，"新闻说了什么？"

"今晚不会再有广播节目了，"纳特说，"BBC广播电台中断了。"

"是因为群鸟吗？"吉尔说，"它们干了什么？"

"不是，"纳特说，"只是因为大家都很忙，当然，他们也要去处理把镇上弄得鸡飞狗跳的群鸟。没事，一个晚上没广播听不要紧的。"

"要是有留声机就好了，"吉尔说，"也比什么都没有好。"

她把脸转向抵着窗户的碗柜。虽然他们努力想要忽略外面的声音，但还是听得到群鸟拖扯、戳击以及翅膀不断拍打、扫过的声音。

"今天早点儿吃晚饭吧，"纳特提议，"吃点儿好吃的。问问妈妈，有没有烤芝士之类我们都爱吃的。"

他冲妻子眨眨眼、点点头。他希望恐惧焦虑的情绪能从吉尔脸上散去。

帮忙做晚餐时，他吹着口哨、唱着歌，故意大声地说说笑笑。他觉得外头的拖扯声和拍打声似乎没有一开始那么剧烈了。他上楼到卧室听着，屋顶上推撞的声音也消失了。

"它们还有点儿理智，"他心想，"知道没法闯进来，就去别处了。它们不会浪费时间和我们纠缠。"

正当他们平安无事吃过晚餐开始收拾时，听到一个新的声音传来，是一种熟悉的嗡嗡声，他们都知道是怎么回事。

妻子抬头看着他，脸色瞬间明亮了起来。"是飞机，"她说，"他们派飞机来了。这就是我一直说的他们应该做的事。这样群鸟就能被控制住了。是不是有枪声？你听不到吗？"

可能是海上传来的枪声。纳特没法确定。海军舰炮或许可以击退海上的海鸥，但是现在它们已经飞到陆上了。舰炮怕伤人，是不敢往岸上扫射的。

"这是好事，对不对？"妻子说，"听到飞机声是好事吧？"

吉尔看出妈妈的激动，和约翰尼一起雀跃起来："飞机会抓住鸟的。飞机会对着鸟开枪的。"

就在这时，他们听到两英里外传来一声轰隆声，接着第二声、第三声。飞机嗡嗡的声音往海的方向远去了。

"什么声音？"妻子问，"他们是向群鸟丢炸弹了吗？"

"不知道，"纳特回答，"应该不是。"

他不想告诉她轰隆声其实是飞机坠毁的声音。他非常肯定政府派出侦察机是自杀式的放手一搏。面对拼死飞向螺旋桨和机身的群鸟，飞机的结局便只有坠毁。他猜想全国各地都在尝试这项行动，并且付出了惨重的代价。某些身处高位的人已经慌了手脚。

"飞机去哪里了，爸爸？"吉尔问。

"回基地去了，"他说，"好了，现在该躺下来了。"

趁妻子在炉火前帮孩子们脱衣服、铺床，忙得不可开交之时，纳特再次检查了整个房子，确保没有疏漏。现在已经听不到飞机和海军舰炮的声音了。"浪费时间和生命，"纳特自言自语，"那样是没法杀死多少只的。代价太惨重了。可以用毒气啊。或许之后他们会喷毒气，喷芥子气。如果这样的话，他们肯定会先通知我们。还有，今晚国家的精英人才肯定会在一起想办法的。"

他这么想着，心里突然得到了安慰，脑中浮现出科学家、自然学家、技术人员等所有幕后智囊团被召集起来的画面，想着他们现在肯定在处理这个问题。政府或长官们可处理不来这个问题，他们会按科学家说的去执行。

"他们必须要冷酷无情，"他心想，"如果用毒气的话，在问题最严重的区域，要牺牲更多生命。还会波及牲畜，土壤也会被污染。只要大家不要恐慌就好。恐慌才会造成麻烦。大家太容易恐慌、失去理智了。BBC广播提前提醒我们是没错的。"

楼上的卧室安安静静，没再听到刮擦戳撞窗户的声音了。战斗中止，队伍重新整顿。这不正是过去战时的公告板上说的吗？然而风势尚未减弱。他仍然可以听到风在烟囱中咆哮着。海水依旧重重落向岸边。这时，他想起了潮汐。潮水有涨有落，或许这也正是战斗中止的原因。群鸟应该遵循了某种和东风以及潮汐有关的自然法则。

他看了看手表，快八点了。一小时前准是涨潮了。也就是说，群鸟是随着涨潮开始发起进攻的。在北边内陆地区或许不然，但在海岸边似乎确实如此。他在脑中计算了下一次涨潮的时间，还有六小时，在此之前群鸟不会发起进攻。等到大约凌晨一点二十分，就会再度涨潮，那时群鸟可能会再度袭击……

他有两种选择。第一种是去和妻儿一起休息，在群鸟再度来袭之前尽量睡上一会儿；第二种是出门去看看农场那边的情况，看看那边的电话还能不能用，这样他们或许可以从接线处那边得到点儿消息。

他轻声唤着刚刚哄睡孩子的妻子。妻子走上楼梯，他小声地对她说了自己的想法。

"别走，"妻子马上说，"别把我和孩子们单独留在这里。我受不了。"

她提高了音量，歇斯底里。他赶紧安抚她，让她小声点儿。

"好的，"他说，"好的。我在家待到早上。早上七点广播也会恢复。但是早上退潮以后，我还是要去一趟农场，或许那时候他们会给我们一些面包和土豆，还有牛奶。"

他又开始飞快思考着，计划如何应对突发情况。今晚农夫肯定没有给奶牛挤奶。奶牛准是等在院子里的大门边，而农夫和他们一样在给门窗钉木条。

前提是他们有时间做这些防御工作。他想到了农夫特里格从车上对着他笑的样子。他们今晚应该没有去射击。

孩子们已经睡着了。妻子和衣坐在床垫上。她看着他，眼里写满紧张。

"你打算怎么做？"她轻声问。

他摇头不语，蹑手蹑脚地打开后门往外看。

一片漆黑。风从未像现在这般强劲，一阵阵冰冷凛冽地从海上刮来。他用力跨出门去。窗户下、墙边，到处都堆着群鸟的尸体。这些鸟是自杀式俯冲进攻的，脖子都折断了。四处都是死去的鸟，没有一只活着的。活着的鸟在落潮时已经飞向了大海。现在，海鸥应该正乘着海浪，就像今天早些时候那样。

远处，两天前拖拉机开过的山上，有什么东西着火了。是一架坠毁飞机上的火，借着风势蔓延开来，点着了草堆。

他看着鸟的尸体，想到如果把它们一个叠着一个堆在窗沿上，就可以搭起一层额外的屏障，抵挡下一轮袭击。或许不能起到很大作用，但聊胜于无。如此一来，群鸟要想钳住窗沿、攻击玻璃，就必须要先抓、啄、拖开这些尸体。他开始在黑暗中忙活起来。这种感觉非常古怪。他厌恶触碰这些尚有体温、鲜血淋漓的尸体。鲜血弄脏了它们的羽毛。他觉得胃里一阵恶心，但没有停下手头的活儿。他惊恐地发现每扇窗玻璃都已经碎裂，要不是钉了木条，群鸟早已闯入。他用血淋淋的尸体堵住了玻璃上的缺口。

做完这一切后，他回到了屋里，把厨房门也用木条封住，多加了一重心安。他的绷带上面沾着血，不是他自己的，而是群鸟的，他解开来，换上了新的。

妻子为他泡了热可可，他一股脑儿喝了下去。他太累了。

"好了，"他笑着说，"别担心了，我们会挺过去的。"

他躺下来，闭上了眼，立刻就睡着了。他睡得并不安稳，梦到自己漏查了一两处地方，忽略了一些本该加固的位置，忘记采取一些他本来很清楚要采取的措施，但是梦里却怎么也想不起来究竟是什么。这个梦和山那边燃烧着的飞机和草堆有关。但是他继续睡着，没有醒来。最后是妻子把他摇醒了。

"开始了，"她啜泣着，"一小时前就开始了，我一个人听着太害怕了。而且有很难闻的味道，有东西烧起来了。"

他想起来了，是他忘记添火了。炉火几乎燃尽，只剩黑烟。他火速起身点亮了灯。门窗处都响起了敲打的声音，但这不是他眼下最担心的，他最担心的是那股充斥了厨房的羽毛的焦味。他立刻就明白过来是怎么回事了。群鸟已经下到烟囱里来，要从烟囱一路冲进厨房里。

他把纸张和树枝放进灰烬里，然后马上去找煤油。

"后退，"他对着妻子喊道，"我们必须要冒一次险了。"

他把煤油泼到火上，火苗极速上蹿，呛进管道里，马上有烧焦发黑的鸟尸落在了火上。

孩子们醒来了，哭着。"这是什么？"吉尔说，"怎么了？"

纳特没时间回答了。他正把鸟的尸体从烟囱里耙出来，丢到地板上。火苗仍在上蹿，他必须冒着烟囱着火的风险，用火苗把烟囱上部活着的鸟赶走。但是烟囱下部才是麻烦所在，那里挤满了被火焚烧、无处可逃的鸟。他几乎无心顾及试图突破门窗的群鸟了：让它们在一次次撞击中折断翅膀和鸟喙死掉吧，它们是进不来的。他感谢老天让他能够拥有一间有结实墙壁、小扇窗户的老木屋，而不是那些新的廉租房。那些住在廉租房里的人啊，只能请老天保佑他们了。

"别哭了，"他对孩子们喊道，"没什么好怕的。别哭了。"

他继续耙出掉在火上的烧焦的尸体。

"这样就能把它们一网打尽，"他自言自语道，"有风，还有火焰。没问题的，只要烟囱不着火就好。我早该注意到这里的，都是我的错，我应该记得添火的。我明明知道这边会出问题。"

在窗户钉的木条上传来的刮擦声和撕扯声中，传来了厨房里钟的报时声。凌晨三点。还有四个多小时才会退潮。他并不确定涨潮的确切时间，但估摸着七点半前应该不会退潮，或许要等到七点四十分左右。

"把煤油灯点起来，"他对妻子说，"弄点儿茶，也给孩子们弄点儿可可。干坐着也没用。"

要让妻子和孩子们都有事可做。四处走动、吃点儿喝点儿，忙起来总归是好的。

他在烟囱边上等着。火焰马上要熄灭了，但是烟囱上再没有烤焦的尸体掉落下来。清空了。烟囱里的鸟都被清空了。他擦了擦额头上的汗。

"吉尔，过来，"他说，"给我再拿点儿树枝来。我们把火烧得旺旺的。"但是，她并不愿意走近他。她正盯着那成堆的焦黑的鸟尸。

"别管那些，"他说，"等我把火烧起来了，我们就把它们转移到走廊上。"

烟囱危机解除。只要火昼夜不停地燃烧，这种危机就不会再次出现。

"明天要去农场再带点儿燃料回来。"他想着。

"现在这点儿绝对不够。但是我可以搞得定。等退潮了我就出去把事情都办好。没问题的，等退潮了，我就去把需要的都带回来。我们只要调整好自己的状态就行。就这样。"

他们喝了茶和可可，吃了点儿面包和肉汁。纳特留意到现在只剩下半条面包了，心想，没关系，可以熬过去的。

"快住手，"小约翰尼用勺子指着窗户说，"快住手，你们这些坏鸟。"

"没错，"纳特笑着说，"我们不想要这些坏家伙，对不对？可受够它们了。"

他们听到自杀式进攻的鸟砸向地面的声音，欢呼起来。

"爸爸，又一只，"吉尔喊着，"它完蛋了。"

"它死定了，"纳特说，"活该，讨厌鬼。"

就是要用这种方式和精神来面对问题。如果可以一直保持这样的状态到七点广播开始，他们的情况便不会太糟。

"抽支烟吧，"他对妻子说，"烟味可以驱散羽毛烧焦的味道。"

"只剩两支了，"她说，"我本打算去合作社再给你买点儿的。"

"那我抽一支，"他说，"剩一支以备不时之需。"

现在让孩子们去睡也没有多大意义了。在拍打刮擦窗户的声音之中根本睡不着。大家盖着毯子坐在床垫上。纳特一手搂着妻子，一手搂着吉尔，约翰尼坐在妈妈的膝盖上。

"不得不说，这些家伙也很值得钦佩，"他说，"它们真的是锲而不舍。你以为它们迟早会厌倦这个游戏，但它们并没有。"

然而，钦佩之心很快就消失了。窗外不断传来拍打声，而且一种之前没听到的尖锐的声音贯入纳特耳中，仿佛有一只鸟喙更加锋利的鸟开始发起进攻。他试图回忆鸟类的名字，思考究竟会是哪种鸟。听起来不是啄木鸟的声音，否则声音会更轻更密。现在的情况应该更为严重。如果这只鸟继续进攻，木条也会像玻璃一样裂开。这时他想起了老鹰。是老鹰开始代替海鸥发起进攻了吗？现在窗沿上是不是有秃鹰正在喙爪并用发起进攻？老鹰、秃鹰、红隼、猎鹰——他忽略了猛禽，忽略了这些食肉猛禽的利爪。还剩仨小时。他们等待着，与此同时，利爪撕裂木条的声音传来。

纳特环顾四周，看有哪件家具可以承受毁坏用来挡门。窗户那儿有碗柜，所以是安全的，但是他不敢保证门也安全。他走上楼，到达二楼时，停下来屏住呼吸仔细听。孩子们卧室的地板上有轻轻的拍打声，群鸟已经闯入……他把耳朵贴在门上听。没错。他能听到翅膀沙沙作响，也听到鸟在地面行走的嗒嗒声。另一间卧室暂时无碍。他走进去，开始往外搬家具，堆在孩子们卧室外的楼道上，以免卧室门被攻破。这是未雨绸缪，或许用不上。他不能用家具抵着门，因为门是向里开的。唯一的法子就是把它放在楼道上。

"下来，纳特。你在那儿干什么？"妻子叫道。

"很快就好了，"他喊道，"我整理好就下来。"

他不想让她上来，不想让她听到孩子们卧室里有脚步声和羽毛抵着门摩擦的声音。

到了五点半，他提议早餐吃点儿培根和油炸面包，但愿这可以让妻子眼里的惊恐消失，让忧心忡忡的孩子们得以放松。她不知道楼上已有鸟闯入。还好卧室不是正对着厨房上方，否则她肯定能听到楼上的动静：群鸟在拍打木条。无知无畏自杀式进攻的鸟砰砰坠地，还有鸟如敢死队般撞向墙壁粉身碎骨。他很了解银鸥，它们没有脑子，而黑背鸥不同，它们知道自己在做什么，同样的还有秃鹰、老鹰……

他发现自己正盯着时钟，盯着那动得无比缓慢的指针。如果他的推测不正确，如果退潮时群鸟不会停止进攻，他知道他们就会在劫难逃。没有空气、没有睡眠、没有燃料、没有……他们没法挺过去。他的大脑在飞速运转。他知道想要抵抗围攻，需要很多东西，但他们没有做好充分准备，无法招架。可能还是在镇上安全点儿。如果他可以去农场电话亭联系上堂兄，只要乘坐北上的火车，很快他们就可以雇到车子。这样做能更快一点儿，赶在再次涨潮前雇到车……

妻子唤他的声音驱散了他排山倒海、突如其来的睡意。

"怎么了？现在是什么情况？"他急切地说道。

"广播，"妻子说，"我一直在看钟，快七点了。"

"别转台，"他第一次感到不耐烦，"现在就是内政部的频道了。他们会从内政部发通知的。"

他们等着。厨房里的时钟指向了七点。收音机没有声音。没有报时，没有音乐。他们等了一刻钟，转到轻松节目的频道。也是一样。没有新闻。

"我们听错了，"他说，"应该是到八点才播。"

他们就开着收音机等。纳特想到了电池，不知道还能撑多久。一般妻子去镇上采购的时候会带电池去充电。如果没电，他们就不能听广播指示了。

"天快亮了，"妻子低声说，"我看不到，但是可以感觉到。群鸟现在敲得也没那么响了。"

她说得没错。刮擦声、撕裂声不断减弱，外头台阶和窗沿上的摩擦声、争夺位置的推撞声也不断降低。退潮了。到了八点，除了风声，什么也听不见了。孩子们终于在一片寂静之中睡着了。八点半，纳特关掉了收音机。

"这是做什么？会错过新闻的。"妻子说。

"不会有新闻了，"纳特说，"我们要靠自己了。"

他走向门边，慢慢地移开门上的屏障，转动把手，踢开门外台阶上的鸟尸走了出去。寒风凛冽。现在他有六个小时的时间，他知道要留存体力做该做的事，不能浪费时间。食物、灯、燃料，这些都是必需品。如果能够备足，今晚就能挺过去。

他走进院子，望见了活着的鸟。海鸥像之前一样，涌向了大海。在重新发动攻击之前，它们乘机觅食。岸上的群鸟则不然，它们在等候，在观望。纳特看到它们了，在树篱上、土地上、树上、田野里，一排排，静静地，什么也不做。

他走到小院子尽头。群鸟没有动弹，继续盯着他。

"我要去弄点儿吃的来，"纳特对自己说，"去农场那边找点儿食物。"

他回到房子里，开始检查门窗。他上楼打开了孩子们的卧室，里面只有鸟的尸体，活着的都飞到院子和田野里去了。他走到楼下。

"我要去农场。"他说。

妻子紧紧地抓着他。她从敞开的门看到了活着的鸟。

"带我们一起去，"她乞求着，"我们不能单独待在这里。我宁愿死也不要单独待着。"

他思忖片刻，点了点头。

"那一起来吧，"他说，"带上篮子和约翰尼的婴儿车。我们可以把东西装在婴儿车里。"

他们穿上可以抵御刺骨寒风的衣服，戴上手套和围巾。妻子把约翰尼放进婴儿车里。纳特牵着吉尔的手。

她小声地说："群鸟都在田野那边。"

"它们不会伤害我们的，"他说，"白天不会。"

他们穿过院子，走向台阶，群鸟没有动。它们向着风，等待着。

转弯到了农场，纳特停下来让妻子带着两个孩子先在树篱间躲着等他。

"但是我想见特里格夫人，"她抗议，"如果他们昨天去了市场，那我们可以借到很多东西，不只面包，还有……"

"在这儿等着，"纳特打断了她，"我很快回来。"

奶牛在院子里不安地走动着、吼叫着。纳特看到篱笆间有缺口，是羊撞开了篱笆，进到农舍前的院子里游荡着。烟囱里没有烟。他心中满是担忧，所以不想让妻儿走进农场。

"别再犹犹豫豫了，"纳特厉声说，"按我说的做。"

她拉着婴儿车隐入树篱间。树篱为她和孩子们挡住了风。

他独自走向农场。奶牛的乳房胀胀的，烦躁地低吼着，东转西转。纳特从牛群中挤了过去。他看到车子没有停进车库，而是停在大门边。农舍的窗户已经破碎。院子和房子周围有海鸥的尸体。活着的鸟栖息在屋顶上、农场后面的树丛里，一片死寂地盯着他。

地上躺着吉姆的尸体……是尸体剩下的部分。尸体被群鸟啄食过，又被牛踩踏过。他的枪掉落在身边。房门紧锁，但是窗户已经破裂，群鸟很容易进入。特里格的尸体倒在电话边。他当时一定是想打到接线处，但是群鸟攻向了他。听筒被拉了出来，墙上的座机也被破坏。没有看到特里格夫人。她应该是在楼上。要上去看看吗？纳特感到不适，他知道自己会看到怎样的场景。

"谢天谢地，"他对自己说，"没有孩子。"

他逼自己上楼去，但走到一半，他就下来了，因为他看见她的腿从房间开着的门里向外伸着，边上是黑背鸥的尸体，以及一把坏掉的雨伞。

"现在已经无济于事了，"纳特想，"只剩下不到五个小时。特里格夫妇会体谅我的。我必须拿走能找到的一切。"

他迈着沉重的步子，回到妻儿身边。

"我要把东西装满这辆车子，"他说，"要装煤炭、煤油。我们先装一车回家，然后再出来装一趟。"

"特里格夫妇怎么样了？"妻子问。

"他们肯定是去朋友家了。"他说。

"那要不要我来帮你？"

"不用。那边有点儿混乱。到处都是牛羊。等一下，我把车开过来，你可以坐进去。"

他不熟练地把车子从院子里倒到小路上。这里看不到吉姆的尸体。

"待在这里，"他说，"先别管婴儿车，我们回头可以再来拿。我现在先把东西放上来。"

她的眼睛一直注视着他。他相信她已经明白发生了什么，否则一定会坚持要帮着他去找面包和日用品的。

他们总共往返家和农场三次，终于备齐了所有必需品。他很吃惊原来需要这么多。最重要的是用来加固窗户的木条。他到处去寻找木材，想要把自家木屋所有的窗户都重新加固一遍。蜡烛、煤油、钉子、罐头食品，需要的东西似乎无穷无尽……除此之外，他还挤了三头奶牛的奶，剩下几头可怜的奶牛就只能因为胀奶而继续低吼着。

最后一趟时，他把车开到车站，下了车，走向电话亭。他把听筒不断挂上又拿起，等了几分钟，依然没有反应。电话无法接通。他爬上堤岸，环顾四周，但是周遭死气沉沉，田里空无一物，只有在观察等待着的群鸟。其中有一些鸟在睡觉，把喙埋进了羽毛里。

"这么看还以为是在觅食，"他自言自语，"没想到只是那样站着。"

接着，他想起来了。它们早已饱餐一顿。就在昨夜，它们狼吞虎咽，所以早上才一动不动……

廉租房的烟囱里也没有飘出烟。他想起了昨天跑过田野的孩子们。

"我早该料到的，"他想，"我应该把他们一起带回家的。"

他向着天空抬起脸。天空灰蒙蒙的，一片暗淡。秃树似乎被东风吹弯了腰，蒙上了一层黑色。严寒并没有影响到群鸟，它们在田野上等待着。

"他们应该趁着这个时候向群鸟进攻，"纳特说，"现在这些鸟就是些活靶子。他们应该在全国范围内行动起来。为什么飞机不现在起飞，向群鸟喷射芥子气？那些家伙现在在干吗？他们必须知道这一切，必须要亲眼看看。"

他回到车上，坐进了驾驶座。

"快点儿开过第二扇大门，"妻子耳语道，"邮递员倒在那边。我不想让吉尔看到。"

他开始加速。小小的莫里斯汽车在小道上颠簸着，发出咔嗒声，孩子们放声大笑。

"上上下下，上上下下。"小约翰尼喊着。

回到木屋已是十二点四十五分。只剩一小时了。

"我吃冷的就好，"纳特说，"给你自己和孩子们热点儿汤之类的。我没时间吃了。现在必须要把东西搬下车。"

他把所有东西都搬进了木屋。晚点儿再分类好了，这样漫漫长夜里他们能有事可做，好打发时间。现在，他必须去检查门窗了。

他按照顺序走遍了木屋，检查了每扇门窗。他还爬上了屋顶，把所有烟囱都用木板封死，只留下厨房的。刺骨的寒冷让他几乎无法忍受，但他必须这么做。他时不时抬头看着天空，寻找飞机的踪迹，却遍寻不见。他一边忙活着，一边咒骂当局的无能。

"老是这个样子，"他咕哝着，"老是让我们失望。从一开始就乱七八糟，没有计划、没有真正的组织。他们就是觉得我们这些乡下人命如草芥，城里人就有特权。他们肯定在城里出动了飞机，喷了毒气。我们这些人就只能等死。"

他停了下来。卧室的烟囱已经被封死了。他望向大海。那里有什么东西在动。海浪间能看到灰白的东西。

"是海军，"他说，"他们从来没让我们失望过。他们正从海峡过来，在海湾转弯了。"

他向着大海等待着，紧盯着海面的双眼被风吹得流泪。但是，他错了，那并不是船只，海军没有来。是海鸥从大海腾起。田野里大片大片的群鸟，羽毛竖立，一个挨着一个，排成方阵，从地里跃起，翱翔天际。

又一次涨潮了。

纳特爬下梯子，走进厨房。妻儿正在吃晚餐。刚过了两点。他闩上了门，又在门上加了一层屏障，点着了灯。

"天黑了。"小约翰尼说。

妻子再次打开了收音机，但是依然什么声音都没有。

"我把所有频道都听了一遍，"她说，"外国频道也听了，但什么都没有。"

"可能他们也遇上同样的麻烦了，"他说，"可能整个欧洲都是这样。"

她倒了一整盘特里格夫妇的汤，给他切了一大块特里格夫妇的面包，还在面包上抹上了从他们家拿来的肉汁。

他们无声地吃着。有一点儿肉汁顺着小约翰尼的下巴，落到了桌子上。

"没礼貌，约翰尼，"吉尔说，"你该学着自己擦嘴。"

拍打声开始出现在窗外、门外。沙沙声、争夺窗台位置的推挤声、海鸥自杀式撞死在台阶上的声音又开始传来。

"美国不做点儿什么吗？"妻子说，"他们一直是我们的盟友，不是吗？美国人肯定不会袖手旁观吧？"

纳特没有回答。窗户上的木板很结实，烟囱上的也是。木屋里物资齐全，有燃料，有所有他们接下来几天需要的东西。吃完晚饭后，他会把东西都整理收纳好，分好类，方便取用。妻子和孩子们可以来帮忙。这样，晚上八点四十五分退潮之前，他们得费力应付群鸟。然后在凌晨三点前，妻儿便都可以睡个好觉了。

他想出一个新办法，就是在加固窗户的木板上钉上带刺铁丝网。他从农场带回了一大卷。但讨厌的是，他需要在晚上九点到凌晨三点群鸟休战时，摸黑完成这项工作。早点儿想到这个办法就好了。不过，只要妻子和孩子们能睡好，他就感到莫大的欣慰。

现在窗户上的是小型鸟。他从鸟喙的轻敲声及它们翅膀擦过的声音中能够识别出来。老鹰则无视窗户，集中攻击门。纳特听着木头撕裂的声音，想着这些小小的脑袋里、尖锐的鸟喙中、犀利的眼神下究竟集结了几百万年的记忆，才给了它们这种本能，以机器般的灵巧精确来毁灭人类。

"我要把那最后一支烟抽了，"他对妻子说，"我太蠢了，唯独忘了从农场拿点儿烟回来。"

他伸手去拿烟，打开了无声的收音机。他把空烟盒丢进火里，看着它燃烧。

Monte
Verità
真理之山

后来，他们告诉我什么也没有找到，活不见人，死不见尸。他们发了狂，因为愤怒，我相信也因为恐惧，最终闯入从未踏足的岩壁之中。然而，在这与世隔绝了无数年岁的岩壁后迎接他们的，只有一片死寂。房屋空空荡荡，平地寸草不生。面对此景，他们沮丧、困惑、害怕、狂怒。于是，这些来自山谷的人便了结了此地，用的是数百年来众多农人所用的原始方式：放火，将一切化为乌有。

我想，这就是他们面对未知的唯一解决办法。之后，待他们怒火消散，定会明白其实一切都未被毁灭。在那黎明寒冷的星空下，他们眼中烧焦的岩壁，最终还是欺骗了他们。

当然，搜救队也进了山。他们中有经验老到的登山好手，丝毫不畏惧山顶裸露的岩石，但他们搜遍山脊，从北到南，从东到西，仍一无所获。

这就是故事的结局。我们知道的只有这么多。

村里的两个人帮我把维克托的尸体搬到山谷，将他葬于真理之山的山脚下。我想我是嫉妒他的，嫉妒他可以在那里安详长眠。他守住了自己的梦。

二战让这个世界再次动荡不安。旧时的记忆又一次向我袭来。如今，我已年近古稀，不再抱有不切实际的幻想，但是，我常常会想起真理之山，好奇最终的答案究竟是什么。

我有三种猜想，但或许都不对。

第一种猜想最为荒诞，那就是维克托才是对的，他执着地相信真理之山的居民已经到达一种奇特的永生阶段。他们拥有一种力量，让他们在必要之时，可以像古时候的先知一样，消失于尘世，进入天堂。古希腊人相信众神如此，犹太人相信先知以利亚如此，基督徒相信他们的开创者也是如此。纵观宗教迷信与轻信的悠悠历史，人们常常笃信有人可以获得足以战胜死亡的圣洁与力量。这种信念盛行于东方和非洲，只有西方世界的慧眼看出，有形物体与血肉身躯不可能凭空消失。

宗教教师对善恶之别各执己见：甲之蜜糖，乙之砒霜；善良的先知和邪恶的巫医都曾被处以投石之刑；彼时之亵渎，此时之神圣；昨日还是异端邪说，今日已被奉为信条。

我不善哲思，但过去的登山经历让我明确知道这一点：行走在山间能让我们最为接近自己命运的主宰，那里诞生过种种伟大的训诫。先知总是拾级而上，圣人和弥赛亚亦在云端与先父们相聚。我庄严地相信，那一夜，魔力之手从高处伸向真理之山，把那些灵魂带向了安全之境。

别忘了，我曾亲眼看见照亮那座山的满月，也见过那里午时的太阳。那所见、所闻、所感并不属于这个世界。我想到洒满月光的岩石，听到无路可入的岩壁中的吟唱，看到双子峰间如圣杯一般的巨缝，听到笑声，看到赤裸的古铜色手臂伸向太阳。

想起这些，我便会相信永生……

然而，或许是因为我的登山岁月已然结束，随着四肢日益羸弱，山的魔力渐渐淡出了记忆。所以，我会提醒自己，最后一天我在真理之山所凝视的那双眼睛，分明属于一个活生生的人，那个人尚在呼吸，那双我所触碰过的手属于血肉之躯。

甚至那番话都出自人类之口。"你别管我们了。我们知道要怎么做。"然后就是最后那句令人悲痛的话语，"让维克托守住他的梦吧。"

于是我有了第二种猜想。我看到黑夜，看到星辰，看到那个灵魂勇敢地为自己和他人选择了最佳路线。当我回到维克托身边时，山谷里的人都已集结起来准备进发，攻向那一小群信徒，那最后一群真理的追求者。他们爬向双子峰的巨缝，最后迷失了方向。

当我和一些泛泛之交一起在外用完餐，独自回到纽约的公寓中时，便会感到愤世嫉俗，越发孤独。这时，第三种猜想就会浮上心头。我望向窗外五光十色的现实世界，它既不柔和，也不肃静。突然，我渴望平和，渴望理解。我告诉自己，或许真理之山的居民早已做好离开的准备。时辰一到，他们便整装出发，既非走向永生，也非迎接死亡，而是进入尘世。他们不为人知地走下山谷，混入人群，分道扬镳。从公寓俯瞰这忙碌喧嚣的世界，我不禁好奇，在人潮涌动的街头与地铁中，是否有他们的身影；如果我走上街头，是否能够在擦肩而过的面孔中发现他们，从而得到答案。

有时，在旅行中遇到陌生人，我便会幻想，觉得对方的那一个回头、那一道目光别有深意，顷刻间让我感到着迷又陌生。我想立刻上前搭话，但不知是不是我的幻想，似乎有一种直觉在提醒着他们。于是，他们停留片刻、踌躇犹豫，然后就不见了。有时是在火车上，有时是在拥挤的街道中，有那么一瞬间，我看到一个人，美丽优雅得不似凡间所有，我便想伸出手，轻柔飞快地说："我是不是在真理之山见过你？"但一切转瞬即逝。他们消失不见，独留我一人，以及我那未被证实的第三种猜想。

暮去朝来，我已年近古稀。岁月漫长，回忆渐远，真理之山所发生的事变得越来越模糊，越来越不真切。因此，我迫切想在记忆彻底抛下我之前，将其写成文字。或许读到这些文字的人会像我之前那样热爱着山峰，从而生出自己对这个故事的理解与诠释。

不过我得提醒一句，欧洲有许多山，叫作真理之山的或许就有无数座。瑞士、法国、西班牙、意大利、奥地利的蒂罗尔都有。我所说的这座真理之山具体在哪儿我就不透露了。时至今日，两次世界大战后，似乎再无哪座山峰无人可至。哪座山都可以攀登。只要小心谨慎，就不会遇险。我所说的这座真理之山曾经人迹罕至，但并非由于山高难行或冰雪湿滑。事实上，即便是在晚秋时节，只要有人认得路，还是可以找到通往山顶的小径的。让登山者望而却步的并非危险，而是敬畏与恐惧。

如今，这座真理之山肯定和其他山脉一样，已经被标注在地图中。这点我毫不怀疑。山顶附近或许已经搭起休息营地，甚至连东边坡地上的村庄都可能已经盖起旅馆，游客们可以坐缆车轻松到达双子峰。即便如此，我依然相信这座山未被亵渎。午夜时，满月升起，山峰仍然面不改色、不可侵犯。冬日里，当冰雪、强风和浮云将人类阻隔于山峰之外时，真理之山的双子峰直指太阳，其岩面高耸，在静默中怜悯地俯瞰这盲目的世界。

我和维克托自幼相识，那时我们还是两个毛头小子。我们一开始都住在马尔伯勒，又在同一年去了剑桥。我是他最好的朋友。大学毕业后我们见面不太频繁，不过那纯粹是因为我们进入了不同的世界：我因为工作常常要出国，而他忙于打理位于什罗普郡的房产。但是，只要我们见面，就会立刻热络起来，丝毫不觉得疏远。

工作消耗了我们大量精力，不过好在我们都不缺钱，也有闲暇时间，因此可以纵情于我们最喜欢的消遣——登山。在设备专业且受过科学训练的行家眼中，我们俩充其量只能算是业余登山爱好者。那悠闲的日子是在一战之前。回想当年，我们确实只能称得上是业余水平，和专业完全不沾边。我们只是两个小年轻，手脚并用地攀爬坎伯兰郡和威尔士的突岩，获得一些经验后，便跑去南欧尝试攀登更险峻的山。

很快，我们不再莽撞，而是越来越关注天气，并学会尊重所攀登的山峰。山峰不是我们要降伏的敌人，而是要赢得的盟友。我和维克托的攀登，并非在追求危险刺激，或欲将登顶纳入自己的成就榜，我们的攀登只是为着内心的渴望，因为我们热爱所赢得的一切。

山峰情绪之多变，更甚于女人。它让你欢喜，让你恐惧，也让你的内心获得莫大平静。攀登的冲动永远说不清、道不明。或许在古时候，攀登是缘于想要手可摘星辰的愿景。可在今天，任何人若想抵达高空，只要买张机票，就可以换来驰骋天际的感受。但即便如此，他也无法脚踩岩石，任清风拂面，亦无法知晓仅在群山中才能感受到的宁静。

我生命中最美好的时刻，就是年轻时在山上度过的时光。那种在山顶上恨不得释放全身能量，耗尽一切想法，放空自己，面朝天空的心情，被维克托和我称为登山热。维克托总能很快地从登山热中清醒过来，然后便四下观察，有条不紊地仔细规划下山路线，而我仍不胜惊叹，继续沉浸在自己无法理解的梦境中。虽然我们的耐力经受住了考验，最终问鼎山峰，但是有种不可名状的东西还在等着我们去赢得。我的内心有一种渴望依然未能得到满足，有个声音在告诉我，问题出在我自己身上。不过，那些时光很美好，是我最美好的时光……

夏天，我刚从加拿大出差回到伦敦，就收到维克托寄来的信。信中传递出来的喜悦溢于言表，他订婚了。事实上，他马上就要结婚了。他说，她是他见过的最美好的女子，问我能否给他做伴郎。我自然给他回了信，表达了喜悦和祝福。我是个单身汉，面对最好的朋友结婚，想到他今后将被家庭生活困住，便觉得自己又失去一个朋友。

他的未婚妻来自威尔士，就住在维克托所住的什罗普郡边上。"你敢相信吗，"维克托在第二封来信中写道，"她连斯诺登山都没去过！我打算全权负责教会她爬山。"我想象不出还有什么比带没经验的姑娘爬山更让我讨厌的了。

维克托在第三封信中告诉我他到伦敦了，她也来了，他们正紧锣密鼓地筹备婚礼。我邀请他们一同吃午餐。我不知道她长什么样，想象中应该个头不高，皮肤黝黑，身体结实，长着一双漂亮的眼睛。但没想到迎着我走来的是一个美人，她伸出手，对我说："我叫安妮。"

在当时，也就是一战之前，年轻女子一般不施粉黛。安妮没有涂口红，一头美丽的金色鬈发遮住了耳朵。记忆中，我目不转睛地看着她，看着她惊为天人之美。维克托笑起来，高兴地说："我和你说什么来着？"我们坐下一起吃午饭，三个人很快自在舒适地聊起天来。她有些矜持，这也为她平添了几分魅力。不过，她知道我是维克托最好的朋友，因此我觉得自己也被她接纳，被她喜欢。

我心想，维克托真是幸运。我对他婚姻的怀疑从见到她那一刻起便荡然无存。因为和维克托在一起，所以午饭还未进行到一半时，我们的话题就不可避免地转向了登山。

"你就要嫁给一个喜欢登山的人了，"我对她说，"可你连自己家乡的斯诺登山都还没有爬过。"

"是的，"她说，"我没爬过。"

她声音中的犹豫令我好奇，那双无比完美的眼睛中流露出一丝惆怅。

"为什么？"我问，"身为威尔士人却没有爬过威尔士的最高峰，简直就是罪过啊！"

维克托打断道："安妮害怕。每次我提议去爬山，她都能想出一个借口拒绝。"

她马上转向他。"不是的，维克托，"她说，"不是那样的。你不明白。不是因为我害怕爬山。"

"那是为什么呢？"他说。

他伸出手，握住她搁在桌上的手。我看得出来他深爱着她，他们将会成为一对幸福的夫妻。她看向对面的我，似乎在用双眼感受着我，突然，我的直觉让我明白过来她要说什么。

"高山会向你索取，"她说，"你要付出一切。像我这样的人，还是远离为妙。"

我明白她的意思，至少我认为我明白。但是，看到维克托与她如此相爱，我想，只要她能克服对山峰的敬畏之心，他们俩或许就能拥有共同的爱好，没有什么能比这更美妙了。

"但登山的滋味无与伦比，"我说，"你刚刚说得没错，登山当然要付出一切，但是和维克托一起，你可以做到。他不会让你尝试超越你极限的事情。他比我更谨慎。"

安妮微笑着，把手从维克托手中抽出来。

"你们俩都很固执，"她说，"你们都不明白。我生在山里，清楚自己说那番话的意思。"

这时，我和维克托的一个共同朋友走过来打招呼，于是，我们关于登山的话题就此终止。

大概六个礼拜后，他们结婚了。安妮是我见过的最美丽的新娘。我清楚地记得，那天，维克托紧张得面色发白。我心想，落在他肩头的责任是多么重大，他此生都要让这个女孩幸福。

在他们举行婚礼前的那六个礼拜，我时常见到她。虽然维克托丝毫没有察觉，可我已经像他一样深深爱上了她。吸引我的并非她的魅力，也非她的美丽，而是两者一种奇怪的杂糅，一种内在的光辉。我对他们未来唯一的担忧是维克托的性格，他有点儿太没心没肺、无忧无虑。我担心他的简单坦率或许会让她自我封闭，无法敞开心扉。安妮的父母已经离世，婚礼仪式由她的姨母代替出场。当然，婚礼结束后，他们驾车离去的样子依然让人觉得这是一对可人儿。我殷切期盼着能去什罗普郡找他们，做他们孩子的教父。

婚礼后不久，我就再次出差。直到十二月，我才收到维克托的来信，邀请我去他们那儿过圣诞节。我欣然接受。

那时，他们已经结婚八个月。维克托看上去健康又快乐，安妮在我眼中美得无以复加，我的目光几乎无法从她身上收回。他们热情地欢迎我。此前我已经来过几次，对这座精美的老宅很熟悉。我在这儿度过了平和的一周。我一眼就能断定他们的婚姻和谐美满。如果他们暂时没有孩子，那还可以充分享受好一阵子二人世界。

我们在园中散步、射击，晚上读书，三人在一块儿过得无比融洽。

我注意到维克托已经适应了安妮的安静。或许"安静"一词不能准确描述出她独特的沉静。这种令我难以形容的沉静，从她身体深处散发出来，给整座房子施了咒语。过去，这里一直都是一个舒适的住所，房间宽敞，天花板高高的，玻璃嵌在窗棂中。但现在，不知怎的，平和的气氛变得愈加紧张深重。每间房间似乎都浸入奇怪的沉默之中，显得有些阴森，让人无法不察觉到。这里已不似从前那般仅仅是舒适而已。

奇怪的是，回想圣诞那一周时，我竟记不起一丝和这个传统节日有关的事。我不记得我们吃了什么，喝了什么，也不记得我们有没有去教堂。当然，我们肯定去了，毕竟维克托是当地乡绅。我只记得那些夜晚，百叶窗紧闭，我们坐在大客厅里烤火，空气中弥漫着难以言表的平和。坐在那儿时，在维克托和安妮的家里，我才意识到刚刚结束的出差把我累坏了，那一刻我无欲无求，只想放松，让自己尽情享受当下治愈人心的宁静。

我到那儿几天后，才注意到这个房子还有其他变动。房子从未如此空荡，许多杂物和一些祖传家具都不见了。大房间里陈列稀疏，我们坐着的大客厅里也仅有一张长餐桌和几把摆在火堆前的椅子。一切似乎本该如此。但转念一想，一个女人给家里做出这样的改变多少有些奇怪。一般来说，新娘都会购置新窗帘和地毯，为单身汉的居所增添几分女性色彩。于是，我壮起胆子问了维克托。

"噢，是的，"他稍稍扫视四周，"我们清了不少东西出去。是安妮提议的。对她来说，这些都是身外之物。不，我们没有卖，全都送出去了。"

安排给我住的客房还是以前那间，房间里几乎一切如旧。床边放着热水、早茶、饼干，烟盒里装满烟，一如过去，充分体现了女主人的体贴入微。

但有一回，我走过通往楼梯口的长走廊时，留意到安妮平日里紧闭的房门没关。这间房间过去属于维克托的母亲，里头曾摆着一张做工精细的四柱大床和其他沉重的实木家具，与整栋房子的风格保持一致。出于好奇，经过开着的房门时，我转头一瞥。房间里几乎没有什么家具，没挂窗帘，也没有地毯，地板朴实无华。房间里放着一张桌子、一把椅子、一张长长的简易床，上面没有被罩，只有一条毯子。窗户向着黄昏敞开。我转过头走下楼梯，迎面碰上正走上楼的维克托。他一定看到了我的那一瞥，我不希望自己看上去鬼鬼祟祟的。

"不好意思，我无意擅入，"我说，"只是刚好注意到那个房间变得和你母亲在世时很不一样。"

"是的，"他轻描淡写地说，"安妮不喜欢多余的装饰。准备好吃晚餐了吗？她让我来叫你。"

于是，我们便没再说什么，一同下楼去。不知为何，我无法忘记那陈列简单的房间，相较之下，我所住的那间是那么奢侈舒适。我心中涌起一种奇怪的自卑感。安妮肯定认为我是个无法摒弃舒适和讲究的人，而她自己无须这些，亦可游刃有余。

那晚，我坐在火堆边看着她。维克托有事出去了，大客厅里只剩下我们两个人。一如往常，我在宁静中感受着她的存在所带来的平和，沉静又舒缓。我被这种感受包裹、环绕，这是我普通单调的人生中从未有过的体验。她身上散发出的沉静不属于这个世界。我想将这种感受告诉她，却不知从何说起。最后，我说："你给房子做了点儿改变。我不太明白。"

"你不明白吗？"她说，"我觉得你明白。毕竟，我们都在寻找同样的东西。"

不知为何，我感到害怕。空气中的沉静并未改变，但更加强烈，几乎要压倒我。

"我并没有觉得自己在寻找什么。"我说。

我的话听起来有些愚蠢，它落在空中，消失了。我本来飘向火堆的视线，不受控制地飘向她的双眼。

"没有吗？"她说。

一种莫大的悲伤向我席卷而来。我第一次觉得自己是一个极其无用、渺小的人，整日穿梭于世，如同行尸走肉，和同样无用之人做着无关紧要的生意，只为有食果腹、有衣蔽体、有房安居，然后就这么死去。

我想到自己在威斯敏斯特购置的小房子，买之前我深思熟虑，买之后我用心装饰。房子里有我的书籍画作、瓷器收藏，还有两个得力的仆人，他们总是将房子收拾得一尘不染，等着我回去。我的房子及房中的一切都曾为我带来巨大快乐，但在此刻，我竟不确定它们是否有价值。

"你的建议是什么？"我听到自己向安妮开口，"我该卖掉一切，放弃工作吗？然后呢？"

回想我们之间这次简单的交谈，其实她并没有说出任何话暗示我提出这个问题。她说我在寻找一些东西，而我没有直接回答是或不是，反倒问她该不该放弃所拥有的一切。我当时并没意识到自己这种转变多么突兀，只知道自己深受感动。前几分钟我还在感受平和，现在却陷入烦恼。

"你我所寻找的答案或许不同，"她说，"不过，我也不确定自己的。总有一天我会知道的。"

我注视着她，心中觉得她必然已经找到答案。她那么美丽、沉静、通达，还要追求什么呢？除非是她现在膝下无子，因此感到人生不圆满？

维克托回来了。他的出现似乎让气氛多了一份坚定与温暖。他穿着一套旧家居服，散发出熟悉与舒适的感觉。

"太冷了，"他说，"我去外头看过，温度计显示零下了。不过夜色很美，满月。"他把椅子拉到火堆边，亲切地对着安妮微笑，"和我们在斯诺登山那晚差不多冷。"他说，"老天，我不该匆忙忘记这件事。"他转向我，笑起来，"我还没和你说过，对吗？安妮最后还是屈尊和我去登山了。"

"不会吧，"我惊喜地说，"我以为她不会去。"

我看着对面的安妮，发现她的双眼变得空洞无神。直觉告诉我，她并不希望维克托提起这件事，但维克托丝毫没有察觉，继续滔滔不绝地说着。

"她是匹黑马，"他说，"她对登山懂得和你我一样多。事实上，整个过程她都领先于我，后来我还跟丢了。"

他继续半开玩笑半认真地细说那次登山的事。那次登山可谓险象环生，因为他们出发的时节已经太晚。

他们出发那天，早上天气还很好，到了中午突然电闪雷鸣，最后袭来暴风雪。下山时，他们被困于黑暗中，被迫在野外度过一宿。

"我一直很费解，"维克托说，"不知道自己是怎么跟丢的。上一秒她还在我身边，下一秒就不见了。我和你说，我一个人度过了非常难挨的三个小时，周围一片漆黑，我被困在半飓风中。"

他讲这个故事时，安妮未发一言，似乎已经彻底抽离。她坐在椅子上，一动不动。我感到焦虑不安，想让维克托停下来。

"总之，"我想让他快点儿结束，说道，"你们还是好端端地下了山，没出什么事。"

"没错，"他语带懊恼，"到了山下已是早上五点，我浑身湿透，吓得不轻。安妮走向我，身上竟然一点儿也没湿，看我生气她还很吃惊。她说她一直躲在岩石下。太神奇了，她竟然毫发未伤。我和她说，如果下次再一块儿去登山，她可以当向导了。"

"或许，"我瞥了一眼安妮，"不会再有下次。一次就足够。"

"不可能，"维克托愉快地说，"我们已经准备好明年夏天再出发。可能去阿尔卑斯山、多洛米蒂山，或者比利牛斯山，我们还没有决定。你最好和我们一起去，我们可以正儿八经地来一次远征。"

我遗憾地摇摇头。

"我要是能去就好了，"我说，"不过没办法，五月我肯定在纽约，得一直待到九月才会回来。"

"噢，还早着呢，"维克托说，"说不定到了五月你就改变计划了。到时候再说吧。"

安妮依旧一言不发。我很好奇为什么维克托没有看出她的沉默有些古怪。突然，她道了声晚安，便上楼去了。我很清楚，她不喜欢这个话题。我心中涌起一股冲动，想要反驳维克托。

"听着，"我说，"你必须考虑清楚，我很肯定安妮不想去。"

"不想去？"维克托很吃惊，"为什么，这完全是她提议的啊。"

我目瞪口呆。

"真的吗？"我问。

"当然啊。老朋友，我和你说，她对高山深深着迷，欲罢不能。我想这是因为她身上流着威尔士人的血。刚刚说起在斯诺登山的夜晚时，我摆出一副漫不经心的样子，但我和她独处时，会对她的勇气和韧性深表惊叹。我不介意承认，经历过那晚的暴风雪，再加上为她担惊受怕，第二天早上我已经身心俱疲，但她从清晨的薄雾中钻出来时，就像来自另一个世界的精灵。我从没见过她那个样子。她从那可怕的山上下来，却像是在诸神聚集的奥林匹斯山待了一晚，而我跛着脚跟在她身后，就像个孩子。她真是非比寻常。你也注意到了，对不对？"

"是的，"我缓缓说道，"我同意。安妮的确非比寻常。"

很快，我们便上楼就寝。我注意到我的睡衣已经提前被烤得暖烘烘的，床头柜上的热水瓶中还装着热牛奶，以便我睡不着时可以喝。我换上睡衣，穿上软拖鞋，在铺着厚地毯的房间里踱步，再次想起安妮那间空荡得有些奇怪的房间，想起那张窄窄的简易床。于是，我一把丢开毯子上的缎面被，又在上床睡觉前把窗户敞开。

然而，我焦躁不安，无法入眠。炉火渐弱，寒冷渗入屋中。一整夜，我都能听到我那老旧磨损的旅行时钟嘀嗒嘀嗒地走动着。到了四点，我再也受不了，想到床头还放着热牛奶，感激不已。喝牛奶前，我决定还是让自己更舒服些，便打算去关窗。

我爬下床，哆哆嗦嗦地穿过房间。维克托说得没错，外头的地面结满白霜，天上挂着一轮满月。我在敞开的窗前站了一会儿，突然看到树影下走出一个人，立在楼下的草坪中。那个人并没有鬼鬼祟祟，也没有偷偷摸摸，并非擅自闯入，也非上门行窃，只是一动不动地站着，仰望月亮，仿佛在冥想。

我发现那是安妮。她身穿一件浴袍，系着腰带，头发垂落在肩上。她站在结了霜的草坪上，没有发出一丝声响。令我大为震惊的是，她竟然赤着脚。我用手抓着窗帘，站在那儿看着。突然，我意识到自己是在偷窥他人隐私，便关上窗户，躺回床上。直觉告诉我，不能把今夜所见告诉维克托，也不能告诉安妮本人。想到这里，我内心充满不安，甚至忧虑起来。

第二天早上，艳阳高照，我们带着狗出门散步。安妮和维克托看起来心情不错，没有任何反常，我告诉自己昨晚是我过虑了。即便安妮想在凌晨时分赤脚走路，那也是她的自由，我不该窥视。接下来几天都安然无事，我们三个人在一块儿开心又满足，离开时我很不舍。

几个月后，在我出发去美国前，我和他们简单见了一面。我去圣詹姆斯街区的一家旅行用品店买几本书，好熬过颠簸在大西洋上的漫长旅途，毕竟那时泰坦尼克号的惨剧才发生不久，大家对海上航行仍心有余悸。维克托和安妮则在店里把地图大大摊开，细细研究着。

那天的见面基本上没有聊什么，我们之后都各有安排，很快便互相道别。

"我们俩忙着安排夏天的度假，行程已经规划好了。你要不干脆改变主意，和我们一起去吧。"

"不可能，"我说，"都安排好了，我九月才会回家。我一回来就联系你们。对了，你们决定要去哪里？"

"安妮选的地方，"维克托说，"她想了好几个礼拜，终于想到要去哪里。那座山看起来完全无法攀登，你我从未去过。"

他指着面前的地图。顺着他手指的方向，我看到一个被安妮标注出来的位置。

"威利塔山[①]。"我读出上面的字。

我抬起头，安妮正看着我。

"据我所知，这应该是一个未知领地，"我说，"登山前一定要先听听别人的建议，找好当地向导之类的。为什么你会选择这样一座山？"

安妮微笑着，我突然感到羞耻，觉得自己低她一等。

"真理之山，"她说，"和我们一起去吧，真的。"

我摇头，踏上了自己的旅程。

之后几个月，我常常会想起他们，也嫉妒他们。他们在登山，正被我所钟爱的山峰包围，而我只能被繁杂的工作包围。我时常希望自己能够鼓足勇气，抛下工作，告别文明世界和虚浮的快乐，和我那两位朋友一起去追寻真理。只不过，我被世俗所羁绊，被事业的成就感所羁绊，觉得斩断职业之路太过愚蠢。我的人生已经定型，现在改变，为时已晚。

九月，我返回英格兰。令我吃惊的是，在堆积如山的信件中，竟没有维克托寄来的。他之前答应过要给我写信，和我分享其见闻。他们那边没有电话，所以我没法联系上，不过，我提醒自己把工作信件都整理好之后，就给维克托写信。

几天后，我去了一趟俱乐部，出来时碰到一位我和维克托都认识的朋友，他问了我关于这次出差的一些问题。就在我要下楼时，

---

① 威利塔山：即Mount Verità，其中Verità（威利塔）在拉丁语中意为"真理"。

听到他回头问我："话说，可怜的维克托实在太不幸了。你要去看他吗？"

"你说什么？什么太不幸了？"我问，"出什么事了吗？"

"他病得很重，现在就住在伦敦这里的一家疗养院里，"他回答道，"他精神崩溃。你知道他妻子离开他了吗？"

"天哪，我不知道。"我惊呼。

"噢，是的。所以他才会这样。他的身体都垮了。你知道他多么爱她的。"

我非常震惊，面无血色地瞪着眼睛。

"你是说，"我说，"她和别人走了吗？"

"不知道，我猜是的。维克托什么也不说。总之，他已经精神崩溃，在疗养院里待了好几周了。"

我问来疗养院的地址，没有一丝耽搁，马上跳上出租车过去。

一开始，院方告知我维克托不见访客。我拿出名片，在背后写下一行字，请对方交给维克托。他肯定不会拒绝见我的吧？随后，一位护士过来，带我走上二楼。

她打开门。看到维克托枯槁的面容，我吓了一跳。他坐在瓦斯火炉旁的椅子上看着我，无比孱弱，与从前的他判若两人。

"亲爱的老兄，"我走近他，"我五分钟前才知道你在这里。"

护士关上门，只留我们在房中。

维克托的双眼充满泪水，我感到揪心。

"没事，"我说，"想哭就哭。你知道我能理解你的。"

他似乎说不出话，只是坐在那儿，浴袍下的身体弓着，任凭泪水淌落。我从未感到如此无助。他指了指一把椅子，我便拉到他身边坐下。我等待着。如果他不想告诉我发生了什么，我也不会追问。我只想安慰他，帮助他。

终于，他开口了。我几乎听不出那是他的声音。

"安妮走了，"他说，"你知道了吗？她走了。"

我点头，把手放在他的膝盖上，仿佛他变回一个小男孩，而不是一个和我一样年过三十岁的男子。

"我知道，"我轻声说，"但是会没事的，她会回来的，你一定能让她回心转意。"

他摇头。我从未见过这样的绝望和笃信。

"噢，不会的，"他说，"她永远不会回来了。我太了解她了。她已经找到自己想要的了。"

看到他彻底接受了所发生的一切，我心生同情。维克托总是那么坚强，那么理性。

"对方是谁？"我说，"她是在哪里遇见他的？"

维克托盯着我，一脸茫然。

"你说什么？"他说，"她没有遇见谁，不是那样的。如果是那样的话，事情还简单一些……"

他停下来，绝望地摊开手。突然，他的精神再度崩溃，但这次并非因为脆弱，而是因为一种更可怕的东西，是压抑的愤怒，是一个男人在和比自己更强大的存在斗争时，释放出的无能、无用的愤怒。

"是山带走了她，"他说，"该死的山，真理之山。那里有一个教派，他们避世，终生将自己关在那里，关在那座山里。我从来没想到会有那样的存在。我从来都不知道。现在她就在那里，在那座该死的山上，在真理之山上……"

整个下午，我都坐在疗养院里陪他，他一点点地把整个故事告诉了我。

维克托说，整个旅程原本令人愉快，平静无事。终于，他们到达中心地带，准备马上从这里开始探索真理之山下的地形。但就在那里，他们遇到了困难。维克托对这个国家很陌生，这里的人看上去都很孤僻、不友好。他说，过去我们登山，遇到的人都很欢迎我们，那些人却截然不同。他们说着一口难懂的方言，看上去愚昧无知。

"至少那就是他们给我的感觉，"维克托说，"他们非常野蛮，似乎未经开化，像是从上个世纪走出来的人。你知道的，以前我们一起登山时，当地人都很愿意帮助我们，我们总能找到向导。在那里却不一样。安妮和我想要找到最佳登山路线，他们却不告诉我们，只是呆蠢地看着我们，耸耸肩膀。有人说这里没有向导，这座原始山脉从未有人踏足。"

维克托停下来，用那同样绝望的眼神看我。

"你看，"他说，"我就在这里犯了错误。我应该意识到选择了这样一个地方是个错误。我应该向安妮提议返程，一起去做点儿别的什么，好歹去个文明点儿的地方，至少当地人会更友好，地方我也更熟悉些。但你知道，人一上山，就会变得很倔，内心那种叛逆的情绪不知怎的就被唤醒。"

"而且真理之山它……"他突然停下来，目视前方，仿佛此刻正在脑海中再度仰视它，"我一向不擅长抒情，你是知道的，"他说，"以前登山时，哪怕风光再美，我都还是很务实，而你才是个文艺派。但是，我真的从未见过像真理之山那般绝美的山峰。我和你也曾登上更高的山，去过更危险的地方，但不知为何，真理之山……尤为崇高。"

他沉默了一会儿，继续往下说："我问安妮：'现在怎么办？'她毫不犹豫地回答：'我们必须前进。'我没有争辩。我非常清楚这就是她的心愿。这个地方已经给我们两个都施了魔咒。"

他们离开山谷，开始攀登。

"那天天气非常好，"维克托说，"万里无云，几乎没有风。艳阳灼灼，你知道这样的天气的，空气干爽清冷。我和安妮打趣，说起上次去斯诺登山的事，要她保证这次不能丢下我。她穿着开襟衬衫和苏格兰短褶裙，头发披着，看起来……好美。"

他的陈述安静平缓。我觉得肯定是出了意外，只是他因为这场悲剧而神经错乱，无法接受安妮的死。一定是这样。安妮摔下山崖，他看着，却无力挽救。于是，他回来后，精神崩溃，不断告诉自己安妮还活着，活在真理之山中。

"太阳落山前一小时，我们到达了一座村庄。"维克托说。

"当时我们已经爬了一整天，但是我估摸着距离山顶还有差不多三个小时的路程。这座村庄里有十几间房子，紧挨在一起。我们走近第一间房时，就发生了一件奇怪的事。"

他停下来，盯着前方。

"安妮走在我前面一点儿，"他说，"她的步子很大，动作敏捷，你是知道的。我看到两三个男人，带着几个孩子和几只羊，走在我们右边的牧场小道上。安妮举起手来向他们致意，但他们一看到她，仿佛见了鬼一般，一把抓起孩子，猛地跑向最近的破棚子，重重闩起门窗。这真的太离奇了。小路上的羊也被惊得到处乱窜。"

维克托说，他和安妮开玩笑说，这种欢迎方式可真友好，可她看上去闷闷不乐，不知道自己为什么会吓到他们。维克托走到第一间屋外敲门。

没有反应。不过，他可以听到屋内有人在窃窃私语，还有个小孩在哭。他失去耐心，开始大喊起来。这下里头有反应了。没过一会儿，窗上的百叶被掀起一角，一个男人的脸出现在缝隙中，盯着他看。维克托一脸友善地朝他点头微笑。慢慢地，屋内的男人拉开整扇百叶，维克托便开口和他说话。这个男人先是摇头，随后似乎改变主意，打开了闩着的门。他站在门边，紧张地盯着维克托，随后转而看向安妮。突然，他激动地摇头，手指向真理之山的山巅，嘴里飞快说着一些让人完全听不懂的话。然后，从小房间阴影中走出一位拄着双拐的老人。老人示意受了惊吓的孩子们到边上去，自己则走到门前。他说的话至少让人还能够听懂一些。

"那个女人是谁？"他问，"她来找我们做什么？"

维克托解释说安妮是他的妻子，他们是来度假的游客，从山谷上来，想要登山，希望今晚能有个住处过夜。老者的视线从他身上移开，注视着安妮。

"她是你妻子？"他说，"她不是从真理之山来的？"

"她是我妻子，"维克托重复道，"我们从英格兰来此地度假，之前我们从未来过这里。"

老人转向年轻男人，两人交头接耳。然后，年轻男人退回屋里，房间深处传出说话声。一个女人出现了，看起来比那个年轻男人还要害怕。维克托说，她从门内看向安妮时，全身都在发抖。安妮让他们感到不安。

"她是我妻子，"维克托再次重复，"我们是从山谷过来的。"

终于，老人做出认同和理解的手势。

"我相信你们，"他说，"欢迎你们进来。如果你们是从山谷过来的就没关系。我们只是要谨慎一些。"

维克托向安妮招手示意，她慢慢地从小道上走来，和维克托一同站在门槛边。即便是现在，那个女人依然胆怯地看着她，带着孩子们一同退回内室。

老人示意他们进屋。客厅空荡荡的，但很干净，还烧着火。

"我们带了吃的，"维克托把背包放下，说，"还有睡垫。我们不想麻烦你们。如果可以在这里吃东西，睡在地上，我们就非常知足了。"

老人点头。"很好，"他说，"我相信你们。"

然后，他便和其他人回到了内室。

维克托说，他和安妮对这种接待方式感到很困惑，不明白为何一开始他们会那么恐惧，却在听说他们俩是夫妻，是从山谷过来的之后，就愿意接待他们。他们吃完东西，打开行囊。过了一会儿，老人再次出现，给他们端来牛奶和奶酪。那个女人留在后头，但年轻男人充满好奇，跟在老人身边。

维克托对老人的好客表达了谢意，说他们现在准备睡觉，第二天早上太阳一升起，他们就要开始往上爬。

"路好走吗？"他问。

"不难走，"老人回答，"我本该找人陪你们同去，但是没人想去。"

他举止畏缩，维克托说他又瞥向安妮。

"你妻子留在这里不会有事的，"他说，"我们会照顾她。"

"我妻子要和我一起爬山，"维克托说，"她不会愿意留下来的。"

老人脸上出现焦虑之色。

"你的妻子最好不要去爬真理之山，"他说，"会很危险。"

"为什么我去爬真理之山就很危险？"安妮问。

老人看着她，神情更加焦虑。

"对女孩，"他说，"对女人，都很危险。"

"可是为什么呢？"安妮问，"为什么？你刚刚还和我丈夫说路不难走。"

"危险的不是路，"他回答，"我儿子可以给你们指路。危险的是……"维克托说他用了一个他和安妮都听不懂的字眼儿，听起来像是"萨切多特莎"，或者"萨切多奇亚"。

"意思是女祭司，或者祭司，"维克托说，"但不可能是这个意思。我好奇他到底想说什么。"

老人又着急又苦恼，看看他，又看看安妮。

"你上山下山都很安全，"他再次对维克托说，"但是你妻子不行。萨切多特莎拥有强大的力量。村里的人都一直在为女孩和女人们担惊受怕。"

维克托说这整件事听起来像一个非洲旅行奇闻，就是那种丛林中的野人部落突然发起袭击，把女眷掳走后囚禁起来的奇闻。

"我不知道他在说什么，"他对安妮说，"不过我猜他们应该是对某种迷信深信不疑，这应该很吸引你，毕竟你流着威尔士人的血嘛。"

他告诉我，当时他笑起来，想让气氛轻松一些。然后，困意袭来，他就把睡垫铺在火前，和老人道了晚安，便与安妮一同入睡。

爬了一天的山，他睡得很安稳。拂晓前，他听到外头公鸡的打鸣声，突然醒来。

他转身想看看安妮是否醒了。

睡垫已经掀起，上面没有人。安妮已经走了……

维克托说，屋子里的人都还没起床，只能听到公鸡打鸣的声音。他起床，穿上鞋子和外套，走向门外。

太阳还没有升起，清晨寒冷寂静，天上还剩几颗星星，闪着微光。几千英尺下的山谷被云朵笼罩，只有这里，靠近山巅的这里，一切才那么明朗。

一开始，维克托没有丝毫担忧。他知道安妮现在已经可以照顾好自己，不会出什么差池，甚至做得比他更好。她不会傻傻去冒险。而且老人也说过这条路并不难走。不过，他心中有些受伤，因为安妮没有等他，她没有信守承诺，又与他分开登山。他不知道她已经领先多少，唯一能做的只有尽快跟上。

他回到房里，带上安妮忘带的口粮。他打算把两人的背包留在这里，等下山再来取，到时候盛情难却，他们可能还得在此留宿一夜。

准是他的动静吵醒了主人，老人突然从内室走出，站在他身后。他的视线落在安妮的空睡垫上，然后看向维克托，几乎是在质问他。

"我妻子先出发了，"维克托说，"我打算跟上她。"

老人的神色非常凝重。他走到开着的门边，站在那里，往山的方向望去。

"不该让她走的，"他说，"你不该同意。"他看上去非常忧愁，维克托说，他不停地摇头，喃喃自语。

"没事，"维克托说，"我应该很快就能跟上她，过了中午我们应该就会回到这里。"

他把手搭在老人的胳膊上，想让他安心。

"我怕现在已经来不及了，"老人说，"她会去找他们，一旦见到他们，她就不会回来了。"

他再次用了"萨切多特莎"这个词，提到萨切多特莎的力量。他的举止，他的忧虑，此刻也传递到维克托身上，令维克托也开始感到紧迫、害怕。

"你是说真理之山的山巅住着人吗？"他说，"有人会袭击她、伤害她吗？"

老人语速飞快，一股脑儿地说了好多，令人难辨其意。不，他说，萨切多特莎不会伤害她，他们不会伤害任何人，但是会吸纳她成为其中一员。安妮会去找他们，她无法控制住自己，他们的力量太过强大。老人说，二三十年前，他的女儿就去找他们了，从此他再也没有见过她。村里其他年轻女人，还有山谷里的女人，也都有被萨切多特莎召唤去的。她们一旦被召唤，就绝不会回头。从此，再也没人见过她们，再也没有。早在他父亲那一代，他父亲的父亲那一代，甚至更早，便已经有这样的事情发生。

现在，没有人知晓萨切多特莎是何时来到真理之山的。在世之人无人见过他们。他们与世隔绝，住在岩壁之后。他们拥有一股力量，老人坚称是种魔力。"有人说他们的力量来自上天，有人则说来自魔鬼，"他说，"但我们不知道，我们无从得知。有谣言说，真理之山的萨切多特莎永远不会变老，他们永葆青春美丽，从月亮中汲取力量。他们崇拜月亮和太阳。"

维克托从他的胡话中听出了这些内容。他觉得这准是传说，是迷信。

老人摇头，看着山中的小道。"昨晚，我从她的眼神中看出来了，"他说，"我很担心。她的眼神和她们被召唤时一样。我之前见过。我女儿，还有其他人都是这样。"

这会儿，全家人都已醒来，一个接一个走进来。他们似乎察觉到发生了什么。那个年轻男人、女人，甚至孩子们，都忧心忡忡地看着维克托，眼里还流露出一种奇怪的同情。他说当时的气氛没让他警觉，倒是让他气愤，让他联想到猫、女巫的扫帚，还有十六世纪的巫术。

山谷中的云雾缓缓散开。天空投下柔和的晨光，照亮东方，照遍山野，预示着太阳的升起。

老人对年轻男人说了些什么，用拐杖指了指。

"我儿子会带你上山，"他说，"不过他只会陪你走一段，他不想走太远。"

维克托说，他出发时所有人的视线都集中在他身上，不仅是第一间屋子的这家人，村里其他人家也是。他知道紧闭的百叶窗后、半掩的房门边，有一双双眼睛在窥视。全村人都已醒来，他们又害怕又难以自拔，目不转睛地盯着他。

他的向导并没有打算交谈。他走在前面，肩膀前倾，看着脚下的路。维克托觉得他只是听命于父亲才来为自己引路。

这条路崎岖多石，还有多处断裂，维克托判断这儿在过去应该是条河道，若下雨便无法通行。不过现在是盛夏，走起来并不困难。顺利爬了一小时后，植被、荆棘、灌木都已被他们甩在身后。山顶就在头顶上方，直指天际，左右劈开，像分开的手指。山顶的劈裂从山谷中，甚至从村庄那儿皆无法看出，远远望去，双子峰仿佛合二为一。

太阳随着他们的攀登也逐渐高升，此刻已放出万丈光芒。山峰东南面沐浴在阳光下，变成珊瑚色。巨大的云朵柔软卷曲，笼罩着脚下的世界。维克托的向导突然停下脚步，指着前方，那里有一块凸起的岩边，在陡峭的山脊边缘向南蜿蜒着，消失在视线范围内。

"真理之山，"他说完又重复一次，"真理之山。"

然后，他飞快转身，原路返回。

维克托在后面喊他，但他没有回答，甚至连头也没回。很快，他就不见了。维克托说，他别无选择，只能一个人继续向前，他顺着悬崖边缘的岩片走，相信安妮就在另一端等着他。

他爬了半小时才绕过突出的山肩。每走一步，他的不安便增加一分，因为山的南面极为陡峭，坡度急剧增加，很快便会寸步难行。

"然后，"维克托说，"我顺着一处隘谷走出，那里的山脊距离山顶只有三百英尺。这时，我看到了它。那是一座修道院，建在光秃秃的双峰之间。修道院四面被陡峭的岩壁环绕，岩壁足有千尺高，下方连着山脊，上方则除了天空与真理之山的双子峰，什么也没有。"

看来是真的。维克托没有失去理智。这个地方确实存在。没有发生意外。现在，他就在疗养院里，坐在瓦斯火炉边上的椅子中，诉说着真实发生过的事，而非经历悲剧后的臆想。

和我说完这么多话，他似乎变得很平静，紧绷的情绪已经平复，双手也不再颤抖。他的模样不再那么陌生，声音也平稳了许多。

"那一定已经存在了好几个世纪，"过了一会儿，他开口说，"天哪，谁知道要花多长时间，才能凿开那样的岩壁啊！我从未见过一个地方，是那么原始荒凉，却又莫名让人觉得异常美丽。它仿佛就悬在那儿，悬在高山与苍穹之间。岩壁上有许多狭长的裂缝，用来通风采光，但并非我们认知中窗户的样子。一座塔楼，面朝西方，立于陡峭的悬崖之上。巨大的岩壁围住整个地方，使它像堡垒一般坚不可摧。我看不到入口，也没有见到人影，什么也没有。我站在那里注视着，那些狭长的窗缝也注视着我。我什么也做不了，只能等在那里，等待安妮出现。因为那个时候，我已经相信老人所说，我知道一定发生了什么。这里的居民从狭长的窗缝中看到了安妮，将她召唤去。现在，她已经和他们一起在里面。她一定看到我就站在岩壁之外，就要出来见我了。所以，我在那里等着，等了一整天……"

他的话语很简单，只是平淡的描述。任何一个丈夫或许都会这么做的，他们会等着旅途中冒险去会友的妻子归来。他在岩壁边坐下，过了一会儿吃了午餐。他看着笼罩山谷的云，时卷时舒，时聚时散；他看着盛夏的烈日，直射向裸露着的真理之山，直射向塔楼。狭长的窗缝，环绕的岩壁，它们纹丝不动，悄然无声。

"我在那里坐了一整天，"维克托说，"但她没有来。灼热的阳光让人睁不开眼，我不得不退回隘谷中。我躺在一块凸出岩石的阴影里，依然可以看到塔楼和窗缝。你我过去也感受过山里的沉静，但都无法同真理之山相比拟。

"时间慢慢过去，我仍在等待。天渐渐凉下来。我越来越不安，时间却跑得越来越快，一眨眼太阳就已西沉。岩面变了色，耀眼的光消失了，我开始恐慌。我走到岩壁边大声呼喊。我用手摸着岩壁，但找不到入口，什么也没有。我听到自己的回声，一遍又一遍传来。抬起头，我只能看到那些窗缝。我开始怀疑，怀疑老人说的故事，怀疑一切。这个地方根本不能居住，根本没人在此生活千年。很早以前人们建起这个地方，之后便荒废了。安妮从未来过这儿。她已经摔下悬崖，就在山路尽头狭窄的岩片那里，就在那个男人丢下我的地方。她肯定已经在爬到南面山肩前跌入深渊。其他走上这条路的女人，老人的女儿、山谷的女孩都是如此，她们全部都跌入深渊，从未到达岩面尽头，到达双子峰。"

如果维克托的声音还像一开始那样紧绷，随时都透露出崩溃的可能，那此刻的戛然而止也就不至于如此难熬。疗养院里的房间朴素，没有人情味。他坐在这里，身边的桌上每天都放着瓶瓶罐罐的药物，威格莫尔街上传来车流声。他的语调一成不变，毫无起伏，就像时钟走针的声音。如果现在他突然失控开始大叫，倒显得更加自然。

"但我不敢回去，"他说，"除非她来。我必须在岩壁下继续等待。云层向我聚拢过来，变成灰色。阴影渗进天空，预示着夜晚的到来，我对此再清楚不过。很快，岩面、岩壁、窗缝都变成金色。突然，太阳不见了，黄昏不再，寒冷袭来，夜晚降临。"

维克托告诉我，他彻夜未眠，靠着岩壁一直待到破晓。为了保暖，他只能来回走动。黎明到来时，他已冷得发麻，又因为饥饿，头也发晕。他只带了够他们俩吃到昨天中午的口粮。

理智告诉他，不能再这样等下去。他必须回到村里去取食物和水。如果可能的话，还要请那里的人和他一起搜救。太阳升起后，他不情不愿地离开岩面。四下依旧寂静无声，他确信岩壁后无人居住。

他往回走，绕过山肩，到了山路上，然后在晨雾中走向村庄。

维克托说，不出他所料，他们都在那里等他。老人站在家门口，身边还聚集着许多邻居，几乎都是男人和孩子。

维克托的第一个问题就是："我妻子回来了吗？"从山顶下来的路上，他突然又心怀希望，觉得她或许没有走这条路，而是从另一条路上去，现在已经回到村里。但是，当他看到他们的脸庞时，希望就落空了。

"她不会回来了，"老人说，"我们之前就告诉过你。她已经去真理之山找他们了。"

维克托理智尚存，知道得先要到食物和水，再和他们争论不迟。他们给了他食物和水，站在他身边，怜悯地看着他。维克托说，看到安妮的背包、睡垫、水壶和小刀时，他痛苦万分，这些随身物件她都没有带去。

他吃完后，他们还继续站着，等着他开口。他把一切都告诉老人，告诉他自己如何等了一天一夜，告诉他真理之山岩面的窗缝中没有透出一丝声响，周遭杳无人烟。老人时不时将他的话翻译给邻居们听。

维克托说完后，老人开口了。

"就是我说的那样，你妻子在那里，和他们在一起。"

维克托的理智瞬间支离破碎，大声咆哮起来。

"她怎么可能在那里？那个地方没有活人。死了。空了。已经死了好几个世纪。"

老人倾身向前，把手放在维克托肩膀上："没有死。你说的话之前很多人也说过。他们和你一样，也去那里等过。二十五年前，我也做过同样的事。这个人是我的邻居，多年前，他的妻子也被召唤去。于是他等了三个月，日盼夜盼，也没能把她盼回来。被真理之山召唤去的人，都不会再回来。"

那她就是摔下悬崖死了，就是这样。维克托坚持自己的看法，求他们和他一起去搜寻尸体。

老人同情地轻轻摇头。"过去我们也这么做过，"他说，"和我们一起去的人里，有一些有丰富的经验，他们熟悉这座山的每一寸土壤，他们甚至走下山的南面，走到大冰川的边缘，过了那里无人能够生还，但是我们依然找不到尸体。被召唤走的女人没有摔下悬崖，她们不在那里。她们和萨切多特莎在一起，在真理之山上。"

维克托说，他绝望了。再争辩下去也没有意义。他知道自己必须走下山谷去求助，如果那里也没有人愿意帮忙，他就去更远的地方，去这个国家里他比较熟悉的地方，在那里他可以找到向导，他们会愿意与他同往。

"我妻子的尸体就在这座山的某个地方，"他说，"我必须找到。如果你们不帮我，我就去找别人。"

老人回过头，叫出一个名字。从一小群沉默的围观者中，走出一个大概九岁的小女孩。老人把手放在她头上。

"这个孩子，"他说，"曾经见过萨切多特莎，也和他们说过话。过去也有其他孩子见过。他们很少现身，若现身也只在孩子面前。她会告诉你她看到了什么。"

孩子的目光直视维克托，开始吟诵起来，嗓音尖锐，声调起伏。他说，他可以看出来，这个故事她已经和相同的听众反复说过很多遍，已经像一首圣歌、一篇课文一样，烂熟于心。她说的是方言，维克托一个字也听不明白。

她说完后，老人开始翻译。因为过于熟悉，他也用同样的声调，和刚刚那个孩子一样开始吟诵。

"当时，我和伙伴们一起在真理之山上。天上下起暴雨，我的伙伴们都跑开了。我走着走着便迷了路，来到一个地方，那里有岩壁，有窗户。我很害怕，就哭了起来。她从岩壁里走出来，又高挑又美丽，和她在一起的另一个人也是年轻貌美。她们安慰我。我听到塔楼上传来歌声，想和她们一起走进岩壁中，但她们告诉我不能进去，要等我到了十三岁，才可以回来和她们一起生活。她们穿着及膝白衣，露出胳膊和腿，头发很短。她们的美丽远胜这世间所有人。她们带我走下真理之山，走到我认识的小路上，然后就离开了。这就是我知道的一切。"

吟诵完毕，老人看着维克托的脸。维克托说，孩子话中传递出的信念感令他震撼。他觉得这个孩子显然是做了个梦，却把梦当作现实。

"很抱歉，"他对老人说，"我没法相信这个孩子说的故事。这只是想象。"

老人再次叫到孩子的名字，和她说了几句话，她便立刻跑出房子，不见了。

"他们给了她一条石头腰带，"老人说，"她父母担心有邪灵，便将它锁起来。现在她去拿来给你看。"

过了一会儿，孩子回来了。她往维克托手里放了一条腰带，腰带很小，刚好够绕住细细的腰，或者绕在脖子上。上面的石头看起来像石英，经过手工切割成型，一颗颗嵌在带子表面的凹槽中。腰带做工细致，甚至可以说是精美。这不是出自农民之手，不是他们为了打发冬夜时光而粗制滥造出来的。维克托默默地将腰带还给孩子。

"这可能是她从山里捡回来的。"他说。

"这不是我们的作风，"老人回答，"山谷里的人也不会这么做，甚至在这个国家我去过的城市里，也不会有人如此。是有人把腰带给了这个孩子，就像她刚刚说的，是住在真理之山的人给她的。"

维克托知道没必要再争论下去。他们太固执，他们的迷信有悖于世间常理。他问老人是否可以再留宿一夜。

"欢迎你留下，"老人说，"直到你明白真相。"

邻居们一个个离开，这里又恢复了往常的平静，仿佛什么也没有发生。维克托再次出门，这次他往北面的山肩走去。没走多久，他就发现，在缺乏装备又没有登山好手帮助的情况下，此处的山脊根本无法攀登。如果安妮从这里往上爬，就必死无疑。

他回到村里。村庄位于东边的山坡，这时太阳已经下山。他走进客厅，看到晚餐已为他准备好，睡垫也已铺在炉边。

他太疲倦了，吃不下东西，倒在睡垫上就睡着了。第二天，他早早起来，再度登上真理之山。他在那儿坐了一整天，盯着窗缝，等待着。太阳炙烤着岩面，几小时后西沉。没有一丝声响，没人出现。

他想起那个日复一日来此等待了三个月的村民，好奇自己的忍耐极限是多久，是否能像他那般坚毅。

第三天，中午时分，日头毒辣，他再也无法忍受热浪，便走进隘谷，躺在突出的岩石下，那里的阴影带来了一方凉爽。由于视觉疲劳，再加上充斥全身的绝望，他疲倦地睡着了。

突然，他惊醒过来。手表指针指向五点，隘谷中已经变冷。他爬了出来，望向岩面。夕阳余晖下的岩面一片金黄。然后，他看到了她。她站在岩壁下，脚下只有方寸之地，往下便是千尺深渊。

她站在那里，看着他。他一边向她跑去，一边呼喊："安妮……安妮……"他说他听到自己在抽泣，觉得心脏就要爆裂。

靠近后，他发现自己过不去。深渊将他们分隔。他们之间的距离不过数尺，他却无法碰触到她。

"我站在原地注视她，"维克托说，"我无法说话，仿佛被什么东西噎住。我的泪水滚落在面庞。我哭喊着。我本来已经相信她死了，相信她跌落悬崖，但现在她就活生生地站在那里。我说不出话。我想问她：'发生什么了？你去哪里了？'但是依然说不出来。我看着她，瞬间就对老人和孩子说的话深信不疑。尽管可怕，尽管盲目，但我知道那不是想象，不是迷信。虽然我只看到安妮一人，但这个地方霎时间活了过来。那些窗缝后有无数双眼睛正在俯视我。我可以感受到他们就在附近，就在那岩壁之后。一切都那么诡异、可怖、真实。"

维克托的声音再次紧张起来，手也开始颤抖。他拿起一杯水，焦渴难耐地喝下。

"她穿的不是自己的衣服，"他说，"而是一身类似裙子的及膝长袍，缠着石头腰带，和那个孩子给我看的一样。她没穿鞋，露着胳膊。最让我惊恐的是她的头发剪得非常短，像你我这么短，这让她变得和以前不同，看起来更年轻，但某种程度上，也让她看起来极其严肃。这时，她开始对我说话。她的声音一如往常，仿佛什么也没有发生：'我希望你回家去，亲爱的维克托，不要再为我担心。'"

维克托告诉我一开始他几乎无法相信，她竟然可以站在那里和他说这番话。这让他想起所谓的灵媒，能够让人与亲人的亡魂对话。他几乎无法相信，不敢回答。他想，或许她已被催眠，言不由衷。

"为什么要我回家？"他的语气很温柔，不想扰乱她或许已被摧毁的心智。

"只能如此。"她回答。然后，她微笑，看起来很正常，很幸福，仿佛他们正在家里商量计划。"亲爱的，我没事，"她说，

"我没有发疯，也没有被催眠，没有经历一切你所想象的事情。村里的人吓到你了，我可以理解。这个存在比大多数人类都更强大。但我一直都知道它就在世界的某个地方。这么多年，我一直在等待。我知道当人们遁入空门时，他们的亲人们都会痛苦不堪，但他们会渐渐适应。我希望你也如此，维克托，拜托你。我希望你如此，如果可以的话，我希望你理解。"

她非常冷静、平和，微笑着低头看他。

"你是说，"他说，"你想要一辈子待在这个地方？"

"是的，"她说，"我的尘缘已经了结。你必须相信这一点。我想要你回家去，继续从前的生活，打理房产与土地。如果你爱上什么人，就和她结婚，去过幸福的生活。亲爱的，我永远不会忘记你的爱、善良和奉献，我祝福你。如果我死了，你定会希望我能平和地在天堂生活。这里，对我来说，就是天堂。如果要我从真理之山离开，回到尘世，那我宁愿现在就跳下去，跳下这千尺深渊。"

维克托说他一直注视着她，她周身散发出前所未见的光芒，哪怕在他们最幸福的时候也未曾如此。

"你和我，"他对我说，"都读过《圣经》中的主显圣容，我只能用这个词来形容她的面容。我没有发疯，也并非出于感情之故，她确实就是那样。一个不属于这个世界的东西选中了她。恳求无用，强迫也不可能，安妮宁愿纵身一跃，也不愿再回归尘世。我无力改变。"

他说他自知无能为力，深深的无助感压垮了他。他和她似乎站在码头，而她正准备登上一艘不知开往何方的轮船。轮船启程的号角声就要响起，提醒他再过几分钟，舷梯将收起，她必须出发。

他问她在这里是否吃得饱、穿得暖，如果她生病，是否有地方可以治疗。他想知道她是否需要什么东西。她微笑着，说岩壁里有她此生需要的一切。

他对她说："我每年的此时都会回来这里，唤你回去。我永远不会忘记。"

她说："如果你这么做，就像年年在坟前祭花，只会让你更难过。我希望你远离这里。"

"我无法远离，"他说，"知道你就在岩壁之后，我怎么能远离？"

"我无法再出来见你，"她说，"这是我们最后一次相见。但是，记住，我永远都会是现在的样子。这是信仰的一部分。请记住我现在的样子。"

然后，维克托说，她让他离开。他若不离开，她便无法回到岩壁中。太阳低沉，岩面已笼在阴影之中。

维克托久久地盯着安妮，然后他转身背对站在岩石边缘的她，一路走回隘谷，自始至终没有回头。到了隘谷中，他等了一会儿，然后再次看向岩面。安妮已经不在那里，只留下岩壁与窗缝，以及尚未陷入阴影之中的双子峰。

我每天都花半小时去疗养院探望维克托。他日渐精神，恢复得越来越像原来的自己。我和照看他的医生、女护士长和护工都聊过，他们说他没有精神失常，只是受到严重惊吓，导致精神崩溃。我们的见面交谈对他的恢复大有裨益。两周后，他便康复出院，与我一起住在威斯敏斯特。

在那些个秋夜里，我们一遍遍地回顾发生的一切。我向他提了更多更细致的问题。他否认安妮之前有过任何不正常的表现。他们的婚姻很幸福、很正常。他也认为她的清心寡欲和斯巴达式的生活方式很罕见，但不至于让他觉得有什么特别，那就是安妮的性格。我告诉他，我曾看到她赤脚站在花园结了霜的草地上。是的，他说，那是她会做的事。但他尊重她的严谨挑剔、沉默寡言，从不干涉。

我问他对安妮婚前的生活了解多少。他告诉我他知之甚少。她从小父母双亡，由威尔士的姨母抚养成人。出身背景没有什么古怪，也没有什么不可外扬的家丑，不管怎么看，她的成长都和普通人没什么两样。

"没用的，"维克托说，"你无法解释安妮为何会这么做。她就是她，独一无二。就像你无法解释为何有人出生普通，却突然成为风靡一时的音乐家、诗人，或是成为圣人。他们就是出现了，无法解释。遇见她，我仿佛进入天堂，失去她，我如同坠入地狱。不过，我要活下去，这是她的期望。每年，我都会回到真理之山去。"

他的生活被彻底击溃，但他却安之若素，这令我震惊。若是我经历了那样的悲剧，恐怕无法走出绝望。在山里有一个不为人知的组织，在几天时间内，就控制了一个充满智慧与个性的女人，这真是骇人听闻。若是无知农妇受到蛊惑，误入歧途，她们的亲人因为迷信，只好袖手旁观，那姑且能够理解。但我们不能这样。我把想法告诉维克托。我告诉他可以通过大使馆与那个国家的政府取得联系，在我国政府的支持下，在他们国家展开调查，让媒体报道。我告诉他我已准备好实施计划。我们生活在二十世纪，不是中世纪。像真理之山这样的存在是不被允许的。我会让大家群情激愤，从而在国际上造成影响。

"但是为什么呢，"维克托静静地说，"目的是什么？"

"把安妮带回来，"我说，"也放了其他人，不再让任何人妻离子散。"

"没办法的，"维克托说，"我们不可能到处拆毁修道院。全世界有好几百座。"

"那不一样，"我辩道，"那些修道院是合理的组织，已经存在好几个世纪。"

"我想，真理之山也非常有可能是这样。"

"他们怎么生活，怎么吃东西，病了死了又怎么办？"

"我不知道。我尽量不去想这些。我只知道安妮说自己找到了毕生所求，她很幸福。我不会去毁掉那种幸福。"

然后，他看着我，半糊涂半清醒地说："真奇怪，你竟然会说出刚刚那番话。按理说，你应该比我更明白安妮的感受。我们两人中，一直都是你充满登山热。过去一起登山时，你总会沉醉其中，对我吟诵诗句——尘世太喧嚣，过去与今朝，索取又挥霍，力量皆尽抛。"

我记得我起身走向窗边，望着堤岸边雾茫茫的街道。我没有说话。他的言语深深触动了我。我无法回答。我知道，在内心深处，我之所以憎恨真理之山的传说，想让那个地方毁灭，是因为安妮找到了她所追求的真理，而我还没有……

我与维克托的这场交谈，即便不是我们友谊的断点，至少也是个转折点。我们都走到了人生中点。他回到什罗普郡后不久，便来信告诉我，说自己打算把房产过户给一个还在上学的侄子，接下来几年打算让侄子在假期里与他同住，熟悉熟悉这个地方。再往后，他也不知道要做什么。他不打算做安排。当时，我自己的未来也充满变数。因为工作需要，我得去美国住上两年。

之后一年，世界的稳定被打破。那是一九一四年。

维克托是最早去参军的。或许他觉得这就是他所寻找的答案，或许他觉得自己会战死沙场。我结束美国的工作后，才效仿他的做法。然而，这显然不是我所寻找的答案。在部队度过的每一刻都让我感到厌恶。整个战争时期，我都没有见过维克托。我们没在同一处作战，甚至连休假也没有见上一面。但是，我收到过他的一封信，信上的内容是：

尽管发生了这么多事，我依然遵循自己的承诺，每年都去真理之山。我住在村里那位老人的家中，第二天便爬上山顶。那里一如过去，一片死寂。我在岩壁下给安妮留了封信，然后就在那里坐上一整天，看着那个地方，感受她就在身边。我知道她不会出现。第二天，我再次前往，欣喜若狂地看到她给我的回信。如果那算得上一封信的话。那是一块刻了字的石板，我想这应该是他们唯一的沟通方式。她说她很好，很健康，很幸福。她祝福我，也祝福你。她让我再也不要为她担忧。就这么多。就像我在疗养院里和你说的那样，这仿佛是与亡魂的对话。收到这封信，我必须，也的确感到心满意足。如果我没有战死，我可能会去那个国家找个地方生活，这样就能离她近点儿。即便再也无法见到她或听到她的声音，但每年能收到刻在石头上的只言片语，我也心甘情愿。

祝你好运，老朋友。不知道你在何方。

维克托

停战后，我退伍了。回归正常生活后，我马上开始打听维克托的下落。我往他什罗普郡的家中寄信，收到他侄子客气的回信。他的侄子已经接手那里的房子和土地。维克托负伤了，但不严重。他已经离开英格兰，去了国外，不是意大利就是西班牙，他侄子也不太确定。但他相信叔叔已经决定永远住在那里。如果他听说了什么消息，会告诉我。然而，之后便再无消息。至于我自己，因为不喜欢战后的伦敦和那里的人，于是与家乡做出了断，移居美国。

之后二十年，我再也没有见过维克托。

我们的重逢并非偶然，我很确信，重逢是命中注定。在我看来，人生就像一叠纸牌，我们此生的邂逅与所爱，都在一次次洗牌中与我们交会。同样花色的我们，都被命运操纵在手中。游戏开始，丢牌，传牌。五十五岁那年，我重返欧洲，那是二战之前的两三年。是什么契机让我回去并不重要，总之，我回到了欧洲。

我从一国首都飞往另一国首都时——这两处地名并不重要——

飞机迫降在荒凉的山中，所幸无人罹难。整整两天，机组人员、乘客，包括我自己，都无法与外界取得联系。我们在部分损毁的机身边上搭起帐篷，等待救援。这次事故登上了世界各地报纸的头条，连着几日，所占版面比战火一触即发的欧洲局势还要大。

那四十八小时并不难熬。好在飞机上没有妇女儿童，因此我们这些男人能够保持乐观的心情，等待救援。我们充满信心，相信要不了多久就会得救。迫降之前，无线电尚能正常运作，操作员已将我们所在的位置发出。所以，我们只需要做好保暖，耐心等待。

我在欧洲的任务已经完成，美国那边应该也没有什么要紧事。这次迫降着实奇特，因为我发现自己身处一个多年前会让我热血沸腾的地方。我久居城市，早已习惯舒适。美国生活的高强度、快节奏、生命力，新世界让人无法喘息的能量，让我忘了与旧时光仍未斩断的联结。

我看着周围的荒凉与壮丽，明白了自己这么多年缺失的是什么。我忘记身边的人，忘记残缺的灰色机身，也忘记自己花白的头发、笨重的身躯，忘记五十五年来的负担。在这经历了几个世纪的荒野中，时光错乱。我又变回少年，满怀希望与激情，找寻对永恒的回答，而那答案就明明白白地等在远处的山巅上。我伫立在那里，穿着与此情此景不协调的城市着装，血液中重新燃起登山热。

我想远离机身残骸，远离那些消瘦苍白的面孔，忘记过去的蹉跎岁月。我想抛开一切，让再度苏醒的少年攀上高峰，登上荣耀。我知道在高山上的感觉。那里的空气更加冷冽刺骨，周遭更加沉寂。我曾体验过触碰冰面时那奇怪的灼烧感，也曾感受过阳光渗入皮肤的穿透力，经历过一脚踩空，差点儿从狭窄的悬崖边跌落，手里紧紧抓着绳索，心脏漏跳一拍的惊心动魄。

我仰头凝视所爱的山峰，觉得自己是个叛徒，为了世俗享乐与安逸而背叛了它们。等我和飞机上的人获救后，我要弥补失去的时光。我不需要赶回美国，可以留在欧洲度个假，再次攀登高山。我会做好准备，买来合适的衣服和装备。做出这个决定后，我感到轻松，不再为世间纷扰所羁绊，一切似乎都不再重要。我回到人群中，钻进帐篷，和大家一起有说有笑，度过等待救援的时光。

第二天，我们得救了。黎明时分，当我们看到百尺高空上的飞机时，便知道自己得救了。搜救队伍中有真正的登山好手和向导，都是些粗汉，但很可亲。他们带来了衣物、食物和工具。他们坦言，带来的东西竟然都能派上用场，令他们非常吃惊，因为他们原以为我们无人生还。

在他们的带领下，我们缓缓下山，第二天才到达山谷。到达前夜，我们睡在大山脊北面。望着残缺飞机边上的高山，我觉得它似乎遥不可及、无法攀登。天亮后，我们再度启程，那日天朗气清，脚下的山谷尽收眼底。山的东面很陡峭，据我判断，人应该无法通行，一路向上连接着白雪皑皑的单峰，或许是双峰，直冲天际，就像攥紧拳头而发白的指节。

开始下山时，我向救援队队长询问："我年轻时常常登山，但从来没有来过这个国家。来这里登山的人多吗？"

他摇头，告诉我这里条件恶劣。他和同伴是从别处过来的。这里东边山谷中的居民落后无知，也没什么设备可以供游客或外人使用。

如果我想爬山，他可以带我去别处，在那里有人可以为我提供帮助。不过，现在这个时节登山，已经太晚。

我继续望向东边的山脊，那么远，那么美。

"东边的双峰，"我说，"叫什么名字？"

他答道："真理之山。"

这下，我知道是什么把我带来欧洲了……

在飞机迫降处二十英里外的小镇，我和同行的人分开。他们坐车前往最近的火车站，前往文明世界，而我留了下来。我在一家小旅馆里订了个房间，把行李寄存在那里。我买来结实的靴子、一条马裤、一件坎肩、几件衬衣，便离开小镇，前往山里。

正如向导所言，这个时节登山确实太晚了，但我并不在意。我只身一人，再次开始攀登。我都忘了独处是如此治愈人心。过去的力量重新注入双腿和肺部，冷冽的空气钻进身体每一个毛孔中。五十五岁的我几乎想要放声大笑。人间的纷扰与压力、不安与焦躁，城市的灯光和枯燥的气息，都随风而去。我之前肯定是疯了，才能忍受那一切如此之久。

我兴奋不已地到达真理之山东面的山谷。这个地方没怎么变，和当年维克托描述的差不多。小镇又小又原始，住在这里的人都死气沉沉，不苟言笑。我看到一家旅馆——事实上，那潦倒的样子几乎不能称为旅馆——上前询问能否住一晚。

店家很冷漠，但也不算无礼。我是这里唯一的客人。在集吧台和餐桌于一体的桌上吃过晚餐后，我问吧台后的店家去真理之山的路是否还能通行。他正喝着我递给他的酒，对我并不感兴趣。

"我想应该可以吧，至少能走到村庄那里。过了村庄我就不知道了。"他说。

"你们和村庄那儿的人有来往吗？"

"偶尔。或许吧。这个时节没有。"他回答。

"你们这里来过游客吗？"

"几乎没有。他们一般去北边，那儿条件好些。"

"村庄里有没有什么可以过夜的地方？"

"不知道。"

我顿了一会儿，看着他拉长的脸。接着，我说："那萨切多特莎还住在真理之山上吗？"

他突然一惊，目光完全落在我身上，身体靠在吧台上，说："你到底是什么人？你知道些什么？"

"所以，他们还存在？"我说。

他一脸怀疑地看着我。过去二十年，他们的国家遭遇变故，充斥暴力、革命，父子间亦反目成仇。这个角落虽然如此偏远，但是想必也受到了冲击。或许正因如此，他们才这么保守。

"有一些传闻，"他缓缓地说，"我不想掺和这样的事。很危险，总有一天会给人惹出麻烦。"

"给谁惹出麻烦？"

"给那些村民，以及那些可能住在真理之山上的人，他们的情况我一概不知。还有，也会给我们山谷里的人惹出麻烦。我不知道。只要我不知道，就不会被伤害。"

他把酒喝完，洗好杯子，用布擦拭吧台，急于摆脱我。

"你明天想几点吃早餐？"他说。

我和他说七点，便上楼回房间。

我打开双层窗户，站在窄窄的阳台上。小镇很静，黑暗中几乎没有灯火闪烁。夜晚清冷。月亮升起，明后天或许会出现满月。月光照亮我眼前漆黑的山。我生出一种奇怪的感动，仿佛回到过去。多年前，在一九一三年的夏天，维克托和安妮或许也住过这个房间。安妮或许也曾经站在这个阳台上凝望真理之山，而维克托对几小时后将要发生的悲剧浑然不知，还在屋里唤她。

现在，沿着他们的足迹，我也来到真理之山。

第二天，我在吧台上吃早餐，店家却没有出现。一个女孩把早餐拿给我。或许是他的女儿。她安静有礼，还祝我今天过得愉快。

"我准备去爬山，"我说，"天气看起来不错。你去过真理之山吗？"

她立刻躲开我的眼睛。

"没有，"她说，"没有，我从没离开过山谷。"

我表现得平淡随性。我说我有朋友曾经去过那儿，我没有说是什么时候。我说他们登上山顶，发现了双峰之间的岩面，还饶有兴趣地打听了住在岩壁里那些人的事。

"他们还住在那里吗？"我故作轻松，点起一根烟。

她紧张地回头看，仿佛害怕有人偷听。

"听说还在，"她回答，"我爸爸从不在我面前说起。这对年轻人来说是个禁忌话题。"

我继续抽着烟。

"我住在美国，"我说，"在那里我发现，大多数地方都一样，只要年轻人聚在一起，最喜欢讨论的就是禁忌话题。"

她淡淡一笑，没有说话。

"我敢说你和朋友们一定常常偷偷讨论真理之山。"我说。

我对自己的表里不一略微感到羞耻，但我觉得这样欲擒故纵的方法，最有可能让我打听到消息。

"是的，"她说，"没错。但我们不会张扬。不过就在最近……"她又一次回过头看，然后转回来，压低声音说，"一个我很熟悉的女孩，本来马上就要嫁人了。结果有一天她离开家，便再也没有回来。他们说她被真理之山召唤走了。"

"没人看到她走吗？"

"没有。她是夜里走的，一句话也没有留下。"

"她会不会没有去那里，而是去了城里，去了游客中心？"

"应该不是。而且，就在那之前，她的行为变得很怪异。有人听到她说梦话，念叨着真理之山。"

等了一会儿后，我继续摆出若无其事的样子向她提问。

"真理之山有什么魅力吗？"我问，"那里的条件肯定恶劣得让人难以忍受，甚至还很残酷吧？"

"被召唤去的人可不这么认为，"她摇头说，"他们永葆青春，永远不老。"

"既然没人见过他们，你又怎么知道？"

"就是这样的。一直以来我们都相信这一点。所以山谷里的人才恨他们，怕他们，也嫉妒他们。真理之山的人掌握了生命的秘密。"

她看向窗外的山，眼神惆怅。

"你呢？"我说，"你觉得自己会不会被召唤？"

"我不值得他们召唤，"她说，"而且，我也害怕。"

她端走我的咖啡杯，把水果递给我。

"最近这个女孩的失踪，"她说，"或许会惹出麻烦。现在，山谷里的人很愤怒。有些人已经去了村庄，想让那里的人清醒过来，然后集结众人，攻入岩壁。这些男人会发狂，会试图杀掉真理之山上的人，惹出更大的乱子。军队会过来，到时候就免不了调查、惩罚、开火，没人会有好下场。所以，现在的情形不乐观，人心惶惶，大家都在窃窃私语。"

外头传来脚步声，她父亲走进来。她赶紧转身，低头在吧台后忙碌起来。

她父亲怀疑地看着我们俩。我熄掉烟，从桌子前站起来。

"你还要去爬山吗？"他问我。

"是，"我说，"我应该过一两天回来。"

"那个地方不宜久留。"他说。

"你是说会变天？"

"没错，会变天。而且，可能不安全。"

"为什么不安全？"

"可能会有骚乱。现在情况不稳定。人们急眼了。他们一急眼，就会失去理智。这种时候陌生人、外国人过去，可能会被波及。你最好还是放弃，别去真理之山，往北去，那里没什么问题。"

"谢谢你。不过我心意已决。"

他耸耸肩，别过脸去。

"随你便，"他说，"反正不关我的事。"

我离开旅馆，沿着大街走，从小桥上穿过山间溪流，走上通往真理之山东面的小道。

一开始，山谷中的声响还很分明。狗在吠，牛的颈铃在响，人们在叫喊，这一切在寂静中清晰可辨。屋子里冒出的青烟渐渐连成一片薄雾，笼在雾里的屋舍仿佛在画中一样。小道在上方蜿蜒盘绕，越来越深入山的中心。到了中午，山谷消失在脚下。我心无旁骛，一心只想继续往上爬。我要爬上去，爬得更高，我要战胜左边的第一道山脊，然后把它甩下，去拿下第二道山脊，再把它也忘掉，继续挺进更为陡峭的第三道山脊。我的肌肉已走样，天又刮着风，所以进度不快。但我心情舒畅，不断前进，丝毫不觉得疲惫，反倒精力十足，觉得自己可以永远这么走下去。到达村庄时，我非常吃惊，因为我本以为至少还有一小时路程。现在才刚刚四点，看来我爬得很快。这个村子很荒凉，几乎已经废弃了。我猜测这里的居民应该所剩无几。有些屋子用木条闩着门，有些棚顶塌陷，摇摇欲坠。只有两三间房子里飘着烟。周围牧场无人劳作，几头牛瘦骨嶙峋、肮脏不堪，在小道边吃草。寂静的空气中，它们的颈铃声显得空洞。刚刚爬山所带来的兴奋感，一下子被这个地方压制平息。如果这就是我今晚要留宿的地方，那我对它真没有什么好感。

我走向第一间冒着轻烟的屋子，敲了敲门。过了一会儿，门开了。门后站着一个大约十四岁的少年。他看了我一眼，便回头叫屋里的人。一个和我年纪相仿的人来到门边，看起来又笨重又痴傻。他先用方言和我说了几句话，然后仔细盯着我看了一会儿，发现自己认错了人，便用这个国家的语言和我说话，听起来比我还蹩脚。

"你是从山谷过来的医生吗？"他对我说。

"不是，"我回答，"我是从别处来这里爬山的。我想借宿一宿，不知方不方便？"

他的脸沉下来，有些失望，没有直接回答我的请求。

"我们这儿有人得了重病，"他说，"我不知道该怎么办。他们说会有医生从山谷过来。你没有碰到什么人吗？"

"没有。从山谷上来的只有我自己。谁病了？是孩子吗？"

他摇头："不是，我们这里没有孩子。"

他继续看着我，眼神茫然无助。我很同情他，但不知道能做些什么。我随身只带着急救包和一小瓶阿司匹林。如果有人发烧，阿司匹林或许还派得上用场。我从包里把它拿出来，倒了一些给他。

"这些可能有用，"我说，"如果你愿意试试的话。"

他示意我进屋。"请你自己拿过去吧。"他说。

我有些不情愿，不想看到他亲人濒死的惨状，但我的人性告诉我必须进去。我跟着他走进客厅。靠墙的位置摆着一张简易床，上面躺着一个人。他身上盖着两条毯子，闭着眼睛，脸色苍白，须发杂乱。那瘦悴的面庞，是将死之人才会有的模样。我走近床边，低头注视他。他睁开眼睛。一瞬间，我们彼此相视，难以置信。接着，他向我伸出手，微笑着。是维克托……

"谢天谢地。"他说。

我感动得说不出话。我看到他向带我进来的人示意，用方言和他说话，我知道他一定是在告诉他我们是朋友，因为对方听完后，脸上似乎亮起来，退了出去。我继续站在床边，握着维克托的手。

"你这样有多久了？"半晌后，我问道。

"快五天了，"他说，"有点儿胸膜炎，之前也犯过。这次特别严重。老了。"

他再次微笑。虽然我知道他已病入膏肓，但他几乎没有改变，依然是我熟悉的维克托。

"你似乎干得不错，"他依然微笑着，"看起来是个成功人士。"

我问他为什么没再给我写信，这二十年来都在做什么。

"我切断了和过去的联系，"他说，"我想你应该也是，只是方式不同。我离开后，再也没回过英格兰。你手上拿着什么？"

我给他看了我手中的阿司匹林。

"恐怕对你没有用，"我说，"最好的办法是今晚我留在这里，明天一早在村里找一两个人，帮我一起把你扛到山谷去。"

他摇头。"浪费时间，"他说，"我知道自己已经不行了。"

"别胡说。你要看医生，要好好护理。在这个地方是不可能的。"我环顾这间原始的客厅，采光差，又不通风。

"别管我了，"他说，"有更重要的人。"

"谁？"

"安妮。"他说。我一时语塞，没有接话。他又说："你知道的，她还在这里，还在真理之山。"

"你的意思是，"我说，"她还在那个封闭的地方，从来没有离开？"

"所以我才会在这里，"维克托说，"我每年都来。那件事发生之后，我就每年都来。我写信告诉过你，应该是在战后？我一直住在一个小渔港，非常闭塞，非常安静。每过十二个月我便来这里。今年我来得比较晚，因为我病了。"

真叫人难以相信。这是一种怎样的生活啊！这么多年，没有朋友，没有爱好，熬过漫长时光，只为每年来此朝圣，却永远失望而归。

"你有再见过她吗？"我问。

"从来没有。"

"你有给她写信吗？"

"我每年都带一封信来。我把它带上山，放在岩壁下，第二天再过去。"

"信会被拿走吗？"

"会。然后在我放信的地方会出现一块石板，上面字迹潦草，只有只言片语。我把这些石板都带回去，放在我住的海岸边。"

我感到揪心，为他的执念，为他经年累月的忠贞。

"我试着研究它，"他说，"研究这种信仰。它非常古老，比基督教存在得更久。在一些古书上能找到线索。我时不时搜集到一些信息，也与学者交谈过，他们研究神秘主义、古高卢人的旧典仪，还有德鲁伊信仰，那些时代的山人之间有强烈的联结。我读到的所有事例，都深信月亮的力量，并且相信教徒们会永葆青春，永世美丽。"

101

"维克托，听你说这些，好像你也相信。"

"我相信，"他回答，"这个村里仅剩的几个孩子也都相信。"

他说话说累了，伸手去拿床边放着的水壶。

"听我说，阿司匹林对你没什么坏处。如果你发烧了，它能帮你退烧。你服下也可以好睡些。"

我让他吞下三颗，帮他掖好毯子。

"这个屋里有女人吗？"我问。

"没有，"他说，"这次过来我也觉得很困惑。这个村庄几乎被废弃。女人和孩子们都搬去了山谷。这里只剩大概二十个男人和男孩。"

"你知道女人和孩子们是什么时候走的吗？"

"我想应该是我来之前的几天。带你进来的男人，是以前住在这里的老人的儿子。老人多年前去世了。他儿子很愚笨，几乎什么也不懂。你问他问题，他就一脸茫然。但他也有一些用处。他会给你吃的，给你铺床，生下的儿子也够聪明。"

维克托闭上眼，我希望他能睡着。我想我知道女人和孩子们离开的原因。他们是在山谷那个女孩消失后离开的。一定有人警告过他们真理之山会遇到麻烦。我不敢告诉维克托，希望自己能说服他，让我把他扛到山谷去。

天已擦黑，我饥肠辘辘。穿过一处凹槽，我走到后面。只有那个少年在里头。我问他有没有什么吃的，他听得明白，给我拿来面包、肉和奶酪。在他的注视下，我在客厅吃完了食物。维克托的眼睛依然闭着，我相信他已入睡。

"他会好起来吗？"少年问。他说的不是方言。

"会的，"我回答，"如果有人可以帮我把他一起扛下山去看医生的话。"

"我可以帮你，"少年说，"还有我两个朋友。我们明天就得走，过了明天就没那么容易了。"

"为什么？"

"后天会有很多人来来往往。山谷那儿的男人可兴奋了，我和朋友也要加入他们。"

"要做什么？"

他犹豫了，一双炯炯有神的眼睛注视着我。

"我不知道。"他说完便溜回后面去了。

床铺那儿传来维克托的声音。

"他说了什么？"他问，"谁要从山谷过来？"

"我不知道，"我故作轻松地说，"可能有人来登山。不过，他说明天可以帮我把你一起带下山。"

"从来没有人来这里登山，"维克托说，"肯定搞错了。"他喊来少年，少年进来后，他用方言问话。少年局促不安，很是心虚，似乎不想回答。我听到他和维克托两人都提到"真理之山"好几次。然后，他便回到后面，留下我和维克托。

"你能听得懂吗？"维克托问。

"听不懂。"我回答。

"我不喜欢这种感觉，"他说，"我在这里躺着的这几天，一直有种不祥的预感。这里的人看起来很古怪，鬼鬼祟祟的。他刚刚告诉我山谷里有些骚乱，那里的人非常生气。你有听说什么吗？"

我不知道该说什么。他紧盯着我。

"旅馆那儿的人几乎什么也不肯说，"我说，"不过他确实建议我不要来真理之山。"

"他说原因了吗？"

"没有具体说什么原因。只是和我说或许会有麻烦。"

维克托沉默不语。我能感觉到他在思考。

"山谷里有没有女人消失？"他说。

撒谎也无用。"我听说一个女孩失踪了，"我告诉他，"但我不知道真假。"

"应该是真的。那就是了。"

他很久没再开口，我看不清阴影中他的脸。房间里只点着一盏灯，光线暗淡。

"你明天必须到真理之山去提醒安妮。"终于，他开口说话。

我已经预料到他会这么说，便问他要怎么做。

"我把路线告诉你，"他说，"你不会走错的。沿着旧河道上去，一直向南走。现在雨水还没有积到无法通行。如果你天不亮就出发，就有一整天的时间可以上山。"

"到了那里要做什么？"

"你必须像我一样留下一封信，然后离开。如果你在那里，他们就不会出来取。我也会写一封信。我要告诉安妮我病了，而你在二十年后突然出现在我身边。刚刚你和少年交谈时，我就在想，这多么像是一个奇迹。我有种奇怪的感觉，是安妮带你来这里的。"

他眼中闪烁着我记忆里少年时代的信念。

"或许吧,"我说,"带我来的要么是安妮,要么就是你曾经说的,我的登山热。"

"两者有区别吗?"他对我说。

在昏暗的房间里,我们相视无言。然后,我转过脸去,让少年给我拿来铺盖和枕头,今晚我要睡在维克托床边的地板上。

晚上,他睡得不安宁,呼吸困难。我起身来到他身边几次,又给他一些阿司匹林和水。他汗流浃背,我不知道这是好事还是坏事。这一夜似乎无比漫长,我自己也几乎无眠。天蒙蒙亮时,我们就都醒了。

"你该出发了。"他说。我走到他身边,忧心忡忡地看着他。他身体湿冷,我知道他情况恶化,已经变得更加虚弱了。

"告诉安妮,"他说,"如果山谷里的人来了,她和其他人就非常危险了。我很确定。"

"我会把这些都写下来。"我说。

"她知道我有多爱她。我总是在信中这么告诉她,但你可以写信再次告诉她。放下信后,你就在隘谷里等,或许要等上两三个钟头,甚至更久。然后你再走回岩壁边,去找写了回信的石板。你会找到的。"

我触摸着他冰冷的手,接着便走入清晨的寒冷中。然而,外头到处都是云,我不禁心生担忧。不仅脚下有云,遮住我来时的路,寂静的村庄里也有云,盘绕在屋顶上,也盘绕在一路向上的小路上。小路在灌丛中蜿蜒,消失在山的一边。

云朵静静地轻抚我的脸，然后飘开，但没有散去，天空仍未清朗。水汽弄湿我的头发和双手，我的舌尖还能尝到它的味道。天还没大亮，我四处看着，不知如何是好。多年来保守的直觉告诉我要回头。根据我尚还记得的登山知识，在这么糟糕的天气上山，简直就是疯了。但是，如果留在村庄里，看到维克托的眼睛，那么充满希望与坚忍，我会更于心不忍。我们都心知肚明，他将不久于人世，而现在我胸前的口袋里就放着他写给妻子的绝笔信。

我转向南边，云朵依旧不断缓缓地从真理之山的顶峰飘下。

我开始往上爬……

维克托告诉我两小时后就能登上山顶。如果出太阳，用不了两小时就能走到。我也有向导，就是维克托画的简单地图。

离开村庄一小时后，我就意识到自己的错误。这一天不会出太阳。云朵从我身边飘过，水汽蒸发到我的脸上，又冷又湿。它们遮住我已爬了五分钟的蜿蜒河道，也遮住河道下淹得土石尽松的山泉水。

等到地形终于出现变化，时间已过了正午。路上不再有树根和植被，我摸着光秃秃的岩石向前。我败下阵来。而且更糟糕的是，我迷路了。我回过头，却无法找到那条带我一路走到这么远的河道。我遇到另一条河道，但它是东北走向，而且这个季节人已无法通行。一股激流从山上冲刷而下，如果我走错一步，就会被水流冲走，哪怕我想要抓住石头，手也会被冲得支离破碎。

昨天的志得意满已经浑然不在。我的登山热退去，取而代之的是我同样熟悉的恐惧感。过去，在云雾缭绕中，我曾多次经历这种恐惧感。上山或下山时，如果看不清自己走过的路，人就会感到极度恐慌无助。但那时我还年轻，受过训练，身体健壮，适合爬山。而现在，我是一个久居城市的中年人，独自身处一座之前从未爬过的山上。我很害怕。

我在一块巨石的阴面坐下，那里没有浮云。我拿出在山谷旅馆吃剩的三明治当作午餐，吃完就坐着等待，还不时起身走动走动，好让自己暖和些。这会儿空气已不再刺骨，但依然幽冷，就是那种总是伴随云气而来的湿冷。

我怀着一个希望，相信夜晚到来时，温度会下降，到时候云就会散开。我记得今晚应该会是满月，而这对我有利，因为满月时，云一般会消散，不会徘徊。因此，我期待严寒的到来。空气明显变得更加冷冽，我朝飘来浮云的南面看去，此刻已经可以看到大概十英尺开外的路。下方的路依然浓云密布，仿佛隐没在一道密不透风的墙中。我继续等待。在我上方，一路向南的小道能见度逐渐增加，十二英尺，十五英尺，二十英尺。云已不是云，只剩薄薄的水雾，然后渐渐消失。突然，整条山路清晰可见，虽然还看不到顶峰，但我看到了突出来的巨大山肩，一路南斜。顺着山肩往上，是我今天看到的第一眼天空。

我看了看手表，指针指向五点四十五分。真理之山的夜晚已经到来。

水雾重新出现，模糊了刚刚看到的天空。接着，水雾散开，天空又再度明朗。我走出坐了一天的地方。究竟是继续上山，还是回头下山，我又一次面临选择。前方的路很清晰，维克托所说的山肩已经出现。我甚至可以看到通往南面的山脊，十二小时前我就应该踩上那道山脊。再过两三个小时，月亮就会升起，足以照亮我到达真理之山岩面的路。我看向东面，那是下山的方向，依旧浓云密布。若此时下山，我就会像白天一样迷失方向，在能见度不足三英尺的山中茫然无助。

我决定继续前进，带着信件，攀上顶峰。

越过云雾，我恢复了精神，研究完维克托画的地图，便开始往南面的山肩前进。我感到饥饿，心想如果还有中午的三明治就好了，但现在只剩一卷面包和一包烟。烟没法让风变小，但至少可以暂时解饿。

现在，我看到了双子峰，清晰、荒凉，直指天空。仰望着双子峰，我又一次激动起来，因为我知道我已绕过山肩，来到山的南面，很快就能到达此行的终点。

我继续爬。随着山的南面在我眼前展开，山脊也慢慢变窄，路途渐渐变得陡峭。我回过头，看到东边水雾中，初升的满月探出一个角。这一幕让我感到孤独。宇宙浩瀚，我悬浮其间，独行于世界的边缘。我仿佛孤身处于一个空心球体之中，随着它的旋转，坠入无尽黑暗。

月亮升起，月下之人突然显得无比渺小。我不再是我自己，只是一副毫无感情的躯壳，被一股无法言喻的力量吸引着前往山巅，而这股力量似乎又被月亮所牵引。我不受自己控制，宛如涨起复又跌落的浪潮。我无法违背不断向前的自然法则，就像我无法停止呼吸一样。这不是因为血液中的登山热，而是山的魔力。驱使我前进的不是紧张情绪，而是满月的牵引。

岩石逐渐变窄，最后在我头顶闭合，形成拱形的隘谷。我必须弯腰往前探路。穿过隘谷，我便从黑暗走向光明，真理之山银白色的双子峰赫然出现在眼前。

那是我人生中第一次看到如此荒芜的美丽。我忘了使命，忘了对维克托的担忧，忘了整日来对云的恐惧。这里的确是此行的终点，是人生的完满。时间不再重要，我全然忘记了时间，站在那儿凝视月下的山岩。

我不知道自己一动不动地站了多久，也不记得塔楼和岩壁内何时有了变化，但是，之前空空如也的地方，突然出现人影。他们一个跟着一个，站在岩壁上，夜空映出他们的侧影。他们如此静默，如此安定，宛若山岩中雕出的石像。

我离得太远，无法看到他们的脸和身形。在敞开的塔楼中，独自站着一个人，从头到脚裹着罩衫。我脑海中突然闪出有关德鲁伊教、杀戮和献祭的古老传说。这些人崇拜月亮，而此刻又是月圆之时。有人会成为祭品，被抛下深渊，而我将目睹这一切。

我人生中曾有过恐惧，但还从未感到过恐怖。但此刻，恐怖的感觉袭来。我在隘谷的阴影中跪下，因为如果我站在月光下，必然会被他们发现。我看到他们将手臂举过头顶，慢慢地，他们开始低语，起初声音微弱含糊，渐渐越来越响亮，打破了这里深远的宁静。声音在岩面回荡，在空中起伏。我看到他们全都面向满月。没有献祭，没有杀戮。这是他们的赞歌。

我躲在阴影中，为自己闯入一无所知的礼拜而感到无知与羞愧。

赞歌在耳边萦绕，神秘、可怕，但又美得让人无法自拔。我闭上眼睛，双手合十，举过头顶，额头贴地，深深跪着。

响亮的赞歌一点点缓慢落下，变成低语，变成一声叹息，最后突然安静下来。宁静又重返真理之山。

我仍然不敢动，双手抱头，俯向地面。我不为感到恐怖而羞耻，因为我迷失在两个世界中。我自己的世界消失了，而他们的世界又不属于我。我渴望浮云出现庇护我。

我依然跪着等待。过了一会儿，我蹑手蹑脚地抬起头，望向岩面。岩壁和塔楼上光秃秃的，空无一人。一朵云，暗淡参差，遮住了月亮。

我起身，但没有走动，依旧盯着塔楼和岩壁。月亮已被遮住，周围一片沉寂。或许那些人影和赞歌从未出现，或许是我自己的恐惧与想象创造出了它们。

我等在那儿，直到那片遮住月亮的云飘走，才鼓起勇气，从口袋中摸出信。我不知道维克托写了什么，不过，我写的是：

亲爱的安妮：

　　某种奇怪的天意把我带来真理之山的村庄。我在那里发现了维克托。他病得很重，我想他或许将不久于人世。如果你有什么话想对他说，可以留在岩壁之下，我会带给他。我还要提醒你，你们这儿的人很可能即将身处险境。山谷里的一个女子失踪，那里的人陷入恐慌，怒不可遏。他们可能会来真理之山，毁掉这里。

　　临别前，我想告诉你，维克托从未停止爱你，他一直都
在思念你。

　　我在落款位置写下自己的名字。

　　我走向岩壁。靠近后，我看到维克托曾和我描述过的窗缝，突然
觉得或许那后面有眼睛正在凝视我，或许每道窄窄的缝隙后，都有一
个人在等待。

　　我弯下腰，将两封信放在岩壁下。突然，我面前的岩壁打开，从
里面伸出一双胳膊抓住了我，那双手掐住我的脖子，把我扑倒在地。

　　我失去意识前，最后听到的，是一个少年的笑声。

　　我猛地醒来，从深度沉睡中一下子被拽回现实。我知道刚刚我不
是一个人。有人跪在我身边，俯视我的睡容。

　　我坐起来，环顾四周，身上又冷又麻。我身处一间约十英尺长的
单人房，幽白的日光从窗缝透进石墙。我扫了一眼手表，指针指向四
点四十五分。我肯定在这儿昏迷了四个多小时，那束光应该是黎明前
的微光。

　　我醒来后，先是感到愤怒。我被骗了。山下村庄里的人欺骗了
我，也欺骗了维克托。抓住我的那双糙手，还有耳中那少年的笑声，
就是他们，是那个男人，还有他儿子。他们一直走在我前面，在这里
等我。他们知道岩壁的入口。这么多年，他们一直在欺骗维克托，现
在也想愚弄我。鬼知道他们有什么企图。应该不是劫财，我和维克托
两人除了身上穿的衣物，什么也没有。我身处的这间单人房空荡荡

的，没有人住过的痕迹，甚至没有一张可以躺的木板。奇怪的是，他们没有把我捆起来。这里没有门，但是有一条类似窗户的长缝，足够一个人通过。

我坐着等待天亮，也在等待肩膀、手臂、双腿恢复知觉，我向来谨慎，觉得这样比较稳妥。如果现在贸然穿过缝隙走出去，外头光线尚还昏暗，我可能会被绊倒，又或者迷失在台阶或过道构成的迷宫中。

天越来越亮，我越来越愤怒，同时也心生绝望。我现在一心只想抓住那个男人和他儿子，威胁他们，必要的话动粗也无妨。我不会再让他们趁我不备，把我摞倒在地。但是，如果他们已经离开，把我困在这里无路可出，我又该怎么办？这或许就是他们玩的把戏？在数不清的岁月中，当年那个老人，老人之前的一代代人，把山谷里的女人引诱来此。一旦她们走进岩壁，就会被困在里头，活活饿死。我要是再这么想下去，内心的不安就会变成惊慌。我得冷静下来。于是，我摸出口袋里的烟，抽了几口，便恢复平静，烟的味道属于我所知道的世界。

然后，我看到了壁画。投进房间的日光照亮了它们。壁画布满墙面，甚至连天花板上也有。那不是原始农人粗野的笔触，也不是满怀信仰的宗教艺术家之圣洁画作，这些壁画充满生命力，朝气蓬勃，色彩明艳，感情强烈。它们是否在讲述一个故事，我不得而知，但显然是在表达对月亮的崇拜。壁画中的人或跪或立，高举双臂，伸向画在天花板上的满月，但诡异的是，不知是什么神秘的绘画技艺使然，画中朝圣者的眼睛都在盯着我，而不是看向月亮。我抽着烟，移开视线，但随着日光渐亮，我始终能感觉到这一双双眼睛紧盯着我，就像我在岩壁外时，能够感觉到窗缝中沉默的凝视一般。

我起身，踩灭烟头。此刻我觉得做什么都好，就是不想再待在这房间里，和壁画中的人共处一室。我向缝隙边走去，这时，我又听到那笑声。这次的笑声比较轻，仿佛压抑着，但依然能听出是年轻人带着嘲弄的笑声。那个该死的少年……

我穿过缝隙，大声咒骂叫喊。他身上或许有匕首，但我不在乎。他就在那里，贴着墙等我。我可以看到他眼中的微光，以及他剪得很短的头发。我猛击他的脸，他躲开了。我听到他闪到一边时发出的笑声。再看，他已不是一人，身后还站着两个人。他们猛扑向我，不费吹灰之力便我压在地上。为首的人用膝盖卡住我的胸膛，双手掐住我的脖子，对着我微笑。

我挣扎着喘气，他放松手，三个人一起注视我，嘴角都挂着嘲弄的微笑。这下我看清楚了，这三人并不是村庄里的那个少年，也不是他父亲，他们的长相也不同于村庄或山谷里的人，而是像壁画上的人。

他们斜眼看着，眼睑耷拉，没有丝毫仁慈之色。很久以前，我曾在埃及墓地中以及一个花瓶上见过这样的眼睛，那个花瓶被久埋于废城下的碎石瓦砾之中，为世人所遗忘。他们个个身着及膝长袍，露出胳膊和双腿，头发剪得很短，散发出奇妙的朴素之美，亦正亦邪。我想从地上起身，但掐住我脖子的那双手将我压回地面。我知道自己不是他们的对手，如果他们动起真格，完全能够把我从这里丢下深渊，那么一切就结束了。再过不久，维克托就会在山那面的小屋子里，孤独死去。

"动手吧，"我说，"我受够了。"我放弃，不再在乎。我等着这些年轻人发出嘲弄的笑声，等着他们突然抓起我的身体，残暴地将我从窗缝中丢入黑暗的深渊。我闭上眼睛，神经紧绷，做好迎接恐怖的准备。然而，什么也没有发生。我感觉到少年在触碰我的嘴唇。我睁开眼睛，看到他依然在微笑，手里拿着一杯牛奶。他催促我喝下，但没有说话。我摇头，于是他的同伴走过来，跪在我身边，撑起我的肩背，我便像个孩子一样，笨拙而又充满感激地喝下。他们扶着我的时候，害怕与恐怖的感觉都离我而去，似乎他们身上的力量通过双手传递给了我，不仅让我的双手，也让我的全身恢复力量。

喝完后，为首的少年从我手上接过杯子，放在地上，然后他将双手放在我的心脏上，手指触碰着我，一种从未体验过的感觉流淌在我身上，仿佛身处天堂的平和之中，那么安静，那么有力。那双手带走我前夜所有的不安与害怕、疲惫与恐怖。一瞬间，山里云雾的记忆、维克托的垂死，都变得微不足道。与这种力量和美的感受相比，它们显得渺小。就算维克托死了，也没有关系。躺在农舍中的只是他的躯壳，他的心会像我的心一样继续跳动，他的灵魂也会来这里找我们。

我说"我们"，是因为我觉得自己仿佛已被同伴们接受，我已成为他们中的一员。我惊诧，但迷惘，也很幸福，心想，这就是我所期待的死亡，让人忘却所有痛苦与烦恼，而生命仍然存续，只不过是在于心，而不在于纷乱的大脑。

少年微笑着移开了手，但我身上仍充满力量与能量。他起身，我也跟着站起。缝隙之外不是蜂巢般曲折复杂的走道，不是黑暗的回廊，而是一片开阔的空地，三面连着房间，一面通往真理之山双子峰。此刻，美丽的双峰覆着白雪，在升起的太阳下闪着光辉。冰面上凿出台阶，直通顶峰。现在，我知道岩壁内以及空地何以如此宁静了，因为其他人都站在台阶之上。他们穿着同样的袍子，露出胳膊和双腿，系着腰带，头发剪得很短，紧贴头皮。

我们穿过空地，走上台阶，站在他们身边。这里一点儿声响也没有。他们都没有说话，但都和三个少年一样面带微笑。他们的笑容不像尘世中那般彬彬有礼，而是带着奇怪的欣喜，仿佛集智慧、胜利与激情于一体。他们没有年龄，没有性别，既不是男人，也不是女人，既不衰老，也不年轻，但他们的容貌与身体之美，非世间所有，令人心驰神往。我内心深处突然渴望成为他们当中的一员，我想穿他们所穿，爱他们所爱，像他们那般放声大笑、虔心礼拜、沉默不语。

我低头看着自己的外套和衬衫，看着自己穿的登山马裤、厚袜子和鞋子，突然心生憎恶，觉得它们就像裹尸布。我连忙脱去，扔到空地上，赤身裸体地站在太阳之下。我丝毫不觉得尴尬或羞愧，也不在乎自己的模样，我只知道自己想要摆脱尘世羁绊，而那些衣服就是我在尘世的象征。

我们爬上台阶，到达山顶，整个世界展示在眼前，云雾不再缭绕，山峰伸入无尽之中。脚下那个与我们全然无关的世界，朦胧、苍翠、寂静，是山谷、溪流，还有沉睡的小镇。视线从脚下的世界回到眼前，我看到一道巨缝分开了真理之山的双峰，狭窄，但无法跨越。站在山巅俯视，我惊奇又敬畏地发现，我的双眼无法看穿巨缝下的深渊。深渊无底，永恒地隐于山间，巨缝间冰蓝色的岩壁坚硬平滑，一路向下，与深渊相连。无论是中午洒满山峰的阳光，还是夜晚的满月之光，都永远无法穿透这深渊。但在我眼中，双峰间的形状，好似托举在双手中的圣杯。

有个人紧挨深渊站着，从头到脚裹着袍子。她被白色的修道士长袍覆着，我看不清她的模样，但她高挑笔直的身形、仰头伸展双臂的样子，令我的心脏突然狂跳。

我知道，那是安妮。除了她，没有谁会那样站着。我忘了维克托，忘了使命，忘了这么多年的时光与际遇，我只记得她的沉静，她美丽的容颜，还有她轻柔地对我说的那句话："毕竟，我们都在寻找同样的东西。"那一刻，我终于明白自己这么多年一直爱着她，虽然她先遇见维克托，并且选择了他，嫁给了他，但是婚姻的联结与礼数并没有困扰我们，从始至终都没有。从维克托介绍我们认识的第一天起，我们的思想就已经交织互通，那种怪异又无法言说的心之联结，冲破重重限制、层层阻碍，将我们彼此拉近，纵使无言，纵使别离。

错在我，一开始就不应该让她独自寻找她的山。如果当年他们在旅行用品店邀我时，我能答应同往，那么直觉便会告诉我她在想什么，那魔咒也会召唤我。我不会像维克托那样，在小屋里睡着，而是会醒来，和她一同来此。我蹉跎了这么多年的时光，碌碌无为，这些时光本可与她共度。我本可以与安妮一起，在这座山上，与世隔绝。

我再次环顾四周，看着身边人的面庞，带着几乎令人疼痛的饥饿感，心下思忖，他们知道什么是爱的狂喜，而我从来不了解。沉默不是让人坠入深渊的咒誓，而是山峰赠予他们的平和，使他们思想相通。若一抹微笑、一个眼神就能够达意，又何须多言。欣喜的笑声可以从内心迸发而出，永远不会被压抑。没有阴森森的指令，否认一切心中的本能。在这里，生命圆满、热烈，富有张力。炙热的阳光渗进血管，成为血，化为肉。冰冷的空气融合直射的阳光，一起涤净身体与双肺，带来力量，就如那手指触碰我心脏时，为我带来力量一般。

短短时间内，我的价值观已全然改变。那个穿过迷雾来到山中的我，那个适才还感到害怕、不安、愤怒的我，似乎已不复存在。我已过中年，头发灰白，如果世人看到我此刻的模样，一定会觉得我已疯癫，把我当作笑柄、蠢货。我赤身裸体，和他们一起站在真理之山上，面向太阳，高举双手。太阳已高高升起，光芒四射，炙烤皮肤，让我痛并快乐着。炽热的阳光穿透我的心脏，穿透我的双肺。

我始终注视着安妮，我对她的爱如此强烈，我甚至听到自己在高呼着"安妮……安妮……"。她知道我的存在，因为她向我抬手示意。其他人都不介意，他们都不在乎。他们和我一起放声大笑，他们都理解我。

从我们中间走出一个女孩，她穿着简单的乡村连衣裙，套着长筒袜和鞋子，头发散落在肩上。我以为她双手合十，如同在祈祷，但并非如此，她将手合在心上，指尖触碰心脏。

她走到安妮站着的巨缝边缘。昨晚在月下，我曾陷入恐惧，但现在没有。他们接纳了我，我成为他们当中的一员。一刹那，头顶的空中射下阳光，光线触到巨缝边，照亮了蓝色的冰。我们全体跪下，面向太阳，我听到了赞歌。

我想："这就是人类最初，也将是人类最终的祷告方式。没有教义，没有救世主，没有神，只有给我们光照与生命的太阳。祷告就是如此，从一开始便是如此。"

太阳的光线从巨缝上慢慢移开，女孩起身，脱下长筒袜、鞋子和衣裳，安妮手中拿着一把小刀，割去她的头发，直割到齐耳的位置。女孩站在她身后，手合在心上。

"现在她自由了，"我心想，"她不用再回到山谷。她的父母和年轻的情郎会为失去她而悲痛，他们永远也不会知道她在真理之山上找到了什么。在山谷中，原本将会有宴席与庆典，人们会在他们的婚礼上跳舞。但简短的狂欢过后，浪漫就变成婚后的柴米油盐。她要操持家务，养儿育女，她会焦虑、烦恼、生病，会遇到困难，日复一日，容颜凋零。而现在，她解脱了。在这里，曾经的感受不会消失，爱与美不会消逝。生活艰辛，因为大自然冷酷无情，但这正是她在山谷时想要的，所以她来到这里。她会在这里了解到在尘世间永远无法了解到的一切。这里充满激情、快乐与欢笑，有阳光的灼热，有月光的牵引，有不掺杂情绪的爱，有一夜无梦的好眠。所以，山谷中的人憎恨真理之山，因为他们害怕真理之山。因为这里，这山巅，是他们未曾拥有也永远无法拥有的，所以他们愤怒、嫉妒、不悦。"

安妮转过身，女孩已将自己的性别连同旧衣、过去的生活一起抛开，跟在安妮身后。她赤着脚，露着胳膊，头发和其他人一样短。她微笑着，闪着光芒，我知道再没有什么能够牵绊她。

他们走下空地，独留我在山巅。我觉得自己像被排斥在天堂的大门外。属于我的那个瞬间已经结束。他们属于这里，而我不是。我是一个来自尘世的外人。

我恢复了不愿恢复的理智，想起维克托，想起自己的使命，于是也走下空地，把衣服穿上。抬起头，我看到安妮在塔楼上等我。

其他人都靠墙站着，让我能够通行。我看到他们中只有安妮一人穿着白色的蒙头长袍。塔楼高耸，向天空敞开。安妮坐在塔楼最高一级台阶上，在我的记忆中，她也曾这样坐在大客厅火堆前的矮凳上，一只膝盖支起，手肘撑在上面。今天就是昨日，今天就是二十六年前的那一天，我们仿佛正独自待在什罗普郡那栋房子中，她此刻带给我的平和也恰似当年。我想跪在她身边，握住她的手。但我没有这么做，我走过去，抱着胳膊，站在墙边。

"你终于找到了，"她说，"虽然花了一点儿时间。"

她的嗓音柔软平静，没有一丝改变。

"是你带我来的吗？"我问，"飞机坠落时，是你在召唤我吗？"

她笑起来，我觉得自己从未离开过她。时间在真理之山静止。

"我很早以前就想要你来，"她说，"但你对我关上了心门。就像一个人不接起听筒，那电话自然打不通。现在的电话还是这样吗？"

"是的，"我回答，"现代的发明需要靠按键来联系人，但是心不需要。"

"你的心已尘封多年，"她说，"真遗憾，否则我们早已能够相谈。我只能从信中知道维克托的想法，但我无须看信，便能知道你的想法。"

在那一刻，我第一次萌生希望。我必须小心试探。

"你已经看了他的信，"我问，"也看了我的？你知道他将不久于人世了？”

“是的，”她说，“他病了好几个礼拜。所以这次我想要你来，这样在他临终前你可以陪在他身边。你回去以后可以告诉他我们俩说上话了，他会高兴的。”

“为什么你不自己去？”

“最好还是你去，”她说，“这样他就能守住他的梦了。”

他的梦？她这话是什么意思？也就是说，真理之山的人并没有拥有至高无上的力量？或许她知道他们身处险境。

“安妮，”我说，“我会按照你说的去做。我会回到维克托身边，陪他走完最后一程。但时间不多了，现在更要紧的是你们处境危急。明天，甚至今晚，山谷里的人就要爬上真理之山，他们会闯进来杀了你们的。你们必须在他们来之前离开。如果你们无法自救，那你必须同意由我来帮助你们。我们并没有那么远离文明，事情还是可以转圜的。我下山到山谷那里，找到电话，打给警局、军队，打给当局……”

我的声音渐渐变弱。我并没有想清楚要怎么做，但我希望她能对我有信心，能够相信我。

“重点是，”我告诉她，“你将无法继续在这里生活。我还不知道能不能抵挡住这次攻击，即便能抵挡住，他们下礼拜、下个月还会再来。这里的安稳日子已经屈指可数。你在这里待得太久了，不知道现在这个世界有多么动荡。连这个国家都分为两派，互相猜忌，山谷里的人也不再是迷信的农民，他们全副武装，杀心已起。你们没有胜算的。”

她没回答，只是坐在台阶上听着，白色蒙头长袍下，是她遥远沉静的模样。

"安妮，"我说，"维克托就快死了。或许他已经死了。你离开这里后，他没法帮助你，但我可以。我一直爱着你，这一点不用我说，你一定已经知道。二十六年前，你留在真理之山，就毁了两个男人。但没关系，我又找到你了。这个世界上还有其他遥远的地方，也很宁静，也远离文明，我们可以住在那里，你、我，还有这儿的其他人，如果他们想和我们一起走的话。我有足够的钱，可以安排妥当，你什么也不用操心。"

我脑海中浮现出自己和领事、大使讨论护照、文件、衣着问题的画面。

我脑海中还浮现出一张世界地图。我从南美洲的山脊看到喜马拉雅山脉，再从喜马拉雅山脉看到非洲。加拿大东北部有大片荒芜，人迹罕至，格陵兰岛也有合适的地方。还有那无穷无尽的岛屿，从未有人踏足，只有海鸟停留，只有孤独的海水冲刷着。我不在乎她选择去哪里，高山、岛屿、原野、沙漠，抑或是密不透风的森林、北极的荒地，哪里都好，我已经离开她太久，现在只想永生永世与她相伴。

现在这一切成了可能，因为本该拥有她的维克托将要离世。我坦然真诚地把这一点也告诉她。然后我就等着，等着她的答复。

她笑起来，笑声是如此温暖，惹人喜欢，让人难忘。我想走到她身边，拥抱她，因为这笑声充满生命力、喜悦与承诺。

"怎么样？"我说。

她从台阶上起身，静静地站在我身边。

"从前，有一个人，"她说，"他兴冲冲地对滑铁卢一个售票处的职员说：'我想要一张去天堂的单程票。'职员告诉他没有什么天堂，于是他拿起墨水瓶砸向对方的脸。后来，警察来了，把他带走，关进牢里。你现在不就正在向我要这张去天堂的票吗？这里是真理之山，不是天堂。"

我很受伤，甚至恼怒。她一点儿也没把我的计划当回事，正在嘲笑我。

"那你有什么提议？"我问，"就在这里，在岩壁里等着，等着他们闯进来？"

"你别管我们了，"她说，"我们知道要怎么做。"

她语气冷漠，仿佛这件事无关痛痒。我看到我为未来所作的规划从眼前溜走，怒不可遏。

"那你真的拥有魔力吗？"我几乎是在质问她，"你可以创造奇迹，救自己，救这里的人？那我呢？你不能带我一起走吗？"

"你不会想来的，"她把手放在我的手臂上，"你要知道，建出一座真理之山，需要时间。不光是脱去衣服、崇拜太阳那么简单。"

"我知道，"我告诉她，"我已经准备好要从头来过，我可以从零学习新的价值观。我知道我在尘世中的所学一无所用。才华、努力、成功，这些都毫无意义。但只要能和你在一起……"

"和我？怎么和我在一起呢？"她说。

我不知道要怎么回答，因为我的答案会显得太突然、太直接，但我心中明白，我想要的是男女之情。当然，不是现在就开始，可以等到我们找到另一座山，或一片原野，或任何能够让我们隐于尘世的地方之后。不需要现在就规划好。重要的是我心已决，如果她愿意，我将随她到天涯海角。

"我爱你，我一直都爱着你。这还不够吗？"我问。

"不，"她说，"在真理之山，不够。"

她摘下蒙着的头巾，我看到了她的脸。

看着她的脸，我惊恐不已……我无法动弹，也说不出话，仿佛所有的感官都被冻结。我的心凉了……她脸的一侧几乎完全溃烂，惨不忍睹。病症已经出现在她的眉毛、脸颊、喉咙上，她的皮肤被灼伤，生出疹块。那双我曾爱过的眼睛已经暗淡无光，深深陷在眼窝中。

"你看，"她说，"这里不是天堂。"

我想我应该别过了脸。我不记得了。我记得自己靠在塔楼的岩石上，盯着下方的深渊。我什么也没看到，只有一大片云，淹没了这个世界。

"其他人也是，"安妮说，"但他们死了。我活了下来，是因为我比他们更能忍耐。麻风病会找上所有人，真理之山这些所谓的不朽之身也无法逃脱。不过没关系，我从不后悔。我记得很久以前，我和你说过，登山之人要放弃一切。就是这样。我不再痛苦，所以你也不用为我感到痛苦。"

我什么也没说，任凭泪水顺着面庞滚落。

"真理之山上没有幻想，没有梦，"她说，"幻想和梦属于尘世，你也是。如果我毁了你对我的幻想，请原谅我。曾经的安妮已经不复存在，现在站在你面前的是另一个安妮。你想要记住哪个，由你自己做主。现在，回到你的世界中，为自己建立一座真理之山吧。"

这世界，有灌木，有青草，有矮树。这世界，有泥土，有石头，有水声。山谷深处，人们建立家庭，生儿育女。那儿有火光，有炊烟，有明窗。这世界，有马路，有铁轨，有城市。那么多城市，那么多街道，那么多拥挤的楼房和明亮的窗户。它们就在那里，在云下，在真理之山下。

"不用担心，也不用害怕，"安妮说，"至于山谷里的人，他们伤不了我们。只是……"她停下来，我没有看她，但我想她应该在微笑。"让维克托守住他的梦吧。"她说。

然后，她牵住我的手，和我一起走下塔楼的台阶，穿过空地，来到岩壁边。其他人站在那里看着我们，依旧赤裸着胳膊和双腿，一头短发。我也看到了那个来自山谷的女孩，她已经改变信仰，抛弃世界，成为他们当中的一员。我看到她转身看向安妮，眼神中没有恐惧，没有害怕，没有厌恶。他们全都露出庆贺的神情，充满智慧与理解地看向安妮。我知道，对于她的感知与忍耐，他们都能感同身受。她并不孤独。

他们看向我的眼神改变了。我从他们的眼神中读到的不是爱与理解，而是同情。

安妮没有说再见。她把手放在我的肩上，一瞬间，岩壁开启，她消失了。太阳已经开始西沉，大片白云从下面的世界飘浮上来。我转身离开真理之山。

回到村庄，已是晚上。月亮还未升起。再过不到两个小时，它就会爬上远处东边的山脊，照亮整片天空。山谷里的人在等待。他们的人数肯定超过三百人，正集结在屋子边。他们全副武装，有的拿枪，有的拿手榴弹，还有些人拿着原始的锄头和斧子。他们已经在村庄的道路上燃起火堆，放上食物。火堆前有人站着，有人坐着，他们吃着喝着，抽烟聊天。有些人带了狗，用缰绳紧紧拴着。

第一间房子的主人和儿子一起站在门边。他们也带着武器。少年拿着锄头，腰带中插着一把匕首。男人看着我，他的面孔看上去愚蠢、忧愁。

"你朋友死了，"他说，"死了好几个小时了。"

我推开他，走进客厅。里头点着两支蜡烛，一支放在床头，一支放在床尾。我俯身，握住维克托的手。那个男人骗我，维克托还有呼吸。他感觉到我握住他的手，睁开了眼睛。

"见到她了吗？"他问。

"见到了。"我回答。

"我在冥冥之中知道你会见到她的，"他说，"我躺在这里，就有这种感觉。她是我妻子，这么多年，我一直爱着她，但她却只肯见你。我现在才嫉妒，是不是太晚了？"

烛火昏暗。他看不到门边的人影，也听不到走动声和低语声。

"你把我的信给她了吗？"他说。

"给了，"我回答，"她让你不用担心，不用烦恼。她没事，一切都好。"

维克托微笑着松开我的手。

"所以，那是真的，"他说，"我所有关于真理之山的梦都是真的。她很幸福，很满足，永葆青春，容颜不老。告诉我，她的头发，她的眼睛，她的笑容，是否和从前一样？"

"一样，"我说，"安妮永远都是你我认识的最美丽的女人。"

他没有说话。我在他身边等着，突然听到一声号角，第二声，第三声，在空中回荡。我听到村庄里的人不断走动着。他们肩扛武器，踢灭火堆，聚集起来，准备向山上进发。我听到狗在吠，人在笑，他们蓄势待发，兴奋不已。他们离开后，我走出去，独自站在空无一人的村庄里，看着一轮满月，升起在黑暗的山谷中。

The

Apple Tree

苹果树

　　她死后三个月，他才第一次注意到这棵苹果树。当然，他一直都知道它的存在。它和其他树一起立在房前的草坪上，斜向远处的地面。但他之前从未觉得这棵排在左起第三的树有何与众不同，只不过和其他树离得稍远、更靠近露台一些罢了。

　　那是早春里一个晴朗的清晨，他在开着的窗边刮胡子。他一脸泡沫，手里拿着刮胡刀，把身子往外探了探，想呼吸清晨的空气。这时，他的目光落在了这棵苹果树上。或许是光影使然，也或许是树林里升起的太阳在这个特定的时刻恰巧照射在这棵树上，但是这种似曾相识的感觉断然不会出错。

　　他把手里的刮胡刀放在了窗沿上，目不转睛地看着。不同于它盘根错节的伙伴们，这棵树瘦弱枯槁，稀疏的枝条高耸在树干上，就像一个高个窄肩的人。它一副受难者的模样，似乎晨间清新的空气冻坏了它。树底部的铁丝一路环绕至树干中部，如同套在纤细肢体上的灰色花呢半裙。最上面的树枝指向天空，但微微松垂，仿若因疲劳而耷拉的脑袋。

他常常看到玛奇像这样沮丧地站着。在花园里、家里，甚至在镇上购物时，她都是这样弯着腰，身影中透露出艰辛，仿佛生活选中了她，带给她常人无法忍受的重担，而即便如此，直到生命的尽头，她也不曾抱怨分毫。"玛奇，你看上去累坏了，拜托，赶紧坐下来歇会儿吧！"但她听到这话，定会耸耸肩、叹口气，说："活儿总得有人干。"然后挺直身子，继续逼自己日复一日、年复一年地做着一成不变的无谓工作。

他仍盯着这棵苹果树。它仿佛受难一般，佝偻着身躯，枝条垂头丧气，树枝疲惫不堪。那些挨过冬天的风雨残存下来的枯萎叶子，此刻如同纤细的发丝，在春风中颤动。它们都在无声地向他抗议："都怨你，都怨你的忽视，我才成了这副样子。"

他将视线从窗外收回，继续刮胡子。对于终于重获自由的他来说，任凭自己胡思乱想并没有什么意义。他洗了澡，换上衣服，下楼吃早餐。温热的鸡蛋和培根在盘中等待着他。他拿起盘子坐在餐桌边属于他的位置，上面放着为他准备好的整齐崭新的《泰晤士报》。玛奇在世时，他都会把报纸先拿给她看。这是他们一直以来的习惯。早餐后他才会拿着她看完的报纸去书房，但那时报纸早已被她翻得皱皱巴巴、凌乱无序，阅读的乐趣也失了大半。而且新闻也早没了新鲜感，因为早餐时她已经大声地把最糟的新闻念了个遍，还不断评头论足。这是她养成的晨间习惯。两人的朋友如果生了女儿，她就会猛一扭头，咂着嘴说："可怜的家伙，又是个女儿。"如果生的是儿子，她就会说："现在的男孩子可不好管束喽。"他曾从心理角度思考过她的反应，觉得是因为他俩膝下无子，她才会嫉恨新生命的到来。但随着时间流逝，他发现她对所有美好事物都是如此，似乎在她眼里，福的根源总是祸。

"报纸上说今年度假的人数达到史上最多。但愿他们玩得开心吧，没什么好说的了。"但是她的语气满是轻蔑，听不出一点儿祝福。吃完早餐，她把椅子推回去，叹口气，说："好吧……"她不把话说完，但她的叹息、她耸动的肩膀，以及她为了减轻女佣的工作量，而自己弯腰收拾餐具时的瘦长后背，都成了她长久以来直指向他的怨怼，经年累月地给他们的生活蒙上一层灰。

他沉默拘谨地帮她打开通往厨房的门，她便拿着重得让她直不起身的餐具，费劲地从他面前走过，而这些餐具本不需要由她来收拾。不久，他从半开着的门里听到哗哗的自来水声，便回到椅子上坐下。面前的《泰晤士报》皱巴巴的，还沾上了橘子酱，靠在烤面包片架子边。又一次，那挥之不去的问题在他脑中回荡："我究竟造了什么孽？"

她并不唠叨。唠叨的老婆，就像岳母一样，都是老掉牙的笑料。在他的记忆中，玛奇从没发过脾气或是和他吵过架。只是那种怨怼之下的暗流涌动，夹杂着崇高的隐忍，将家的氛围破坏殆尽，让他生出一种阴暗和罪恶感。

一会儿或许会下雨。他钻进开了电暖炉的书房，抽起烟斗，逃离烦扰。小小的书房里烟雾缭绕。他坐在书桌前，假装要写信，但实际上，他只是在这独属于他一人的四方墙里躲着，感受这里带给他的舒适与安全感。然后，门开了。玛奇正艰难地套上雨衣，宽檐毡帽低过了眉眼。她停了一下，不满地皱起鼻子。

"哎呀！烟味好浓。"

他什么也没说，只是微微挪了挪，用手臂挡住他闲来无事从书架上拿下来的小说。

"你不打算去镇上吗？"她问。

"我没打算去。"

"噢！噢，好吧，没事。"她转身向门走去。

"怎么了？你有什么事要办吗？"

"只是要买午餐吃的鱼。他们周三不送上门。不过，你要是忙的话，我可以自己去。我只是想……"

她没有把话说完，就已经走出房门。

"没事，玛奇。"他唤道，"我现在开车去。你没必要把自己淋湿。"

他觉得她应该没听见，于是走到厅里。她在开着的前门那里站着，细雨已经落到她身上。她挎着一个扁长的篮子，正在戴园艺手套。

"反正也要淋湿了，"她说，"无所谓了。你看那些花，得把它们都支起来，支完我再去买鱼。"

争论也无济于事，她已经决定好了。他在她身后关上门，坐回书房中，但不知为何，书房似乎变得没有原来那么舒服。过了一会儿，他抬头看向窗外，看到她匆匆走过，没有扣好的雨衣在风中摆动，宽帽檐上积了雨水，篮子里满是蔫蔫的米迦勒雏菊。他感到良心不安，弯下腰来，关掉了电暖炉。

冬去春来，接着又是夏天。他没戴帽子，手插口袋，漫步于花园中。他彻底放空自己，感受太阳暖暖地照在背上，望着树林里、田野间缓缓流淌的蜿蜒小河，听到楼上卧室里胡佛吸尘器尖锐的声响突然降低，随后吭哧两声消失了。玛奇喊向站在楼下露台的他。

"你要做什么吗？"她说。

他并没有要做什么。是春末夏初的气息吸引他走进花园。他享受着退休后无须再去市里上班的美妙滋味。时间于他而言不再重要，只要他乐意，可以随意浪费。

"没有，"他说，"难得天气这么好。怎么了？"

"噢，没事，"她回答，"就是厨房窗户下面那根烦人的排水管又出问题了。这次彻底堵住了。从来没有人检查过，所以才会出问题。我下午自己试着修一修。"

她的脸从窗户消失了。吭哧声再次传来，声音渐渐升高，吸尘器又进入工作状态。简直愚蠢，美好的一天就这样被扫了兴。扫兴的不是她的请求，也不是清理下水道这项任务本身——那就像小屁孩儿玩泥巴一样小儿科，而是她那张看向洒满阳光的露台的倦容，那只疲倦地拨起垂发的手，以及她离开窗边时那声绝不缺席的叹息，还有那欲语还休："我也想无所事事地站在阳光下啊。噢，好吧……"

有一次，他鼓起勇气问她为什么非要没完没了地打扫，为什么非要不停地把东西从房里清理出去，为什么椅子一定要一个个叠起来、地毯要一张张卷起来、装饰品要挤在一张报纸上，尤其是为什么楼上那从没有人走过的走廊非要辛苦地用手去擦亮。每次打扫走廊时，玛奇和女佣都会轮流上阵，整个漫长过程中她们都跪着清理，就像旧时代的奴隶一样。

玛奇不解地盯着他。

她说："如果家里像猪圈一样，你肯定会是第一个抱怨的。你喜欢舒服的环境。"

所以，他们生活在不同的世界里，思想并不相通。一直都是如此吗？他想不起来。他们结婚将近二十五年了，是习惯的力量让他们生活在同一屋檐下。

他退休前，一切似乎并非如此。他之前并没有如此明显的感觉。他回家吃饭、睡觉，然后第二天早上再出门坐火车。但退休迫使他越来越清楚这一切，也越来越强烈地感觉到她的怨恨和不满。

最终，在她死前的那一年，他发觉自己已经被这种感觉吞噬，因此他会编造各种各样的谎言，只求能从她身边逃离。他会假装去伦敦理发、看牙医、和老同事吃饭，但事实上，他只是坐在俱乐部窗边，默默享受着平和。

病来如山倒。疾病没有怎么折磨她，就把她从他身边带走了。她一开始得的是流感，随后发展成肺炎，不到一周就去世了。他几乎不知道这一切是如何发生的，只知道她一如往常过于疲劳，受了风寒，却不愿意卧床休息。那是个下午，他溜进伦敦一家电影院，在寒冷的十二月，与一群热心友好的人一起享受时光，放松心情。当晚，他坐晚班火车回到家时，发现她正俯在地下室的火炉前拨弄着炭块。

她抬头看向他，面容苍白疲倦，神情沮丧。

"怎么了，玛奇？你到底在干什么？"他说。

"火炉出问题了，"她说，"一整天都不能用，火老是灭。我们明天得找人来检查一下。我自己真的没办法修。"

她的脸颊沾上了炭灰，松开的拨火棒掉落在地下室的地板上。她咳了起来，每咳一下都因疼痛而抽搐起来。

"你得去床上躺着，"他说，"我从没听过这么荒唐的事。这见鬼的火炉到底有什么要紧的？"

"我以为你会早点儿到家的，"她说，"我想你可能知道怎么处理。今天一天都这么冷，我不知道你一个人在伦敦有什么可做的。"

她驼着背，慢慢地，费力爬上地下室的楼梯。走到楼梯端头时，她半闭着眼睛，站在那儿颤抖。

"如果你不介意的话，"她说，"我现在马上给你准备晚餐。我自己什么也不想吃。"

"去他的晚餐！"他说，"我自己可以弄吃的。你现在就去床上躺着。我给你弄点儿热的喝。"

"我和你说了，我什么也不要，"她说，"我可以自己灌好热水瓶。我就请你做一件事，记得上来之前把灯都关掉。"她垂着肩膀，往厅里走。

"热牛奶可以吧？"他开始迟疑。脱去外套时，被撕成两半的16便士的电影票从口袋里掉落在地。她看到了，但什么也没说，又咳了起来，拖着沉重的步伐走上楼去。

第二天，她的体温高达39.5摄氏度。医生来家里看过后说她得了肺炎。她问能不能去村里的诊疗所住院，因为如果请护士上门就太麻烦了。那天是周二，她早上就直接去了诊疗所。到了周五晚上，他便被告知她可能撑不过当夜。他站在病房里，高高的病床没有丝毫人情味，他低头看着躺在上面的她，怜悯的心揪成一团。病床上枕头过多，她被高高托起，肯定休息不好。他带了花来，但看样子也没必要请护士来装点了，因为玛奇已经虚弱到没法看什么花。护士弯腰照看她时，他小心地把花放在医用屏风边。

"她需要什么东西吗？"他说，"我是说，我可以马上……"他没把话说完，希望护士可以明白他的意思，他可以马上开车去任何地方，去拿她需要的东西。

护士摇了摇头。"我们会给你打电话的，"她说，"如果情况有什么变化的话。"

站在医院外，他很好奇，情况能有什么变化呢？枕头上那张苍白消瘦的脸不会有什么变化了，他从没见过那样一张脸。

周六一早，玛奇就死了。

他不信教，对于永生并没有什么执念，但玛奇下葬后，他每每想到她孤寂地躺在带有黄铜把手的崭新棺材中，便悲从中来，觉得让她就这样下葬太过潦草敷衍。死亡不该如此，它应该像远行前在车站的道别，只是后者没有悲伤。就这样匆匆把一个若非得病就会是活生生的人埋进地里的做法实在欠妥。棺木沉进墓地时，悲恸的他仿佛听到了玛奇的叹息声："噢，好吧……"

他热切地希望生命在看不见的天堂里还能得以续写。可怜的玛奇不会知道自己的遗体经历了什么，她会走在天堂碧绿的田野中。但是，他好奇，她会和谁在一块儿呢？若她与多年前在印度过世的父母相遇于天堂之门，他们可能并没有什么可聊的。他脑海中突然出现了她在排队等待的画面。如同在世时一样，她依然远远地排在队尾，照样拿着她那个编织购物袋，脸上仍是那种受难者般耐心的神情。通过天堂的栅门时，她看着他，一脸责备。

棺材和排队的画面在他脑海中停留大约一周后，便渐渐淡去。然后，他忘了她。他拥有了自由、充满阳光的空屋子，以及明亮清爽的冬天。现在他的生活完全属于自己。他再也不曾想起玛奇，直到看到苹果树的那个清晨。

那天晚些时候，他在花园里散步。好奇心驱使他走近了那棵树。毕竟只是愚蠢的想象，这棵苹果树实际上与其他几棵并无二致。他忽地想起来，这棵树总是比其他几棵瘦弱，事实上它已经半枯，曾经他们还讨论过要锯倒它，只是最后不了了之。好的，这周末他可有事做了。锯树也算是锻炼身体，而且苹果木香气怡人，若放在火上烧，闻着也是种享受。

遗憾的是，那天之后将近一周都阴雨绵绵，导致他没法完成这项自己计划的任务。在这样湿漉漉的天气出门确实大可不必，何况万一染上风寒更是得不偿失。他仍然会从卧室的窗户里注意到这棵树。它在雨中那副驼背、凌乱、瘦弱的样子开始令他生厌。天气并不冷，落在花园里的雨也很绵软，其他几棵树都不像它那样沮丧。这棵老树的右边长着一棵小树，他清楚地记得那是前几年才种下的。此刻，小树正挺立着，轻盈柔软的新枝朝天空抬着头，仿佛正在享受雨水，一副欣欣向荣的模样。他透过窗子微笑地看着。见鬼，为什么他突然想起那件事？那是好几年前，还在战时，他和一个来隔壁农场工作了几个月的女孩之间发生的事。过去几个月，他应该都没有想起过她，而且那件事也没什么大不了的。那时，他会在周末去农场帮忙做一些战时的工作，而同在农场的她，总是笑脸盈盈，看起来可爱快活。她有一头活泼的男孩子气的黑鬈发，肤色宛若初结的苹果。

他期待着能在周六周日见到她。她就像一剂解药，把他从玛奇终日一成不变的新闻评说与永无止境的战争话题中解救出来。他喜欢看着这个孩子。确实，她也就比孩子大点儿，差不多十九岁。他喜欢看她穿着修身马裤和衬衫的样子。她笑起来时，仿佛拥抱着全世界。

他不知道那件事是怎么发生的，而且那不过是件微不足道的小事。那是一天下午，他在工具房里弯着腰检查拖拉机的引擎，她就在他身边，紧挨着他的肩膀，两人有说有笑。他转过身，去拿抹布清理塞子。不知怎的，下一刻，她已在他怀中，而他正亲吻着她。一切是那么美妙，那么自然而然。女孩双唇鲜嫩、朝气十足、温和柔顺。然后他们便继续修理拖拉机，但两人间多了一份亲昵，气氛快乐而平和。到了女孩该去喂猪的时候，他便搭着她的肩膀，跟着她走出了工具房。这个不经意的动作真的没有任何含义，顶多是轻抚。走到院子里时，他看到玛奇就站在那里盯着他们俩。

"我得去参加红十字的会议，"她说，"车子没法发动，我就打电话找你了，但是你没听到。"

她脸色僵硬，眼睛盯着这个女孩。一瞬间，罪恶感向他袭来。女孩愉快地向玛奇道晚上好，便穿过院子去喂猪。

他随玛奇一起走向车子，摇手柄发动它。玛奇谢了他，声音中不带一丝情绪。他不敢直视她的眼睛。这是出轨，是罪恶，是星期日报纸第二版会刊登的那种新闻：《丈夫与农场女私通，妻子目睹一切》。回到家时，他的手在发抖，得给自己倒杯酒喝才能冷静下来。但是，玛奇什么也没有说。这件事不再被提起。他很怯懦，之后的那个周末也不敢去农场，后来他听说女孩的母亲患病，把她叫回家里去了。

从此，他再也没有见过她。他不知道自己为什么在这样的日子里，看着雨水落在苹果树上时，会突然想起这件事。他必须把砍掉老枯树的事提上日程，好让这苗壮成长的小树沐浴到更多阳光，毕竟紧挨老树生长的它享受不到多少阳光。

周五下午，他绕到菜园去找园丁威利斯。威利斯一周去他家帮忙三次。他过来付酬劳，也想顺便看看工具房里有没有能用得上的斧头和锯子。受过玛奇指点的威利斯总能把所有工具都整齐地放置在工具房里，斧头和锯子就挂在墙上的老位置。

他付完钱，正要转身离开，威利斯突然说："先生，那棵老苹果树挺有意思的，对吧？"

他没想到威利斯会说这番话，吃了一惊，脸色大变。

"苹果树？什么苹果树？"他说。

"怎么了？就是靠近露台端头的那棵呀，"威利斯答道，"打从我在这儿工作起，它就一直光秃秃的，已经好几年了啊，从来也没结出一颗苹果，开出一朵花。您记不记得有一年寒冬我们打算砍掉它，但后来没有砍。现在它重获新生了。您没发现吗？"园丁笑着看他，给了他一个会意的眼神。

这家伙什么意思？他不可能也看出了那奇妙的相似之处。不，绝对不可能，这不合理，简直是对亡魂的亵渎。而且，他自己已经把这种想法赶出脑海，没有再那么想了。

"我什么也没发现。"他辩道。

威利斯大笑起来。"先生，绕到露台这儿来，"他说，"我指给您看。"

他们一起走到草坡上。到了苹果树下，威利斯抬起手去够低垂的树枝，树枝微微地发出咯吱声，显得坚硬不屈。威利斯拂去表面一些干掉的地衣，尖尖的细枝便露了出来。"先生，看，"他说，"冒花苞了。您看它们，用手摸摸看。是新的生命，许许多多新的生命。我以前从没见过这种事。你再看看这根枝丫。"他放开了手上的这根，踮脚去够另一根。

威利斯说得没错，有许许多多花苞，但都是褐色的小花苞，甚至在他看来都称不上花苞，更像是细枝上的斑点，灰暗而干瘪。他把手放进口袋中。触摸它们令他产生一种奇怪的厌恶感。

"我觉得没什么大不了的。"他说。

"不好说，先生，"威利斯说，"我看到了希望。它已经挨过了冬天。如果今年不再结霜，保不齐我们会看到什么呢。老树开花可是件稀罕事儿，搞不好它还会结果子呢。"他张开手拍了拍树干，这个动作熟悉又亲切。

树的主人转过身去。不知为什么，和威利斯待在一起让他恼火。大家都觉得这该死的树活过来了，他的周末砍树计划就要化作泡影。

"它挡到小树的光，"他说，"砍掉它，给小树更多生长空间，才是合理做法吧？"

他跨过去，走到小树前，触摸着枝干，上面没有地衣，树枝平滑。密密的花苞顺着根根嫩枝长了一圈又一圈。他一松手，强韧的枝干就从他手上弹了回去。

"先生，现在就要砍掉吗？"威利斯说，"在它还有生机的时候砍掉吗？噢，不，先生，我不会这么做的。它并没有碍着小树的生长。我会再给这棵老树一次机会。如果它结不出果子，下个冬天再砍也不迟。"

"好吧，威利斯。"他边说边快步离开。不知为何，他不想再继续讨论这个话题。

那晚，他上床睡觉前，像往常一样敞开窗户，拉开窗帘，因为他无法忍受早上在紧闭的房间里醒来。这是一个月圆之夜，月光洒在露台和草地上，苍白、静谧。没有风，四周静悄悄的。他探出身子，享受这份宁静。月光倾泻在整棵小苹果树上。在月色下，小树闪着光芒，如置身童话故事中，仿佛是个舞者，细小、柔软、修长。它高抬双臂，踮起脚尖准备好要跳跃，看起来无忧无虑、自在优雅。勇敢的小树啊！它左边则立着另一棵树，半身仍没在阴影之中。即便月光如斯，也无法为它增添一分美丽。这种东西究竟为什么要站在那里弯腰驼背，而不抬头看看月光？它玷污了宁静的夜晚，破坏了唯美的意境。他觉得自己真蠢，居然向威利斯妥协，放过了这棵树。那些可笑的花苞永远不会绽放成花，即便绽放了……

他思绪纷乱，再一次回想起农场女孩和她欢快的笑颜。他突然想知道她怎么样了。或许她已经嫁给一个年轻人。那个小伙子肯定很幸福。噢，好吧……他笑了，这句话是不是要为他所用了？可怜的玛奇！这时，他屏住呼吸，手搭在窗帘上，静静地站着。那棵苹果树，就是小树左边那棵，不再没于阴影之中。枯萎的枝干在月光的照耀下，像在祷告的骷髅手臂，高高举着，无法动弹，疼痛到僵硬麻木。没有风，其他几棵树都一动不动，但是在那里，在最高的枝干上，有什么东西在颤动，似乎不知从何处吹来微风，很快又消散了。突然，一根树枝从树上掉落。是那根他不愿触碰的长着暗色小花苞的树枝。其他几棵树依然纹丝不动。他盯着月色里那落在草地上的树枝，它伸向小树的阴影之中，仿佛在控诉着什么。

那是他人生中第一次在睡前拉上窗帘，将月光挡在外面。

威利斯原本负责的是菜园。玛奇在世时，他很少出现在正门这边，因为这边的花由玛奇自己照料。她甚至还自己修剪草坡，总是弯着腰艰难地推着除草机，在草坡上上下下。

就像打扫和擦洗卧室一样，这也是她给自己布置的一项任务。没有了玛奇在此照料，便没有人告诉威利斯要负责哪一部分，于是他开始常常走到正门这边来。这位园丁喜欢这种变化，这让他觉得自己责任重大。

"真想不通那根树枝是怎么断的，先生。"他在周一那天说道。

"什么树枝？"

"您忘了吗？苹果树的树枝，就是我走之前我们一起看的那根。"

"我猜是那树枝腐烂了。我早就告诉过你那棵树已经死了。"

"先生，它可没腐烂。您看啊，上面干干净净的。"

这位男主人再次跟着园丁走上了露台上的草坡。威利斯拾起那根树枝，上面的地衣湿漉漉、脏兮兮的，像一团乱发。

"先生，不会是您周末又来过，想试试树枝的韧性，结果把它弄断了吧？"园丁问。

"当然不是，"男主人恼了，"其实我在夜里开卧室窗户时，就听到树枝掉落的声音了。"

"真奇怪。晚上也没起风啊。"

"老树出现这种情况也很正常。我真不明白你为什么这么在意，让人还以为……"

他突然不说话了。他不知道要怎么说完这句话。

"让人还以为这棵树很值钱。"他说。

园丁摇了摇头。"不是值不值钱的问题，"他说，"我从没认为这棵树值什么钱。只是经过了这么长时间，在我们都以为它死了的时候，它却活过来了，还朝气蓬勃，真是反常啊！但愿在它开花前，不会再有树枝断落。"

下午，男主人出发散步时，看到园丁在树下除杂草，还给树干底部换了新铁丝。太可笑了。他可没付多少钱给这个人，让他可以对着一棵半死不活的树修修剪剪的。他应该在厨房那儿的菜园里种菜。但他懒得和他争论。

他回到家时，差不多五点半。玛奇去世后，下午茶便也免去了。他满心期待着要靠着炉火坐在自己的扶手椅上，点上烟斗，喝着掺苏打水的威士忌，享受宁静。

火还没烧多久，烟囱就开始冒烟，令人作呕的古怪气味充斥了客厅。他忙打开窗户，上楼去换掉厚重的鞋子。当他再次下楼时，烟味仍未散去，且越发浓重。那是一种难以描述的气味，怪异、甜腻。他向外头厨房里的女佣喊了喊。

"房间里有股怪味，"他说，"怎么回事？"

女佣从后门走进房里。

"先生，什么样的味道？"她语带戒备。

"就在客厅里，"他说，"刚刚客厅里全是烟。你是不是在烧什么东西？"

她的脸舒展开来。"肯定是木头，"她说，"威利斯特地砍的，他说您会喜欢的。"

"什么木头？"

"他说是苹果木，先生，是他从一根树枝上锯下来的。我一直听说苹果木很好烧，有的人非常喜欢。我自己倒是没有注意到有什么味道，不过可能是因为我有点儿感冒了。"

他们一起看向了火。威利斯把树枝砍成了小块。女佣想讨他欢心，把这些木头一块块堆在一起，好让火可以烧得久一点儿，但是木头并没有很好地烧起来，还冒出了稀薄的青烟。她真的没注意到这股令人作呕的腐烂气味吗？

"木头是湿的，"他突然说道，"威利斯早该注意到的。你看，没什么用。"

女佣神情凝滞，面带愁容。"非常抱歉，"她说，"我来点火的时候没有注意到。一开始火还挺旺。我一直都知道苹果木很好烧，威利斯也是这么说的。他和我说今晚一定要给您烧这个木头，这是他特地为您砍的。我还以为是您授意这么做的。"

"噢，好，"他生硬地回答，"它们一会儿肯定就烧起来了。不是你的错。"

他转身背对她，用拨火棒拨弄火苗，想把木头分开些。在女佣离开前，他什么也没法做。如果他把这些潮湿阴燃的木条拿出来扔到院子后头，再重新用干树枝生火，一定会惹来闲话。如果他穿过厨房去拿后头走廊里存放的引火木，她一定会盯着看，然后走过来说："先生，我来吧。是不是火熄灭了？"不行，他得等到晚餐后，那时女佣收拾清理妥当就会回家了。在这期间，他会尽力忍受烧苹果木的味道。

他倒了杯酒，点起烟斗，注视着炉火。炉里没有释放出一丝温暖，加上中央供暖也停了，整个客厅冷冰冰的。又一次，木头里冒出一缕淡淡的青烟，伴随着一股甜腻恶心的气味，全然不似其他任何木头散发出来的味道。那个多管闲事的蠢园丁……为什么要砍木头？他砍的时候绝对知道这些木头有多湿，简直潮得要命。他往前靠了靠，更仔细地看着。从发白木头的细孔中流出来的是水吗？不，那是树汁，黏糊糊的，令人反感。

他拿起拨火棒，不耐烦地猛戳木头，好把它们搅得烧起来，让青烟变成正常的火焰。然而一切皆是徒劳，木头仍然没能烧起来，而且树汁还滴到炉架上，甜腻气味填满了整个房间，让他胃里翻江倒海。他拿上杯子和书，走进书房，打开电暖炉，坐在那里。

太可笑了。他想到过去自己为了避开客厅里的玛奇，总是坐在书房里佯装写信。白天忙碌的她，一到晚上总是打哈欠，而她自己完全没有意识到。她会坐在沙发上织东西，棒针飞速交替，咔嗒作响。突然，哈欠声就传来了，那从她身体深处吐出的烦人哈欠声，那声长长的"啊……啊……哈呜！"，随后还一定会有一声叹息。接着，便只剩下棒针的声音。但是，坐着看书的他在等待，他知道再过几分钟又会出现哈欠声，以及随之而来的又一声叹息。

一股绝望的怒火在他心中翻腾，他多想把书摔在桌上，说："既然这么累，为什么不去休息？"

但是，他会控制住自己，等到忍无可忍时，就起身离开客厅，躲进书房。现在，因为苹果木，他又得这么做。都怪那该死的木头发出的恶心气味。

他继续坐在书房里，等着晚餐。差不多九点时，女佣终于清理完，铺好床离开了。

他回到刚刚离开后就未再返回的客厅。火已经熄灭。看得出来木头还是烧了一会儿的，因为它们现在看起来比之前细，而且已经沉进炉架中。灰烬稀疏，但是那恶心的气味仍未散去。他走到厨房，找出一个空煤桶，回到客厅将木头和灰烬都装了进去。煤桶里准是还残留了一些湿煤渣，要不然就是木头还没有干，总之，放进桶里的木头看起来颜色更深了，表面还有一些渣滓。他把煤桶拿到地下室去，打开中央供暖火炉的门，将木头连同灰烬一股脑儿都倒了进去。

他这才想起因为春天到了，两三周前中央供暖系统就已经停止了。可是为时已晚，除非现在他重新点燃这些木头，否则它们就会安然无恙地待在里头，直到下一个冬天到来。他找来纸张、火柴和一罐煤油，点燃，关上炉门，听着火焰熊熊燃烧的声音。这样就没问题了。他站在边上等了一会儿，便上楼回到厨房过道上，把客厅的炉火重新点燃。这得花点儿时间，他要先找到引火木和煤炭。但他耐心地重新生好火，最后总算能烤着火坐在扶手椅上了。

他看了大概二十分钟书，才注意到门在咣当作响。他放下书，认真听着。一开始什么声音也没有。接着，没错，那个声音又出现了。砰！啪！是厨房那儿的门没关牢发出的声响。他起身，去关这扇地下室台阶端头的门。他发誓自己之前已经关紧它，肯定是门闩松动了。他打开楼梯间的灯，弯腰检查门闩，但似乎没有什么问题。他正打算把门紧紧关牢，却再次闻到了那气味，那阴燃的苹果木所散发的甜腻恶心的气味，从地下室爬上来，闯进了走廊。

突然，毫无征兆地，他被一种近乎惊慌的恐惧攫住。要是这气味整夜在屋里弥漫，从厨房渗进楼上的房间，在他熟睡时钻进卧室，让他窒息、喘不过气来怎么办？这种想法荒唐、疯狂，但是……

他再一次逼自己下楼走进地下室。火炉中没有动静，听不见火焰熊熊燃烧的声音，缕缕微弱的青烟从紧闭的炉门下渗出。这就是他在楼上走廊闻到的气味。

他走近火炉，猛地打开炉门。炉内的纸张已经烧尽，只有一点儿残存，苹果木却丝毫没有燃烧，还是一开始倒进炉里的样子。焦黑的木块一个叠着一个挤在一起，就像烧焦的尸骨。他一阵反胃，连忙拿出手帕捂住嘴，憋得喘不过气。接着，他大脑几乎一片空白，跑上楼去找到那个空煤桶，一边不断干呕着，一边把铲子和火钳伸进那狭窄的炉门里刨弄，想把木头弄出来。终于，煤桶满了，他带着煤桶上楼，穿过厨房到后门去。

他打开门。今夜没有月亮，下着雨。他把外套的领子竖起，在黑暗中环顾四周，思考该把这些木头扔到哪里去。外面又潮又暗，他没法摸黑走到菜园，把木头丢进那里的垃圾堆。不过，在车库后的地里，草长得又高又密，应该可以遮挡得住这些木头。他踩过碎石小路，走到篱笆边，把这累赘倒进草丛里。在那里，它们会腐烂，会被雨水浸透，最终化作泥土的一部分。他才不在乎它们何去何从，从现在开始这一切就和他无关了。它们已经被弄到屋外，结局如何都不重要。

他回到屋子里，这一次他确认地下室的门已经牢牢关上。空气清新了起来，那种气味消散了。

他回到客厅，在火边取暖。但是，他的手脚都被雨淋湿，胃里也因刚刚刺鼻的气味在犯恶心。他整个人发冷，坐在那儿发抖。

那晚他睡得很不好，早上起来便觉得身体不适。他头疼，嘴里发苦，肝也非常难受，只能待在家里。为了发泄不满，他对女佣说话也没好气。

"我受了严重的风寒，"他对她说，"昨晚着凉了。我真是受够了苹果木，那股气味都影响到我的内脏了。明天威利斯来的时候，你可以告诉他。"

她难以置信地看着他。

"我真的非常抱歉，"她说，"我昨晚回家也和我姐姐说了木头的事情，说了您不喜欢它。她说这太少见了。一般人都觉得烧苹果木是很奢侈的享受，而且苹果木很好烧。"

"昨晚那些木头可不是这样，这就是我的看法，"他对她说，"我不想再看到它们。至于那种味道……我到现在都还能闻得到，简直让我抓狂。"

她的嘴唇紧绷着。"对不起。"她说。要离开餐厅时，她的目光落向摆在餐具柜上的空威士忌酒瓶。犹豫片刻后，她把它拿起放在托盘中。

"您喝了一整瓶吗，先生？"她说。

明眼人都看得出来他是喝了一整瓶。但他听出了她的言外之意，她想说不是苹果木的气味让他不舒服，而是他自己太过放纵。真是无礼至极。

"是的，"他说，"你可以再放一瓶上去。"

这是告诉她少管闲事。

他病了好几天，总感到恶心眩晕，最后只好打电话请医生来看看。他和医生说苹果木的事情时，自己听着也觉得很荒唐。医生检查了他的状况，不以为意。

"只是肝寒，"他说，"应该是因为当时您的脚是湿的，加上又吃了什么东西的缘故。我觉得和苹果木的味道没什么关系。您想保住肝的话，就要多锻炼。打打高尔夫。我要是周末不打高尔夫，体形早就变样了。"他笑着收拾包。"我给您开点儿药，"他说，"等雨停了，我要出去透透气。现在气温适宜，我们都需要出去晒晒太阳。您花园里的果树马上要开花了，比我家的可早多了。"然后，他在离开前，又补充道："可别忘了几个月前您才受了那么大的刺激。时间是最好的良药。您肯定还在思念您的妻子。最好可以多出门走走、多见见人。好了，保重。"

病人穿好衣服，走下楼去。当然，这位老兄是好意，但是让他过来纯属浪费时间。"您肯定还在思念您的妻子。"这医生真是什么也不懂。可怜的玛奇……至少他诚实地承认自己完全不思念她。她离开人世后，他才得以喘息，获得自由。除了肝不舒服，他觉得自己已经好几年没有这么惬意了。

在他卧病在床的这几天，女佣给客厅来了个春日大扫除。做这种没必要的工作，想必是传承了玛奇的精神。现在房子干净利落，看起来整洁过了头。他的垃圾桶被清空，书籍和报刊都整齐地叠放着。他实在憎恶别人为他做这样的事情。他完全可以辞退她，自己照顾自己，但是一想到做饭和清洗，他就头大，只能作罢。他理想中的生活是像那些去远东或者南太平洋的男子一样，在那儿娶一个当地女人。她们安静、耐心，服侍得好，菜做得好，无须聊天，而且如果你想要更进一步，她们就在那儿，年轻、温暖，伴你度过黑夜。生活中没有批评，只有妻子如动物对待主人般的顺从和孩子爽朗的笑声。是的，这些打破常规的人真有智慧。祝他们好运。

他走向窗边，看着外头的草坡。雨停了，明天会是个好天。就像医生说的那样，明天他或许可以出门。关于果树，医生说得也没错。靠近台阶的小树已经开花，一只黑鹂栖在枝头，压得树枝微微晃动。

雨珠闪烁着，绽放的花苞粉嫩卷曲，但明天太阳升起时，在蓝天的映衬下，花苞将变得洁白柔软。他必须找出老相机，装上胶卷，拍下这棵小树。其他几棵这周应该也会开花。至于左边那棵老树，它看起来依旧死气沉沉，树上那些所谓的花苞颜色太深了，从这里根本看不见。或许之前那掉落的树枝就代表着结束。太好了。

他离开窗边，准备按照自己的喜好重新布置房间。他喜欢把东西都摊出来，喜欢走来走去，拉开抽屉，把东西拿出来再放回去。在布置房间时，他在墙边的桌上找到一支滑到书堆后的红色铅笔，便重新把它削得尖尖的。他在另一个抽屉里发现一卷新胶卷，于是拿出来等着明早装进照相机里。抽屉里还杂乱地堆放着纸张和老照片，还有十几张快照。有段时间，玛奇会把这些照片都整理成册，但后来在战争期间，她要么是失去了兴趣，要么就是有太多别的事情要忙，便不再整理。

这些垃圾真该清理掉。那天晚上要是把它们都烧了，说不定能把火烧得旺旺的，或许还能让那些苹果木也烧起来。没必要留着这种东西，比如这张玛奇不知猴年马月拍的糟糕照片。从风格来看，应该是在他们结婚后不久拍的。她那时的发型真的是那样吗？头发蓬松、厚重杂乱，和她那时就很窄长的脸型完全不搭。V领上衣开得很低，耳环晃动，还有那笑容过于热切，显得她的嘴更大了。左边的角落是她手写的一行字："给我最亲爱的巴斯。来自他心爱的玛奇。"他完全不记得自己的这个小名，好几年前就不用了，他似乎记得自己从来就不喜欢它，觉得这个名字可笑又尴尬。如果她在人前这么喊他，就会被他训斥。

他把这张照片撕成两半，扔进火里。他看着照片卷曲、燃烧，最后那活泼的笑容也消失在火里。我最亲爱的巴斯……突然，他记起了照片中她穿的那件晚礼服。那绿色并不适合她，显得她脸色发黄。那是她为了参加庆祝结婚纪念日的晚宴专门买的。当时那场晚宴邀请了所有婚礼时间相近的邻里朋友一起聚会，所以他和玛奇也一同去了。

那晚开了好多香槟，还有一两个人致辞。大家欢快畅饮，乐不可支，玩笑打趣，有的笑话简直老掉牙。记得那晚宴会结束，他准备开车回去，宴会主人大笑着说："试试看搭讪的时候戴顶高帽，老兄，他们说这样绝对罩得住。"他知道玛奇穿着那条绿色晚礼服直挺挺地坐在他身边，脸上挂着和刚刚烧掉的照片上一样的笑容，热切但迷惘，并不明白这微醺的主人说这话是什么意思。他知道玛奇早就想要结束这个夜晚，但仍希望自己看起来端庄高雅、兴致勃勃，而且更重要的是，她迫切地希望自己显得魅力四射。

他把车停进车库，回到家中，发现她不知道为什么坐在客厅里等他。她脱去了外套，露出了里面的晚礼服，脸上挂着意味不明的笑容。

他打着哈欠坐下，拿起一本书。她等了一会儿，便慢慢地拿起外套，上楼去了。那张照片肯定就是在那之后拍的。"给我最亲爱的巴斯。来自他心爱的玛奇。"他往火里丢了一把干树枝。树枝发出噼啪声，裂开了，将照片化为灰烬。今晚没有冒着青烟的湿木头……

第二天，天气温暖舒适，阳光明媚，鸟儿歌唱。他突然想去伦敦。这种天气很适合闲步邦德街，看人潮熙熙攘攘。可以去裁缝铺，去剪头发，去最喜欢的酒吧吃上一打牡蛎。他的感冒已经好了，美好的一天正在迎接他。他甚至可能会去看场戏剧。

这一天一如他所想，过得平和顺利，令人不知疲倦，调剂了他一成不变的乡村生活。大概傍晚七点钟，他开车回家，心中期待着酒和晚餐。天气很暖，哪怕太阳已经下山，也不用穿外套。车子转进小路时，碰巧遇到一个走过的农夫，他冲对方招了招手。

"天气真好。"他喊道。

农夫笑着点头,喊道:"接下来都会是好天气了。"这人真不错。从他还在开拖拉机的战争年代起,这些农夫就一直非常友好。

停好车,他进屋喝了杯酒。在等晚餐时,他散步来到花园里。几小时的阳光给这里带来巨大的变化。水仙花都开了,树篱清新透绿,吐着嫩芽。苹果树上花苞尽放,花满枝头。他走近最喜欢的小树,抚摩花儿,感受着柔软的触感。他轻晃树枝,树枝结实牢固,不会掉落。虽然现在还闻不到花香,但是不出几日,经过阳光的沐浴和阵雨的洗礼,便会花香四溢。那种香味不刺鼻、不浓郁,是淡雅的香气。这是一抹需要你自己像蜜蜂那样去寻找的香气,一旦找到,它就会一直伴随着你,永远徘徊身侧,迷人、舒适、甜香。他拍了拍这棵小树,走下台阶,回到屋里。

第二天,他在吃早餐时,餐厅的窗户传来敲叩声。女佣说威利斯在外头,想要和他说几句话。于是,他让威利斯进来。

威利斯看上去很委屈。他是遇上什么麻烦了吗?

"先生,不好意思,打扰您了,"他说,"但今早我和杰克逊先生起了争执。他一直在抱怨。"

杰克逊正是那个农夫,同时也是隔壁那块地的主人。

"他抱怨什么?"

"他说我把木头从篱笆这头扔到他的地里去了。那边的一匹跟着母马的小马驹被木头绊倒,跛了。先生,我这辈子都没有把木头扔出过篱笆。先生,他这个人真是恶毒。他说那小马驹本来很值钱,这么一来卖不出去了。"

"我希望你和他说了不是你做的。"

"我说了，先生。但重点是有人这么干了。他带我过去，指给我看，就在车库后头，那些木头就倒在那里。我想最好还是先来告诉您，不然如果我先去厨房那边说，您也知道，肯定会闹出不愉快。"

他感觉到园丁正看着他。当然，他没法否认，反正一开始就是威利斯的错。

"没必要去厨房里说什么，威利斯，"他说，"是我扔的。你自作主张把那些木头放进我家里，结果火生不起来，整个屋子都是烟，好好一个晚上都被毁了。我一气之下才把它们倒到篱笆那头去。如果因此让杰克逊的马驹受伤，你可以替我道歉，告诉他我会赔偿。我只请你以后别再把那样的木头拿进来。"

"先生，我知道这些木头不是那么好，但是我没想到您竟然把它们都丢出去了。"

"是，我丢出去了。就此打住。"

"好的，先生。"他做出要离开的样子，但走出餐厅前，又停下来，说，"我同样不明白为什么那些木头烧不起来。我带了一点儿回家给我老婆，它在我家厨房里烧得又旺又亮。"

"在这里就是烧不起来。"

"那棵老树断掉的位置已经长出新树枝，先生。早上您看到它了吗？"

"没有。"

"是因为昨天的阳光，先生，还有夜晚也很暖和的缘故。老树开花了，现在看起来非常漂亮。您应该出去亲眼看看。"

威利斯离开了。他接着吃早餐。

现在，他已经站在外面的露台上。一开始他并没有走上草坪，而是假装在这种好天气里要做点儿别的事，要把一张很重的花园椅搬出来。然后，他拿来剪刀，开始修剪窗户下的几株玫瑰。但最后，他还是被吸引到树下。

眼前此景，正如威利斯所说。他不知道是因为阳光、温度，还是夜晚的平静，那些褐色的小花苞已然完全舒展，盛开成花，仿佛一大片由雪白润泽的花朵织成的云，舒展在他头顶。树的顶部最是花团锦簇，它们层层叠叠，如同打湿的棉絮。从最顶上的树枝，到最接近地面的枝丫，花儿都是清一色的苍白。

它完全不像是一棵树，倒更像是露营者留下的帐篷，此刻正在雨中微微摆动；也像是一块巨大的抹布，表面斑驳，被阳光晒得褪了色。满枝的花团对于这纤长瘦弱的树干来说是一个太过沉重的担子，花团上附着的水汽又使得这担子更加沉重。老树似乎不堪重负，还没有淋雨，下部最靠近地面的花儿就已呈褐色。

好的，眼前此景证明威利斯所言不虚。这棵树的确开花了，但它并没有绽放出生命与美好，而是不知为何，仿佛天性使然，它走上歧路，成了一个怪胎，一个对自己的纹理和形状一无所知、只知一味取悦他人的怪胎。它似乎面带一种心虚又得意的笑："看，我是为了你才开的花儿。"

突然他听到背后传来脚步声。是威利斯。

"很好看，先生，对不对？"

"不好意思，我欣赏不来。花开得太密。"

园丁看着他，一言不发。他突然想到威利斯肯定会觉得他是一个顽固不化的怪人，然后去厨房和女佣说三道四。

于是，他逼自己对威利斯笑了笑。

"看，"他说，"我不是要扫你兴。但我对那种花一点儿兴趣都没有。我喜欢小树上那些色彩斑斓的轻盈小花。不过你可以把老树上的花带回家给你妻子。想剪多少就剪多少吧，我完全不在意。我希望你带走。"

他慷慨地大手一挥，想让威利斯现在就去拿架梯子来剪花。

威利斯摇了摇头，看起来非常震惊。

"不，谢谢您，先生。我不敢如此奢望。这么做会毁了这棵树。我想要等着它结果。这才是我所期望的。"

多说无益。

"好吧，威利斯。那就算了。"

他回到露台。但是，当在阳光中坐下，往草坡上看时，他发现自己完全看不见那棵在台阶上羞怯娴静地站着的小树，看不见它那望向天空的柔软花朵。它还很矮，完全被那棵怪胎给挡住，隐没在奔拉的花瓣所织成的云中。那些花瓣多半已经枯萎，白得暗淡，有的掉落在草丛上。无论他如何调整椅子在露台中的方向，都无法避开它。它就那样站着，为不能赢得他的欢心而嗔怪、焦虑、渴望。

这个夏天，他给自己放了多年来最长的一个假。之前他总是和玛奇一起度假一个月，这次他先去诺福克和老母亲一起待了十天，之后，便去瑞士和意大利度过八月剩下的时光以及整个九月。

他自己开车，随性地想去哪里就去哪里。他并不喜欢观光、徒步，或是爬山。他最喜欢的是在微凉的夜晚造访一座小镇，选择一家虽小却很温馨的旅馆，然后就在那里待着。如果他喜欢的话，可以在那儿住上两三天，什么也不做，只是四处溜达，就这么悠闲度日。

他喜欢在小酒馆或餐厅里点杯酒，看着人群，晒一上午的太阳。如今似乎有很多充满朝气的年轻人在旅游。他喜欢听周围聊天的声音，只要他不用参与其中就好。时不时路上会有人冲他微笑，旅馆里偶尔也有其他客人和他打招呼，但是他无须和他们深入认识。他可以不问世事，沉浸在自己的闲适中，做个异乡客。

过去和玛奇一起时，无论去哪里度假，她总要和别人热络起来，比如那些她觉得看起来很"友善"的夫妇，或是她眼中的"同道中人"，这让他很受不了。一开始只是和他们一起喝咖啡、聊聊天，然后便一起规划行程，四个人一块儿自驾游。假期就这么毁了。这一切都让他难以忍受。

现在，谢天谢地，他不用再这么做，可以随心所欲地按照自己的节奏来，不用在舒服地享用红酒时，听到玛奇在一旁说："好了，我们要不要动身了？"也不会被玛奇规划着去参观某间他压根儿不感兴趣的老教堂。

度假期间，他胖了一点儿，但他毫不介意。再也没有人会在他饱餐一顿后建议他好好散个步消化消化，那只会毁了咖啡和甜点带来的美妙倦意；再也没有人会对他一时兴起穿上的浮夸的衬衫和领带大惊小怪。

他没戴帽子，抽着雪茄，闲步在小镇村落中，周围时不时有快乐的年轻人向他投来笑容。他觉得自己像条狗一样无忧无虑。这才是生活啊。没有烦恼，没有担忧，没有什么"我们十五号一定要到家，因为我要参加医院委员会会议"，没有什么"我们外出不能超过两周，家里可能会有事"。取而代之的是集市里的灯光闪烁、乐声叮咚、男孩女孩们的笑闹，装点着这座他甚至连名字都懒得知道的小镇。喝完一瓶当地葡萄酒后，他向一个头上包着亮色帕子的年轻姑娘行了个礼，两人便一起热火朝天地在棚子下跳起舞。他不在乎他俩的舞步是否和谐，多年没有跳舞的他只想享受当下。音乐停下，他松开手，她咯咯地笑着跑向她年轻的朋友们，一定是在笑话他。那又何妨？反正他已经玩得很尽兴了。

九月末，天气转凉，他离开了意大利。回到家已是十月的第一周。无所谓，只要给女佣发个电报，告诉她自己大概哪天会到就行了。和玛奇在一起时，哪怕只出门几天，回家都意味着烦琐：要写待采购的日用品、牛奶、面包的清单，给卧室通风，生火，提醒送报员明早要送报纸来。一大堆杂事。

在十月里一个柔和的夜晚，他的车子开到了家门前的小路上。烟囱里飘着烟，前门开着，可爱的家在等待着他的归来。他不用急着冲到后门去检查管道有没有坏损、水和食物够不够，女佣没有蠢到会拿这些事情来烦他。"晚上好，先生。希望您假期过得愉快。还是老时间用晚餐吗？"接下来就是一片安静。他可以喝酒、抽烟、放松，不用着急打开眼前那一小堆信件，也没有电话声，不用听着电话这头的女人说个没完没了："怎么样？真的吗？亲爱的……那你怎么说？……她真的那样吗？……我周三可能不行……"

他满足地舒展着因为开车而僵硬的身体，闲适地看着这令人愉悦的整洁的客厅。从多佛一路开回来，他已经饿了。眼前肉排的分量和他在国外吃的比起来少得多，但回归简单饮食对他来说也无妨。吃完肉排，他又吃了一份沙丁鱼吐司，然后四下看看有什么甜点。

餐具柜上摆着一盘苹果。他端过来，放在面前的餐桌上。这难看的东西，又小又干瘪，呈暗褐色。他咬了一小口，但一尝到味道就马上吐了出来。这苹果已经烂了。他又试了另一个，也是烂的。他仔细看了看这些苹果。苹果皮又硬又糙，让人看了会以为里头的果肉是酸的。但恰恰相反，果肉软烂，果核还是黄色的，令人无法下咽。有一小块卡在他牙齿中间，他抠出来，黏糊糊的，叫人恶心……

他摇了铃，女佣便从厨房过来。

"还有其他甜点吗？"他说。

"先生，恐怕没有。我记得您以前非常喜欢吃苹果呀。威利斯从花园摘了点儿进来。他说特别好吃，熟得刚刚好。"

"他可大错特错了，这根本无法下咽。"

"非常抱歉，先生。早知道我就不放在这里了。外面还有好多。威利斯拿了一整篮来。"

"都是同一种吗？"

"是的，先生。都是褐色的小苹果。只有这一种。"

"那算了。明天早上我自己看看。"

他离开餐桌，走进客厅，喝了一杯波尔图葡萄酒，想冲散苹果的味道，他甚至还吃了块饼干，但都无济于事。那黏黏的腐烂味道附着在他的舌头和上颌上，他最后只好起身去刷牙。让他恼火的是，他本可以在吃完那顿滋味平平的晚餐后吃上一个干净美味的苹果：果皮光滑洁净，果肉不会过甜，带有一丝酸味。他吃过这种类型的苹果，口感绝佳。当然，这种苹果是要在适当的时候采摘的。

那晚，他梦见自己回到意大利，在那鹅卵石广场的棚子下跳舞。醒来时，他还能听到叮叮咚咚的乐声，但他想不起女孩的那张脸，也想不起她绊到他的脚时的感觉。早上，他清醒地躺在床上，喝着上午茶，试图寻回记忆，但只是徒然。

他起身走向窗边，瞥了一眼天气。天气挺好的，空气中带着一丝寒气。

忽然，他看到了那棵树。它意想不到地闯入他的视线，令他震惊。这下，他立刻知道昨晚的苹果是从哪儿来的了。树上结满果子，树枝都被压弯了。每根枝上都有褐色的小苹果，一簇簇地挤在一起。顺着树顶的方向，果子逐渐变小，因此那些长在高枝上的果子尚未长大，看起来像坚果似的。苹果重重地压在树上，似乎压驼了树的背，下部的树枝几乎已经垂到地上。草地上和树根处有更多的果子，它们要么是被风吹落的，要么是被后结出的果子挤落的。掉落一地的苹果被黄蜂叮过后，已经开裂腐烂。他这一生从未见过一棵树上能结出如此密集的果实。这树竟没被这么重的果实压倒，真是奇迹。

他还未吃早餐，就被强烈的好奇心带进花园。他站在树边，注视着。没错，这就是昨晚吃的苹果。果实比橘子大不了多少，许多甚至更小。它们长得太过密集，即便你只想摘下一颗，边上的十几颗也必然会被一同摘下。

这棵树实在有碍观瞻，令人厌恶，但也让人心生同情。它在过去几个月里承受了苦难。是的，除了苦难，没有更合适的词了。它被果实所折磨，在这重负之下呻吟，但可怕的是，这些令它痛苦的果实已经烂得彻头彻尾，让人无法下咽。他踩着那些被风刮落、散落一地的果子，简直避无可避。它们被踩得稀烂，粘在了他的鞋后跟上，他只好用草把鞋擦干净。

如果这棵树在结果前就枯死了该有多好。它对他或任何人来说有什么用处呢？这些烂果子只会掉得到处都是，把地面弄得脏兮兮的，而且它自己也被果子压驼了背，承受着莫大的痛苦。不过现在，他几乎可以幸灾乐祸地宣布自己的判断获胜了。

春天时，尽管不情愿，他的注意力也曾被这一树色彩暗淡、阴沉潮湿的花苞所吸引，现在也是如此。满树的果实让人无法不注意到它。房子正面每一扇窗户都向着它打开。他清楚接下来会发生什么。如果不进行采摘，整个十月、十一月，这些果子依然会逗留在枝头。但没有人会采摘这些果子，因为即便摘了也没有人吃。他可以预见自己整个秋天都会为这棵树所扰。每次走上露台，那棵树都会在眼前，垂头丧气，令人厌烦。

他对这棵树的厌恶已经太甚。它不断在提醒他一个事实，至于是什么，他并不知道……它不断提醒着他一直以来最厌恶的一切东西，可他却说不出是什么。他当即决定让威利斯把果子都摘了带走，卖掉或用其他方式处理掉都无所谓，只要不让他再吃这种苹果，不让他在整个秋日一天天地看着这垂头丧气的树就好。

他转身背对它，看到其他树并不像它一样，才松了一口气。其他树上的果子数量适宜，没有过火。老树右边的小树正勇敢地展示着自

161

己的美丽。小树结了一些玫瑰花般的果子，个头中等，颜色不深，在太阳的照射下，已经成熟的果子显得红扑扑的。他现在就可以摘下一颗，拿进屋里，和早餐一起吃下。他伸出手轻轻一触，果子就落进他的手中。这可人的果子散发着香甜微酸的气息，还有露珠停在上头，让他食欲大开。他没有回头看那棵老树，径直走进屋里。饥肠辘辘的他要开始享用早餐了。

园丁花了将近一周的时间才把老树上的果子都摘下，而且显然，他非常不情愿。

"这些果子任你处置，"男主人说，"你可以卖掉，卖的钱你自己留着。你也可以把它们拿回去喂猪。总之，我不想再看到它们，到这里就结束吧。找一架长梯子，马上开始摘。"

在他看来，威利斯一直在固执地拖延时间。他从窗户里可以看到威利斯拖拖拉拉的，先是慢吞吞地支好梯子，然后费劲地爬上去，再爬下来重新把梯子稳定好。这套动作之后，他开始表演摘果子，再一个个丢进篮子里。接下来几天他都是如此。每天，威利斯和梯子都会在草坡上出现，树枝咯吱作响、不断哀号，草地上是篮子、桶、盆等任何可以装苹果的容器。

最后，终于大功告成。梯子、篮子、桶都移走了，树也变得光秃秃的。那天晚上，他满意地望向窗外。再也没有碍眼的烂果子了。一个苹果也没剩下。

但是这棵树并没有因为卸下担子而显得轻松，反而显得更为沮丧。树枝依旧低垂，枯萎的叶子在寒冷的秋夜里弯折起来，颤抖着。

"这就是你给我的回报吗？"它似乎在说话，"我为你做的这一切就换来这样的回报吗？"

日光逝去，树影给这湿冷的夜晚蒙上一层阴影。冬天很快就要来了。一起来的，还有日照变短的沉闷日子。

他从未关心过秋去冬来。过去，他每天去伦敦上班，这个时节只是意味着他要在寒冷的早上去搭火车，不到下午三点，同事就会开灯。这个时节常常起雾，昏暗阴郁。然后，他又要乘着火车咔嚓咔嚓地慢慢驶回家。客车厢里都是和他一样要养家的男人，他们五人一排并肩坐着，有的还感冒了。接下来便是漫长的夜晚。玛奇会在客厅炉火前和他相对而坐，他听着，或者说是假装听着她细数今天哪里又出了问题。

如果今天家事没有出现什么问题，她就会开始挑剔时事。"我看到车票价格又上涨了。你的季票价格呢？"或者"今天六点钟的新闻讲了好多南非那里肮脏的勾当"，再或者就是她反复说的"隔离医院那边又多了好几例小儿麻痹症。我真不明白医学界到底在搞什么"。

现在，他至少不用再充当听众，但是那漫长夜晚的记忆仍然挥之不去。当屋里灯光亮起，窗帘拉上时，他就会想起棒针的咔嗒声、漫无目的的聊天声，还有那"哈呜"的哈欠声。他最近开始光顾主路上的绿人酒吧，那是一家离家四分之一英里的老酒吧。有时是晚餐前去，有时是晚餐后去。在那里，没有人会来打扰他。和亲切的店主希尔夫人打过招呼后，他会择一个角落就座，接着就边抽烟边喝掺了苏打水的威士忌，看着当地居民们大步走进来。他们有的会点上一品脱①啤酒，有的玩起掷飞镖的游戏，还有的在一旁闲聊。

某种程度上，这像是夏日假期的延续。虽然只是略有相似，但足以让他想起假期里小酒馆和餐厅那无忧无虑的气氛。这家酒吧灯火通明，烟雾缭绕，透着一种温暖，店里满是劳作后的人，他们不会打扰他，这使得他感觉非常愉快舒适。来这里坐坐会让冬夜变短，使其不至于那么难以忍受。

十二月中旬的一场感冒让他小别酒吧一周多。他不得不待在家中休养。奇怪的是，他发现自己无比想念绿人酒吧，同时无比憎恶一个人坐在家里的客厅或书房里，什么也做不了，只能看看书或听听广播。这场感冒和由此引发的无聊让他忧郁暴躁，因病无法活动使得他的肝功能下降。他需要锻炼。在又一个阴寒日子结束时，他决定，明天无论如何都要出门。中午过后，天色沉沉，预示着一场雪的到来，但他心意已决，无论如何都不能再在这个家里待上一整天。

令他的暴躁达到顶点而终于爆发的是晚餐后的果酱挞。他的重感冒已经快好了，但味觉还未完全恢复，胃口也不好，他想要一种特别的滋味来填补口中的空虚感。或许可以吃点儿禽鸟，比如半只烤得恰到好处的鹧鸪，再来份芝士舒芙蕾。但家里的女佣想象力贫乏，他想吃到这些比登天还难。今晚她做的是所有鱼中最干巴、味道最寡淡的鲽鱼。他剩了很多。她收走碗碟后，拿出了一份果酱挞。由于他几乎没吃饱，所以马上吃了一大口。

这一口就让他无法下咽。他像被噎住似的咳喘起来，把吃进去的

---

① 1英制品脱合568.26125毫升。

东西喷在盘子里，起身摇铃。

女佣没想到会被叫进来，一脸疑惑。

"这是什么鬼东西？"

"果酱挞，先生。"

"什么果酱？"

"苹果酱，先生。我自己做的。"

他把餐巾扔在桌上。

"我就知道。你用了我几个月前和你抱怨过的苹果。我和威利斯还有你明确说过，那些苹果不要再出现在我家里。"

女佣绷长了脸。

"先生，您说过不要拿那些苹果做菜或者做甜点，可您没说不能做成果酱啊。我以为做成果酱会好吃的。我自己做了一些尝尝，味道完全没问题啊，所以我用威利斯给我的苹果做了几罐。我和夫人之前一直会在这里做果酱的。"

"好，让你这么辛苦，我很抱歉，但是我吃不下去。秋天那会儿我吃那些苹果就已经很反胃了，现在无论是做成果酱还是什么，都只会让我再反胃。把这个果酱挞拿走，别让我再看到它。我要去客厅喝咖啡了。"

他颤抖着走出餐厅。这样的小事竟让他气得发抖，真是不可思议。天哪！这些人真的太愚蠢了。她和威利斯明明知道他不喜欢那些苹果，憎恶它们的味道和气味，但这些吝啬鬼竟然为了省钱，给他吃自家做的果酱，用的还是他最厌恶的那些苹果。

他灌下一杯烈性威士忌，点了支烟。

过了一会儿，她端着咖啡进来。放下咖啡后，她没有马上出去。

"我可以和您说几句话吗，先生？"

"说什么？"

"我觉得我最好还是辞职吧。"

一波未平，一波又起。这一天、这个夜晚真是令人疲倦。

"为什么？因为我不吃苹果挞吗？"

"先生，不只如此。不知道为什么，我觉得一切都变了。好几次我都想这么说。"

"我没给你添多少麻烦吧？"

"没有，先生。只是夫人还在世的时候，我觉得我的劳动有人认可，但是现在似乎不再如此。虽然我努力做到最好，但是从未得到过一句肯定，我不知道自己做得到底怎么样。我想如果我去有女主人的家里工作会更开心，因为那里才会有人注意到我的付出。"

"当然，你自己的感受自己最为清楚。我很遗憾你最近觉得不开心。"

"先生，今年夏天您离开得太久了。夫人还在世的时候，你们从来没有离开家超过两周。现在一切都不同了。我感到茫然，威利斯也是。"

"威利斯也感到厌烦吗？"

"这当然不该由我来说。我知道他对苹果的事情不满，但也是过去的事了。可能他会自己来找您谈。"

"可能吧。我不知道自己给你们俩带来这么多烦恼。好的，可以了。晚安。"

她离开了房间。他闷闷不乐地四处张望。如果他们是这么觉得的，那干脆趁机摆脱他们也好。一切都不同了，一切都变了。简直胡说八道。威利斯居然还敢对苹果的事情不满，简直厚颜无耻。难道他没有权利处置自己的树吗？去他的感冒和坏天气，他再也受不了坐在炉火前想威利斯和厨娘的事了。他要去绿人酒吧，把这一切都忘掉。

他穿上外套，戴上围巾和旧帽子，轻快地出门了。二十分钟后，他坐进绿人酒吧的老位置，希尔夫人给他倒了杯威士忌，高兴地欢迎他回来。有一两个常客向他微笑，关心他的身体状况。

"感冒了，先生？现在到处都有人感冒。"

"是的。"

"是啊，已经到这个时节了，对吧？"

"也难怪这么多人感冒了。胸口发闷的话，可就难受了。"

"头脑发胀的时候更难受啊！"

"是啊。可不是嘛。"

都是些可爱友好的人。不会喋喋不休，不会烦扰别人。

"请再给我一杯威士忌。"

"好的，先生。喝点威士忌好，祛除风寒。"

希尔夫人在吧台后咧着嘴笑。她给人一种心胸开阔的舒适感。烟雾缭绕中，他听到闲谈声、笑声、飞镖碰撞声，以及击中靶心时人们的欢呼声。

"……如果雪一直下的话，我们都不知道该怎么办了，"希尔夫人说，"煤炭迟迟不送来。如果有木头就好了，这样还能挨过一阵子。但你知道他们要价多少吗？一堆要两磅。真的是……"

他往前靠了靠，开口说话，声音听着像飘在很远的地方，连他自己都有点儿听不清。

"我给您一些木头。"他说。

希尔夫人转过身。她刚刚不是在和他说话。

"您说什么？"她说。

"我说，我给您些木头，"他重复道，"我家里有棵老树，好几个月前我就想砍掉了。明天就砍了给您。"

他笑着点头。

"噢，先生，不用。我不想给您添麻烦。煤炭会送来的，不用担心。"

"一点儿也不麻烦。我非常乐意为您做这件事。您知道的，锻炼一下对我的身体也有好处，我都胖了。您就放心吧。"

他坐回位置上，非常小心地去拿大衣。

"是苹果木，"他说，"您介意吗？"

"怎么会，"她回答，"什么木头都行。但是您自己不要吗，先生？"

他神秘地点了点头。成交了。这是个秘密。

"明天晚上我用拖车拉过来。"他说。

"先生，小心一点儿，"她说，"小心台阶……"

他在寒夜中面带笑意走回了家。他不记得自己是否脱了衣服或者躺上了床，但第二天早上一醒，他就想到了有关砍树的承诺。

想到今天不是威利斯来工作的日子，他便感到开心，这样就没人会妨碍他。昨晚下过雪，但天空依然灰蒙蒙的，预示着雪还会再下。

不过现在他顾不上这些，没有什么可以阻挡他。

　　早餐后，他穿过厨房后的菜园，来到工具房。他取下锯子、楔子和斧头，这些可能都能用得上。他用大拇指拂过刀刃。嗯，挺锋利的。扛着工具走向前门那儿的花园时，他大笑起来，觉得自己现在的样子肯定像旧时要去塔楼行刑的刽子手。

　　他把工具放在苹果树下。砍掉它是让它解脱，因为他这辈子就没见过如此悲惨、愁眉苦脸的苹果树。这棵树肯定已经没有丝毫生命力了。树上一片叶子也不剩。它扭曲、丑陋、佝偻，破坏了草坪的景致。一旦砍掉它，整个花园就会焕然一新。

　　一片雪花落在他手上，接着，又一片。他望向露台下方餐厅的窗户，看到女佣正把他的午餐放在桌上。他走下台阶，进了屋子。"是这样的，"他说，"你把我的午餐放在炉子里就好，今天我可以自己来。我可能会很忙，所以想要让时间灵活一些。而且快下雪了，你也好早点儿下班回家去，以免雪下得太大。我自己完全没问题，而且我更希望自己来。"

　　她或许以为是因为昨天提了辞职，他才会这么做。他也管不了那么多了，只想自己一个人待着，不想有人从窗户里窥视他。

　　大概十二点半时，她离开了。她一走，他就去炉子那里拿午餐。他想要马上吃完，这样整个短暂的午后时光就都可以用来砍树。

　　雪已经停了，只剩几片未落的雪花。他脱掉外套，卷起袖子，抓起了锯子。他用左手扯掉树底部的铁丝，接着从一英尺高的地方开始锯，锯子前后前后、前后前后地伐着。

　　刚开始锯的十几下还挺顺利，但锯进木头后，锯齿便被卡住，之后没多久就动弹不得了。他之前就担心会这样。

他想把锯子拔出来，但是树上砍出的口子还不够大，锯子被树死死地卡住。他往口子里放了一个楔子。没用。他又放了一个，这下口子稍微张大了一点儿，但是还不足以让他把锯子拔出来。

他不断地拖拽着锯子，依旧徒劳无果。这下，他发脾气了，拿出斧头对着树一阵乱砍，砍得树皮都往外飞，散落在草地上。

就是要这样。早就该这样。

重斧上上下下地劈着，树在斧下开裂撕扯。树皮剥落，底下灌木丛丰茂的白色长条也纷纷断裂，新的伤处流出黏稠的汁液。他劈着、砍着，把粗糙的纤维凿出来。他把斧头扔在一边，徒手猛抓胶皮似的部位。但这么做还远远不够，要继续，继续。

锯子总算被拔出来了，楔子也被放到一边。现在，他又举起斧头，往纤维紧紧缠绕的地方用力劈下去。它在哀号，它在开裂，它晃动不已，靠着最后一点未断的树干悬在那儿。接下来，用脚踹。对，踹它，再踹，最后一下，它完了，它快倒下了……它倒下了……该死的，劈爆它……它倒下了，在空中划出响声，所有的树枝都和它一起散开在地。

他往后退，擦掉额头和下巴上的汗，身旁两侧和脚边都是树的残骸。那被斧头劈得残缺不堪、参差不齐的发白树桩仿佛咧着一张大嘴。

雪，开始下了。

树倒后，接下来的第一项任务就是要砍掉树枝和稍小的主枝，然后按类堆放好，以便之后拖走。

小的部分捆扎好就可以用来生火，希尔夫人一定会喜欢。他给车子钩上拖车，开到靠近露台的花园大门边。砍下树枝倒不是什么难事，用镰刀就能搞定，让人疲惫的是弯腰捆扎后，还要把木头抬过露台，穿过大门，再放进拖车里。他把用斧头砍下的较粗的树枝劈成三四段，然后捆起来，一捆捆拖到拖车上。

他在和时间赛跑。过了下午四点半，日光就要结束，而雪依然在下，已经覆盖了整个地面。在他停下来擦汗时，薄薄的雪花落在他的嘴唇上，悄悄地、软软地钻进领口，滑到他的脖子和身体上。他抬起头来看天空，双眼立马被雪覆住。雪花比之前更厚、落得更快，在他的头上打着旋儿。天空似乎成了雪做的天篷，渐渐往地面压下来，越来越低、越来越近，要让世界都窒息。雪落在断裂的主干和树枝上，妨碍了他的工作。如果他停下来，哪怕只是稍微喘口气或恢复一下体力，雪花就会如同一张柔软洁白的保护膜，马上覆盖住这堆木头。

他不能戴手套，否则就无法握紧镰刀或斧头，也无法给绳子打结以便拖走树枝。他的手指被冻得发麻，很快就会僵硬到无法弯曲。由于搬了太久的重物，他感觉心脏疼了起来，而眼前的工作量似乎一点儿也没有减少。每次回到倒下的树边，他都觉得那堆木头和一开始堆得一样高。那些长短树枝，那些引火木，几乎都被雪覆住，让他忘记了它们的存在。得把它们都捆结实，然后抬走或拖走。

等他把树枝都尽数搬走后，已经过了下午四点半，天色几乎已经全暗。现在只需要把已砍成三段的树干拖过露台，拖进等待着的拖车里就好。

他已经快累到极点，全靠着势必要摆脱这棵树的信念撑下来。他的呼吸变得缓慢而吃力。雪花一直落进他的嘴里、眼里，让他几乎看不清楚。

他拿出绳子，捆住又冷又滑的树干，用力打上结。裸露出来的木头如此坚硬，树皮又如此粗糙，刮伤了他早已发麻的双手。

"这就是你的终点了，"他咕哝着，"这就是你的结局。"

他把树干的一头架在肩上，步履蹒跚地将它拖下草坡，拖过露台，一直拖到花园大门。他拖着，树干在草坡下的台阶上颠簸着。苹果树的最后几截沉甸甸的，一团死气，就这么被他拖着，穿过潮湿的雪地。

结束了。他的工作完成了。他喘着粗气，一只手扶着拖车站着。现在只要赶在雪大到堵住门口的小路前，把这些东西带到绿人酒吧去就好。他早已做好准备，已经给轮胎装了防滑链。

他进入屋子里，要去换掉紧贴他身体的湿衣服，还要喝杯酒。他无心生火、拉窗帘，或是去看看晚餐吃什么，这些平时女佣在做的事情他都要晚点儿再考虑。现在，他必须要先喝一杯酒，然后把这些木头带走。

他的脑袋就像双手和全身一样麻木、疲惫。他重重地倒在扶手椅中，闭上眼睛。有那么一瞬间，他想干脆等到明天再继续。不，不行。明天雪就积得更多了，他可以预见到小路上的积雪可能会有两三英尺深，而且放着木头的拖车还在花园大门那儿，过上一夜就会被冻得白茫茫的。他必须振作起来，今晚就做完。

他喝完酒，换了衣服，出去发动车子。雪依然在下。夜幕降临，空气中又添了一分寒冷清冽，能把人冻僵。雪花打着旋儿，令人眩晕。此时它飘得更慢，也更知道要落向何处。

他发动引擎，车子带着拖车开始往坡下驶去。拖车上满是重物，他缓缓开着，分外谨慎。雪花不断落向挡风玻璃，他得吃力地看着路，不时擦拭挡风玻璃，这让下午已经辛勤劳作的他感到更加疲惫。等他终于把车停在绿人酒吧的小院子时，他觉得这里的灯光从未闪烁得如此可爱。

他站在酒吧门口，眨着眼睛微笑。

"好了，我把你的木头带过来了。"他说。

希尔夫人从吧台后盯着他，有一两个客人亦转过身来，玩飞镖的人也安静了下来。

"不会吧……"希尔夫人说。他站在门边猛地摆了摆头，冲她大笑。

"去看看，"他说，"但是今晚可别让我把它们卸下来。"

他暗自发笑，走向最喜欢的角落。其他人都围到门边惊呼起来，有说有笑。他就像个英雄，客人们涌向他问个不停。希尔夫人给他倒威士忌，向他道谢。她咧着嘴笑，晃着脑袋。"今晚免单。"她说。

"那可不行，"他说，"今晚由我做东。给我上一两轮酒。来吧，伙计们。"

对他们来说，今夜如同节日般温暖欢乐，承载着好运气。他不断祝福希尔夫人、自己乃至整个世界好运。圣诞节是什么时候？下周，还是下下周？管它呢，此刻就是美好的圣诞。下雪无妨，天气糟糕也无妨。他第一次成为他们当中的一员，没再把自己孤立于角落中，甚至还和他们一起玩了飞镖。他感觉他们喜欢他，他获得了归属感，不再是大路旁那栋房子里的"那个绅士"了。

时间一分一秒地过去，有人走，有人来，而他依旧坐在那里。空气中混合着朦胧与舒适、温暖与烟雾。他听到的、看到的，似乎都不真切，但他并不在意。吧台那儿的希尔夫人欢快丰腴，人又好相处，对他有求必应，此刻她的面庞正向他闪烁着光芒。

另一张脸突然闯进他的视线，是农场的一个工人，在战争时期曾与他开同一辆拖拉机。他把身体往前靠，碰了碰这个人的肩膀。

"那个小女孩怎么样了？"他说。

对方放下酒杯，说："先生，你说什么？"

"你记得吧。那个农场的小女孩。她那时候在农场里挤奶牛、喂猪。一个漂亮的女孩子，一头黑鬈发，总是笑眯眯的。"

希尔夫人正给另一个客人倒酒，听到这里，转过身来。

"您说的是梅吗？"她问。

"是的，没错，就是这个名字，小梅。"他说。

"怎么了？您没有听说吗，先生？"希尔夫人把他的酒杯倒满，"那时候我们都很震惊，所有人都在说这件事，对不对，弗雷德？"

"是啊，希尔夫人。"

那个男人用手背擦了擦嘴。

"死了，"他说，"从一个家伙的摩托车后座上被甩了出去。当时她马上就要结婚了。大概是四年前的事。太可怕了，对吧？那孩子人还挺好的。"

"我们当时都送了花圈过去，"希尔夫人说，"她妈妈给我们回了信，内容非常打动人。她还从当地报纸上剪了一小块报道下来，对吧，弗雷德？葬礼办得很隆重，有好多人为她献花。可怜的梅啊！我们都喜欢她。"

"是啊。"弗雷德说。

"想不到您从没听说过这件事！"希尔夫人说。

"我没听说过，"他说，"没人告诉我。我听你们说完很难受。太难受了。"

他盯着面前的半杯酒。

周围的聊天没有停止，但他已经退出谈话。现在，他又恢复了孤身一人，安静地坐在他的角落里。死了。那个可怜的漂亮女孩死了。从摩托车上被甩了出去。死了三四年了。一个该死的轻率家伙，骑摩托车转弯过快，而紧紧依在他身后的女孩，前一刻或许还在他耳边大声笑着，下一刻就撞到地上……结束了。

她的名字叫作梅。他的记忆清晰起来，眼前浮现出别人叫她时，她回过头来微笑的样子。"来啦。"她大声喊着，把哗啦作响的桶放在院子里，吹着口哨、踩着笨重的靴子向他们走来。他曾拥着她，在一个一闪而过的瞬间亲吻过她。那个有着一双笑眼、叫作梅的农场女孩。

"要走了吗，先生？"希尔夫人说。

"是的，是的。我想我该走了。"

他跌跌撞撞地走到门口，打开门。过去几小时，雪停了，积雪已经冻得硬邦邦的。沉重的天篷终于消失，星星正在闪烁。

"车子那边要不要给你搭把手？"有人问。

"不用了，谢谢，"他说，"我自己可以。"

他松开拖车的钩子，任其垂落，拖车上有一些木头突然重重地向前倾斜。明天吧。如果明天他想的话，可以再过来帮忙卸下这些木头。今晚就算了。他今天做得够多了。现在，他彻底累了，筋疲力尽。

他费了点劲儿才把车子发动好，但车还没有开到半路，他就意识到今晚把木头拉过去是个完全错误的选择。四周积雪很深，来的时候轧出的路已经被雪覆盖住了。车子歪斜，蜿蜒前行。突然，右轮陷进雪地，整个车身侧翻，车子陷入雪堆中。

他爬出车子，环视四周。车子陷得很深，没有两三个人帮忙根本移不出来。即便他找来人帮忙，前面的积雪也一样深，他又如何能开得出去？干脆别管了，等明天早上精神恢复后再来看看怎么办。现在逗留在这里也没用，花半个夜晚的时间徒劳地推拉车子毫无意义。这里是支路，车子留在这儿也不会被损坏，而且今晚应该没有人会到这条路上来。

他开始往家的方向走去。他的运气真不好，车子竟然陷进雪堆。其实路中间的积雪并不深，也就到他脚踝的高度。他把手深深插进外套口袋中，艰难地往坡上前行，道路两侧看着就像广阔的白色荒原。

他想起来自己今天中午就让女佣回家了，到家时房子肯定寒冷凄凉。火应该已经熄灭，炉子里的肯定也是一样。没有拉上窗帘的窗户将在黑夜中黯然地俯视他，而且家里也没有晚餐。好吧，都是他自己的错，只能怪自己。在这样的时刻，如果有人在家里等着多好。这个人会从客厅跑向门厅，打开前门，让灯光倾泻在门厅里。"你还好吗？亲爱的。我好担心。"

他在坡顶停下喘气，看到了小路尽头被树遮住的自家房子。它看起来黑暗冷峻，窗户里没有透出一丝亮光。此刻他站在寒冷的雪天里，觉得待在户外星空下比留在那阴暗的房子里更能感受到温情。

他从留着的边门进去，关上门，穿过露台走向花园。花园里一片静默，没有一丝声响，仿佛有神灵来过，给这个地方施了咒，把它变得苍白寂静。

他慢慢地在雪地中走向苹果树。

现在，这棵小树独立于台阶上，不再被边上的树遮挡。它伸展着白得闪闪发光的树枝，仿佛属于充满奇幻与魂灵的神明世界。他想站在小树边摸摸那些树枝，确认它们还活着，没有为大雪所伤，这样春天它就能再度开花。

它近在咫尺，他却跌跌撞撞摔倒在地。他被一个被雪覆盖住的东西绊倒了，扭到了脚。他想要动一动，脚却被卡住了。脚踝处的刺痛让他突然想到，绊倒他的正是下午砍倒的苹果树那参差不齐的树桩。

他用手肘撑着向前，试图把自己的身体往前拖，但跌倒在地的他腿向后弯折、脚向内勾着，每次他试图往前，却只会让脚被树干卡得更紧。他把手探进雪下，想要碰到地面，但他碰到的只有苹果树残缺的细枝条。它们被积雪覆盖，散乱在苹果树倒下的地方。他大声求助，但心里很清楚没有人会听到他的喊叫声。

"放开我，"他喊着，"放开我。"仿佛缠住他的这个东西可以仁慈地放他走。他喊着，挫败和恐惧的泪水淌在脸上。被老苹果树紧紧缠住的他，可能整夜都要躺在这里。没有希望、无法逃脱，直到第二天早上人们才会发现他，而那时或许已经太迟，他或许已经死了，就这么直挺挺地倒在冰天雪地之中。

浑身湿漉漉的他又一次挣扎着想要逃离。他咒骂着、呜咽着。没用。动不了。他好累。他把头枕在手臂上，流着泪，身体在雪地里越陷越深。这时，一根湿冷的树枝碰到他的嘴唇，就像一只手，犹豫地、怯懦地，在黑暗中向他伸来。

小摄影师

The Little
Photographer

侯爵夫人躺在旅馆阳台的贵妃椅上。她身上只裹着一件睡袍，柔顺的金发刚刚打理过，别着发夹，还缠着一条和她眼眸相称的绿松石色发带。贵妃椅旁立着一张小桌子，上面摆着三瓶颜色不同的指甲油。

她的三个手指已经分别薄涂上了这三种不同颜色。她把手伸到眼前端详着。不行，大拇指上的颜色过分红艳，使得暖黄色的纤纤玉指看起来格外刺目，仿佛一滴鲜血从刚刚开裂的伤口中滴落至此。

食指上那显眼的粉色又无法诉说她此刻的心绪。这抹优雅浓郁的粉色属于宴会厅，属于晚礼服。她会擦着这样的粉色，徐徐扇动手中的鸵鸟羽扇，伴着远处的小提琴声，迎来送往。

中指上的颜色则泛着丝质光泽，既非绯红，也非朱红，而是一种更为柔和含蓄的颜色，宛若含苞待放的芍药，尚未在白昼的温热中绽放，依然身沾晨露。这朵清爽未放的芍药，仿佛正在露台边垂首看向脚下苍翠的草丛，只待正午太阳高升时，尽情绽放。

是的，就是这种颜色。她拿起棉布，拭去其他不受青睐的颜色，然后慢慢地、认真地将小刷子浸入选好的指甲油中，如同艺术家般灵巧流畅地涂抹着。

结束后，她感到疲倦，便再次倚入贵妃椅，将手指挥舞在半空中，好让指甲油快点儿干。这个动作看着有点儿奇怪，好似在祷告的女祭司。她垂眼看着凉鞋中露出来的脚指甲，决定一会儿也要为它们涂上颜色。暖黄色的手，暖黄色的脚，看起来柔和、安静，突然有了生气。

但还不到时候。她现在必须休息放松。天太热，她还不想从贵妃椅上坐起，往前蜷缩着去给脚指甲上色。她还有大把时间。时间啊，就在她面前舒展着，松散地摊开在这漫长慵懒的日子里。

她闭上眼睛。

旅馆里远远传来人们日常起居的声音，让她仿若置身梦中。这些模糊不清的声音令她感到舒适，因为她既身处其中，又可随时抽离，还不必忍受像家中那般束缚。楼上的阳台，传出椅子刮擦地面的声音；楼下的露台，侍者正为小餐桌支起色彩明艳的条纹伞。她可以听见旅馆领班在餐厅里指挥的声音。侍女在隔壁套房中打扫，她们搬动家具，床铺咯吱作响。男侍从走进隔壁阳台，拿着扫帚清理。他们轻声嘟囔着。等他们离开后，一切又回归静默。四下无声，只有海水懒懒地溅起，无力地漫上灼热的海滩。远处有声音飘来，但微弱到构不成一丝打扰。那是孩子们的玩闹声，她的孩子也在其中。

楼下露台有位客人点了咖啡，他抽着雪茄，烟雾飘上阳台。侯爵夫人舒出一口气，纤纤玉手如百合似的落在贵妃椅两侧。这就是安宁，这就是满足。如果可以留住这份感觉就好了，哪怕再多一小时都好……但她知道，再过片刻，她又将感到不满、沉闷，即便现在她终于能够自由自在地享受假日时光。

一只熊蜂飞进阳台，徘徊在指甲油瓶子上，而后钻进边上孩子们摘回来的花里，翅膀扇动的嗡嗡声也随之消失。侯爵夫人睁开眼睛，看到蜜蜂昏昏沉沉地爬出来，然后晕头转向地振动翅膀，嗡嗡地离开了。咒语解除。侯爵夫人捡起掉落在地的信，那是她的丈夫爱德华写给她的："……另外，我最亲爱的，我现在还没办法去找你和孩子们。家中有好多公事需要我在场处理。你知道的，这些事我都只能靠自己。当然，我会尽量在月末来接你们。你在那里尽情游泳，好好休息吧，海边的空气对身体好。昨天我去看望了妈妈和玛德琳，老牧师似乎……"

侯爵夫人由着信纸再度落到阳台地面。她的嘴角微微下垂绷紧，泄露出这张美丽光滑面庞下的心绪。又来了。又是工作。即便他钟情于她，可庄园、农场、森林，还有那些他必须会见的商人，那些让他脱不开身的突发行程，都让她的丈夫爱德华无法伴她左右。

婚前他们就告诉过她会面临怎样的生活。"侯爵先生做事非常认真，你要明白。"她当时一点儿也不在意，欣然点头，还有什么比嫁给一位做事认真的侯爵更好？还有什么地方比大别墅和大庄园更美丽？还有什么待遇比住在巴黎，被成群的用人簇拥着，个个都毕恭毕敬地称自己为侯爵夫人更风光？她在法国里昂长大，父亲是个兢兢业业的外科医生，母亲则缠绵病榻。这桩婚事对她这样的女孩而言就像童话一般。若非侯爵先生突然造访，她可能已经嫁给父亲年轻的助理，在里昂过着泛不起一丝波澜的生活。

　　毫无疑问，这是一场浪漫的结合。一开始当然遭到他亲戚们的反对。但是，侯爵先生，这位年逾四十岁的男子，很清楚自己的想法，她又那么美丽动人。之后这件事便再无争议。他们婚后生下两个女儿，过着幸福的生活。虽然有时……侯爵夫人从贵妃椅上起身，走进卧室，在梳妆台前坐下，把发夹从头发上拆下来。即便只是这几个动作，也令她感到疲惫不已。她扔开身上穿着的睡袍，赤裸地坐在镜子前。她发现自己有时会怀念在里昂的生活。她记得自己曾和其他女孩一起嬉闹打趣；记得路上有男人看她们时，她们就会捂嘴偷笑；记得朋友来家里喝下午茶时，她们会互相交换秘密和书信，在房间里窃窃私语。

　　现在，她成了侯爵夫人，再也无人可以一起分享秘密、开怀大笑了。她身边所有人都已到中年，沉闷无趣，墨守成规。她还要应付爱德华那些亲戚没完没了地来庄园拜访。他的母亲、兄弟姐妹、嫂子弟媳。冬天待在巴黎的日子也是千篇一律。身边没有一张新面孔，没有一个陌生人到访。唯一让她兴奋的，或许是爱德华一位生意上的朋友。那天，她去赴午宴，一走进厅里，那位朋友就惊叹于她的美貌，满眼闪着爱慕，向她鞠躬行礼，吻她的手。

　　在午宴中遇到这样一个人，让她不禁开始幻想两人的地下情：出租车把她带到他的公寓，她乘着昏暗狭窄的电梯上楼，按过门铃后，身影便消失在一间没人知道的陌生房间里。但是，漫长的午宴结束后，那位朋友鞠了个躬便先行离开。后来，她心想，其实他的长相连中等都够不上，牙齿还都是假的。但那克制的爱慕一瞥，是她想要的。

现在，她坐在镜子前梳头。她试着新样式，把头发侧分，又在金色的发丝间缠上一条与指甲油同色的丝带。很好，很好……一会儿还要穿上白色连衣裙，再将雪纺围巾随意地搭在肩上。如此一来，领着孩子们和英语家庭教师走进露台时，旅馆领班就会向她鞠躬，引着她走向角落那张小桌子，让她坐在条纹伞下。周围的人定会低声耳语，目光一路追随，而她会故意弯下腰，充满母爱地轻拍孩子们的鬈发，动作优雅美丽。

但现在，镜子前只有赤裸的身体和悲伤愠怒的双唇。别的女人都有情人。这样的闲言碎语会钻进她耳朵，甚至在隆重的晚宴中，当爱德华就坐在长桌另一头时，她也会听到这样的丑闻。这种事不仅出现在她从未深入交往的下等社交圈中，甚至在她现在所属的名门望族中也是如此。"我和你说，你知道的……"接着，一个挑眉、一个耸肩便能将暗示的意味和闲言碎语传开，让人心领神会。

偶尔在茶会中，有些宾客不到六点就要离开，说是在其他地方还有事要办。侯爵夫人便一边附和着表示遗憾，和客人道别，一边想着她是不是要去幽会？会不会在二十分钟，甚至可能更短的时间后，那暗淡无光、其貌不扬的有夫之妇就会变得神采奕奕，嘴角浮出隐秘的微笑，任凭衣服滑落在地？

连她已经结婚六年的中学好友埃莉斯也有情人。她在信中从不写出他的名字，总是称他为"我的伙伴"。他们每周一、周四都会碰面。他会开车带她去乡下，哪怕冬天也不例外。埃莉斯会给侯爵夫人写信，说："在你这样上流社会的人眼中，我这等情事该是多么平庸无趣啊！你肯定有无数仰慕者吧，多刺激啊！快和我说说巴黎，还有那些派对的事儿，告诉我今年冬天你选中了什么样的情人。"侯爵夫人在回信中会顾左右而言他，对埃莉斯的问题一笑置之，然后便把话题扯到她在宴会中又穿了什么样的裙子上。但她没有告诉她朋友的是，这些宴会要开到半夜，正经八百且无聊沉闷，而她对巴黎的了解也仅限于和孩子们一起坐车经过的那些地方，比如开车去服装设计师那儿再买一身裙子，或去造型师那儿重新设计发型时经过的路。至于庄园里的生活，她只会在信中写写那儿的房间，对，还有那里众多的宾客、门前长长的林荫大道、一望无际的森林。但她不会提起春天没日没夜下着的雨，也不会提起初夏炙烤般的炎热，每到这些时节，死寂就像巨大的白色棺罩，笼在这片土地之上。

"啊！对不起，我以为夫人出去了……"男侍从没敲门就拿着扫帚进来了。他小心翼翼地退出房门，但已经看到她坐在镜子前赤裸的身体了。她刚刚还躺在阳台，他怎会不知道她还在房里？他退出房门前，眼神里流露出的是怜悯和爱慕吗？似乎他心里在想："这么美丽，却孤独一人？这在我们这家人人都来追求快乐的旅馆里可不常见……"

天哪，这里好热。没有海风拂面，汗珠从手臂滴到她的身上。

她懒洋洋地穿好衣服，套上凉爽的白色连衣裙，再次走向阳台，拉开百叶窗，让全身都沐浴在热浪之中。墨镜遮住了她的眼睛，身上仅有的几抹色彩，是她的嘴唇、她的脚、她的手以及绕在肩上的围巾。墨镜给白昼覆上一层深色调。本是泛着长春花般浅紫光蓝色调的大海，在镜片下变成紫色，白色的海滩也变成橄榄棕，露台缸子里俏丽的花也镀上了一层属于热带的纹理。侯爵夫人刚把手搭在阳台上，晒得发热的木制栏杆就烫到了她。又一次，阳台上飘进不知从何而来的雪茄气味。侍者端着开胃菜走向露台上的餐桌，杯盘交错，发出叮叮咚咚的声音。有一个女人在说话，一个男声也加入其中，笑着。

一条德国牧羊犬吐着舌头，沿着露台的墙走着，想要找到一块凉爽的石头躺上去。一群古铜色肌肤的年轻人赤着胳膊从沙滩上跑来。他们身上还留着海水晒干后的盐分，边跑边喊着要喝马丁尼。肯定是美国人。他们把毛巾甩到椅子上，其中一个还对着那条牧羊犬吹口哨，但它连动都不动一下。侯爵夫人鄙夷地俯视着他们，但她的鄙夷中糅杂着一种嫉妒。他们来去自在，可以随时坐上车去往别处；他们成群结队，尽情狂欢；他们差不多有六到八人，而且显然互相传情，两两成对。但是，她深深地鄙夷着，因为他们的狂欢没有丝毫隐秘感，没有人偷偷摸摸地等在虚掩的门后，他们的开诚布公让生活失去悬念。

偷情的滋味可与这不同，侯爵夫人边想边折断一株爬上阳台花架的玫瑰。她把玫瑰放在颈子下连衣裙敞口的位置。偷情是种不能言说的东西，缄默、温柔，没有刺耳的声音，没有迸发的笑声，有的是从害怕中生出的鬼祟与好奇，而当害怕退去后，就只剩下一个肆无忌惮的秘密包藏在心。那不是好友间的礼尚往来，而是陌生人间的隐秘激情……

旅馆的客人一个个从沙滩上往回走，餐桌边慢慢坐满了人。整个早上都因太过炎热而无人问津的露台，现下又重获生机。驱车前来用餐的客人与她眼熟的旅馆住客们混杂在一起，右下方的角落里聚着六个人，正下方还聚着三个。现在，喧闹声、交谈声和杯盘碰撞声变得更响，以至从清晨起就盖过一切声响的海水飞溅声，此刻已显得遥远模糊。退潮了，海水从沙滩上退去，留下痕迹。

孩子们和家庭教师克莱小姐过来了。两个孩子像小玩偶一样穿过露台。克莱小姐刚游完泳，披散着鬈发，穿着条纹棉质连衣裙，跟在她们身后。突然，孩子们抬头看向阳台："妈妈……妈妈……"她俯身微笑。然后，一如往常，孩子们的喧哗声吸引了旁人的目光。有人和她们一起微笑着抬头往上看，左边桌子上的一位男士欢快地向同伴指着。第一波的赞叹将在她下楼时再度全面袭来。她，侯爵夫人，美丽的侯爵夫人，和她天使般的孩子们一同走过时，人们的私语声就会宛如雪茄烟雾般飘向她，几桌客人会交头接耳地谈论她。每天，当她去露台用午餐时，这一切都会迎向她。赞叹与尊敬如涟漪泛起，而后被慢慢湮没。人们渐渐离席，去游泳、打高尔夫、打网球、兜风，只留下孩子们和克莱小姐，以及依然美丽自若的她。

"看，妈妈，我在海滩上找到一只小海星，我要把它带回家去。"

"不行，不行，不公平，是我的。我先看见的。"

两个女孩涨红着脸，吵了起来。

"嘘，西莉斯特，海伦妮，你们俩吵得我头疼。"

"夫人累了吗？您午餐后一定要休息。这么热的天，休息一下对您身体好。"克莱小姐心思细腻，低下身批评两个孩子。"大家都累了。休息一下对大家都有好处。"她说。

休息……但是，侯爵夫人心想，每天除了休息，我什么也没做。我的人生就是一场漫长的休息。"休息一下，休息，亲爱的，你看起来状态很不好。"无论冬夏，她的耳边总是不断出现这句话。丈夫、家庭教师、妯娌，还有所有上了年纪又单调乏味的朋友都不断对她重复这番话。她的人生就是一场漫长的重复，休息、起床、再休息，周而复始。因为她苍白、寡言，他们就觉得她弱不禁风。

天哪，婚后的每一刻，她都在休息。房里永远是铺好的床，拉起的百叶窗。无论是在巴黎的住所里，还是在郊区的庄园中，两点到四点，休息，永远都在休息。

"我一点儿也不累。"她对克莱小姐说。她一向温柔悦耳的声音头一回变得尖锐高亢，"午餐后我要去走走。我要去镇上走走。"

孩子们瞪大眼睛看着她，克莱小姐也瞠目结舌，她那看着就令人不甚喜欢的脸上显出震惊的神色。

"这么热的天，您出去会受不了的。再说，镇上那几家店从一点到三点都关着门。何不等喝过下午茶之后再去呢？下午茶之后出门肯定才是明智之举吧？孩子们可以和您一起去，我留下来熨熨衣服。"

侯爵夫人没有回答，从桌旁起身。西莉斯特吃东西总是慢吞吞的，露台上几乎已经没人了。没有任何重要的人会看到她们是如何返回房间的。

侯爵夫人上楼后，再次用粉扑了扑脸，又描了描嘴唇，用食指沾了一点儿香氛。她可以微微听到隔壁房间里孩子们的声音。克莱小姐正关上百叶窗，让孩子们上床睡觉。侯爵夫人拎上草编包，往里放了一卷胶卷和一些零碎物件，踮着脚走过孩子们的房间，下楼走出旅馆，踩上满是尘土的马路。

烈日当头，她的露趾凉鞋里很快就挤进了小碎石。刚刚的一时冲动现在看来又蠢又没意义。路上没有人，沙滩上也是。游客们在外游玩散步了一整个早上，当时她倒是闲散地躺在阳台上，现在其他人都和克莱小姐以及孩子们一样，惬意地躺在房间里。只有侯爵夫人一人，在被太阳炙烤的马路上走向小镇。

到了那儿，她发现克莱小姐说得没错，商店都关着，百叶窗紧闭。雷打不动的午睡时光，封印住了这里的商店和居民。

侯爵夫人沿着街道走着，手中的草编包晃呀晃，独行于这个打着哈欠、昏昏欲睡的世界中。连街角的咖啡店都关了。一只沙色小狗将脸埋在爪子间，不堪苍蝇所扰，猛地龇起牙来，眼皮却抬都不抬。到处都是苍蝇。药店里摆着存放不明药物的深色瓶子，边上挨着保湿水、海绵和化妆品，苍蝇在窗外嗡嗡作响；商店中放满遮阳伞、铲子、粉色玩偶和绳底鞋，苍蝇在玻璃窗后飞着；它们还会飞进肉铺的铁窗户，爬上沾血的空石板。商店上方收音机刺耳的声音戛然而止，跟着传出粗重的叹息声，有人准备午睡，不想被打扰。连邮局都关着。侯爵夫人本还打算买邮票，但是现在敲门也无济于事。

她能感觉到汗水流入裙子里。她并没有走多少路，但薄底儿凉鞋里的脚已经很疼了。日头太毒辣，所有人都在享受午睡的平静与美好。她看着空荡荡的街道和门窗紧闭的房屋与商店，突然渴望进入一个凉爽幽暗的地方，哪儿都行，比如一间水龙头滴着水的地下室。那种水滴到石头地板上的声音，可以舒缓她被烈日扰乱的神经。

她沮丧到几乎要哭出来，旋即转进两家商店间的小巷，顺着台阶往下走，来到一小块空地上。这里晒不到太阳，于是她便稍作休息。她的手触到墙面，凉爽又结实。她把头靠在身边一扇关起的百叶窗上，突然，百叶窗被拉起，暗室里出现一张看向她的脸。

"对不起……"她开口道。太荒唐了，她竟然在这里被发现，好像在侵犯、偷窥商店下藏匿的隐私与勾当。她的声音渐渐变弱，慢慢失声，有些尴尬，因为窗户里的那张脸是那么不同寻常、那么温文尔雅，简直像是画在天主教堂彩绘玻璃上的圣徒。他的脸嵌在如云的黑色鬈发下，鼻子小而挺，嘴唇如同被精雕细琢过，一双棕色眼睛无比庄严、温柔，就像羚羊一般。

"您想做什么，侯爵夫人？"他回应着那句她没有说完的话。

他知道我，她好奇地想着。他之前见过我，但这并不奇怪，因为他的嗓音既不粗糙，也不刺耳，不是商店地下室里的人会有的声音，而是充满教养的清澈嗓音，与他羚羊般的眼睛真是相得益彰。

"街上太热了，"她说，"商店都关着，我觉得头晕，就顺着台阶走下来了。非常抱歉，我知道这里不对外开放。"

那张脸从窗户边消失。他打开一扇她刚刚并没有注意到的门。等她回过神时，已经坐在里头的一把椅子上了。这里凉爽幽暗，完全就是她刚刚想象中的地方。他递来一个装了水的陶杯。

"谢谢，"她说，"非常感谢。"她抬起头，刚好遇上他的眼神。他手里拿着水壶，眼中带着谦逊与尊重。他用温柔儒雅的声音说："还需要点儿什么吗，侯爵夫人？"

她摇摇头，但内心已翻涌起再熟悉不过的感觉，就是那伴随爱慕而生的隐秘喜悦感。在他打开门的一刹那，她有生以来第一次开始在意自己的一举一动。她拉紧肩上的围巾，动作变得刻意。然后，她看到那双羚羊般的眼睛看向玫瑰，那朵插在她连衣裙领口的玫瑰。

她说："你怎么知道我是谁？"

他回答："三天前您和孩子们一起来过我店里。您还买了一卷胶卷。"

她困惑地看着他。她记得自己当时看到一家小店橱窗上的柯达广告，于是进去买胶卷。她还记得柜台后接待她的是一个面容丑陋的跛脚女人。那个女人走路一瘸一拐，她担心孩子们看到会笑，也怕自己会因为紧张而昧着良心跟着笑，于是便买了点儿东西让他们送到旅馆，然后就匆匆离开。

"是我姐姐接待您的，"他解释道，"我从里屋看到您了。我很少接待客人，平时一般出去拍人物或乡村风光，到了夏天卖给观光客。"

"这样啊，"她说，"我明白了。"

她又拿起陶杯喝了口水，一同喝下的，还有他眼中的爱慕。

"我有一卷胶卷要洗，"她说，"就在我包里。你可以帮我洗出来吗？"

"当然可以，侯爵夫人，"他说，"我愿意为您效劳，无论您要我做什么都可以。自从那天您来到店里，我就……"他住了声，脸颊泛起红晕，尴尬不已地移开视线。

侯爵夫人压抑住想要笑出声的冲动。他的爱慕太荒谬了，但是，很奇怪……他的爱慕让她觉得自己拥有一种权力。

"自从那天我来到你店里，然后呢？"她问。

他再次看向她。"我就别无他想了，别无他想。"他的语气是那么激烈，几乎要吓到她。

她微笑着将水杯递回。"我是个很普通的女人，"她说，"如果你多了解我，就会对我感到失望。"多么奇怪啊，她心想，我竟然能掌控这种局面，而且一点儿也不生气，一点儿也不震惊。我现在就在这里，在一家商店的地下室里，和一位刚刚对我表达了爱慕的摄影师说话。太有趣了。但是这可怜的家伙，却是那么情真意切。

"好了，"她说，"可以帮我洗照片了吗？"

他似乎无法将视线从她身上挪开，她便大起胆子直视他，他才又红着脸，收回目光。

"您可以沿着台阶原路返回，"他说，"我会为您打开店门。"现在，换她的视线逗留在他身上了——敞开的背心，没穿衬衫，露出的手臂，喉咙，满头的鬈发。她说："何不就在这里呢？"

"这可不行，侯爵夫人。"他对她说。

她笑起来，转过身，踩着台阶走上炎热的街道。她站在步道上，听到门后有钥匙的声音，门开了。她故意站在外头不进去，就让他等着。过了一会儿，她才慢悠悠地走进店里。店里有些闷热，不通气，全然不似清爽安静的地下室。

站在柜台后的他，令她感到失望。这会儿，他已经穿上一件廉价的灰色外套，就是店员们都会穿的那种，随处可见。他的衬衫非常死板，颜色也蓝得过头。他从柜台后伸手拿胶卷，看起来就是个普普通通的店主。

"什么时候能洗好？"她问。

"明天。"他边说边再度用黯然的棕色眼睛看她。她忘掉那件普通的外套和死板的蓝色衬衫，看到他外套下的背心和露出的手臂。

"如果你是个摄影师，"她说，"不妨来旅馆为我和孩子们拍点儿照片？"

"您想要我去拍吗？"他问。

"为什么不想呢？"她答道。

一抹神秘在他眼中一闪而过。他弯腰探过柜台，假装在找绳子。她暗暗发笑，因为她看到了他颤抖的手，看出了他内心的激动。出于同样的原因，她也心跳加速。

"没问题，侯爵夫人，"他说，"我随传随到。"

"可能早上最好，"她说，"十一点。"

她漫不经心地离开，甚至没有说再见。

她穿过街道，并不关心对面商店的橱窗里陈列着什么，而是透过橱窗玻璃映出的影子看着他走出店门目送她。他已经脱去外套和衬衫。午休时间尚未结束，店门将再次关起。这时她才第一次注意到，原来他和他姐姐一样，也是残疾。他的右脚裹在一只定制的高筒靴里。但是，不知为何，她并没有像之前看到他姐姐时那样感到厌恶，或是紧张得想发笑。那只高筒靴散发出一种奇怪而未知的魅力。

侯爵夫人顺着满是尘土的路走回旅馆。

第二天上午十一点，旅馆门房前来通传，说摄影师保罗先生已经在楼下大厅等待侯爵夫人的吩咐。

侯爵夫人请门房递话，让保罗先生上楼到套房里来。不久，她就听到门上传来犹豫、怯生生的敲击声。

"请进。"她喊出这话时，正站在阳台上，双臂环绕着两个孩子，刻意营造出美好的画面给他看。

今天，她穿的是一条浅黄绿色的山东茧绸裙子，头发也不像昨天那般孩子气地系着丝带，而是将发丝中分，梳到耳后，露出黄金耳饰。

他站在门口没有动。孩子们有些害羞，好奇地盯着那只高筒靴，但什么也没说，母亲已经事先提醒过她们不要谈及此事。

"这两个是我的宝贝女儿，"侯爵夫人说，"现在你该告诉我们要站在哪里、摆什么姿势了。"

孩子们没有像平时见到客人时那样行屈膝礼。母亲已经告诉她们没必要这么做，因为保罗先生是小镇商店里的摄影师。

"如果可以的话，侯爵夫人，"他说，"就这样站着就好。很美丽。非常自然，无比优雅。"

"是吗？好的，如果你喜欢的话。海伦妮，站好别动。"

"不好意思。架相机要花点儿时间。"

他已不再紧张，此刻正熟练地操弄着手里的机器。看着他架好三脚架，搭好绒布，调整好相机，她发现他的手灵巧娴熟。那不是一双工匠的手，不是店主的手，而是一双艺术家的手。

她的目光落到他的靴子上。他没有他姐姐跛得那么厉害，走路不至于歪斜摇摆到让人心里直想尖叫。他拖着脚，走得很慢。侯爵夫人对他的残疾心生怜悯，想着靴子里那只畸形的脚一定让他饱受痛苦，尤其在如此灼热的天气里穿着高筒靴，一定又挤又闷。

"准备，侯爵夫人。"他说道。她内疚地将视线从靴子上收回，摆好姿势，优雅地抱住孩子们微笑着。

"没错，"他说，"就这样。非常好。"

那黯然的棕色眼睛吸引住了她。他的声音低沉温柔。愉悦感再次袭来，一如昨天。他按下快门，相机发出"咔嚓"一声。

"再一次。"他说。

她继续摆姿势，嘴唇含着微笑。她知道刚刚他在按下快门之前突然停下，并不是出于技术上的需要，比如她或者孩子动了之类的，而是因为他喜欢这么注视着她。

"去那边吧。"她说道，停下动作，也解除了咒语，哼着歌往阳台走去。

一个半小时后，孩子们累了，待不住了。

侯爵夫人向他道歉。"天气太热，"她说，"请原谅她们。西莉斯特，海伦妮，拿上玩具到阳台那边的角落玩吧。"

她们嬉闹着跑进自己的房间。侯爵夫人背对着摄影师。他正往相机里放一块新的感光板。

"你知道的，小孩子就是这样，"她说，"几分钟的新鲜劲儿一过，就开始感到厌烦，想要别的东西了。你非常有耐心，保罗先生。"

她从阳台摘下一朵玫瑰，捧在掌心，微噘嘴唇轻碰着。

"我想拜托您，"他急切地说，"如果您不介意的话，我想斗胆请问……"

"什么？"她说。

"请问能否让我为您单独拍一两张照片？"

她笑了，把玫瑰从阳台丢进楼下的露台。

"当然可以，"她说，"悉听尊便，反正我也无事可做。"

她坐在贵妃椅边缘，靠着一个垫子，将头倚在手臂上。

"像这样？"她说。

他消失在绒布后，过了一会儿，他调好相机，一瘸一拐地走上前来。

"如果您不介意的话，"他说，"手可以抬高一点儿，这样……头可以稍稍往边上靠一些。"

他扶起她的手，按照他的想法摆着，然后带着犹豫，温柔地托起她的下巴。她闭上眼睛。他没有抽回手，大拇指微不可察地拂过她长长的颈部线条，其他手指也跟着大拇指一同滑过，仿佛羽毛般轻盈，犹如鸟的翅膀掠过她的肌肤。

"就这样，"他说，"完美。"

她睁开眼睛。他又跛着走回相机边上。

侯爵夫人不像孩子们那样一会儿就累了。她允许保罗先生为她拍了一张又一张照片。孩子们遵从母亲先前的嘱咐，回到阳台远端的一角玩耍，她们说话的声音成了拍摄的背景音。侯爵夫人和摄影师不时为孩子们说的话相视一笑，他们之间生出一种大人间的亲昵，气氛也不像之前那样紧张。

他变得更加大胆、自信。他对她的姿势提出建议，她一一默许。

有一两次她摆的造型很糟，他还会直接指出来。

"不是的，侯爵夫人。不是那样，要这样。"

然后他便会走到椅子边，跪在她身旁，有时移动一下她的脚，有时转动一下她的肩，每一次的触碰都越来越明确、越来越强烈。但是，每当她逼着他与自己对视时，他就会转开，态度变得谦逊，仿佛羞于自己的所作所为。他温柔的眼睛映射出他的本性，这种本性让他想要抽回伸出的手。她感受到他内心的挣扎，心生愉悦。

最后，当他第二次摆好她的裙子时，她发现他脸色发白，额头上已经渗出汗水。

"天太热了，"她说，"或许我们今天已经拍得够多了。"

"若您不介意的话，侯爵夫人，"他回答，"今天确实非常热，我想我们最好就此停下。"

她从椅子上站起，神情自若。她不累，也不觉得麻烦。相反，她神清气爽，浑身充满新的能量。她想等他走后，就去海里游泳。但摄影师却并非如此。她看到他用手帕擦脸，在收拾相机和三脚架时，他看起来筋疲力尽，拖着高筒靴的步子显得更加沉重。

她假装在看昨天请他冲洗出来的那些照片。

"拍得太差了，"她小声说，"我觉得我不太会用相机。应该请你给我上几节课的。"

"您只需要稍加练习就好，侯爵夫人，"他说，"我一开始用的相机和您这台很像。即使是现在，我出去拍外景时，还是会带上小相机。在海上的悬崖边，用小相机拍出来的照片和大相机一样好。"

她放下手中的照片。他拿着工具盒，已经准备要离开。

"这个季节你肯定非常忙，"她说，"怎么还有时间拍外景？"

"我会挤时间去，侯爵夫人，"他说，"比起拍人像，我更喜欢拍外景。我偶尔才会从拍人像中找到真正的满足感，比如，今天。"

她看着他，再一次从他眼中看到爱意和谦逊。她就这么一直看着他，直到他局促地低下眼睛。

"海岸沿途的风景非常美丽，"他说，"您散步的时候肯定已经注意到了。我常常在下午带着小相机去悬崖边拍摄，就在海滩右侧那块很显眼的巨石上头。"

他从阳台向外指，她顺着他手的方向望去。热浪中，绿色的海岬若隐若现。

"昨天您来的时候，我只是凑巧在家，"他说，"我当时在地下室冲洗照片，因为我答应了今天要离开的游客把照片洗好给他们。否则，那个时间我一般都在悬崖边。"

"肯定很热。"她说。

"或许吧，"他回答，"但是海上会有微风。而且最棒的是一点到四点人非常少。大家都在睡午觉。我可以独享美景。"

"是的，"侯爵夫人说，"我懂。"

他们静静地站了一会儿，两人似乎心照不宣。侯爵夫人把玩着手里的雪纺手帕，把它松松地绕在手腕上，动作慵懒随性。

"我哪天也一定要试试，"她说，"走在白天的热浪里。"

克莱小姐走进阳台，叫孩子们准备洗洗去吃午餐。摄影师带着歉意，恭敬地站在一旁。侯爵夫人看了眼手表，才发现已是正午时分。

楼下露台的餐桌边已经坐满人，如同往常一样，闲聊喧哗，觥筹交错，杯盘碰撞，而她竟浑然未觉。

她回过头告诉摄影师他可以离开了。她故意用冷漠自持的语气告诉他拍摄已经结束，克莱小姐来接孩子们了。

"谢谢你，"她说，"我过几天会去店里看看拍出来的照片。祝你今天过得愉快。"

他就像刚刚完成差事的杂役，鞠了一躬，离开了。

"希望他拍出了好照片，"克莱小姐说，"侯爵先生到时候看到一定会非常开心。"

侯爵夫人并未应声。她摘下黄金耳饰。不知为何，这个耳饰和她现在的心情已不相称。她打算不戴任何首饰下楼用餐。她觉得今天她自身散发的美已经足够。

接下来三天，侯爵夫人都没有去镇上。第一天，她上午去游泳，下午看人打网球。第二天，她和孩子们一起度过。她给克莱小姐放了一天假，让她可以坐着游览车，沿海岸参观内陆古城。第三天，她遣克莱小姐领着孩子们一起去镇上取照片。她们带回一个包装精致的盒子。侯爵夫人仔细看着盒子里的照片，确实拍得非常好。那几张单人照称得上是她拍过的照片中最好看的了。

克莱小姐兴高采烈地恳请她加洗几张寄回英国。"谁能相信呢，"她惊呼，"一个在这种地方的小摄影师竟然可以拍出如此出色的照片？在巴黎找那些专业摄影师拍可要天价呢。"

"确实拍得不错，"侯爵夫人打着哈欠说，"真是麻烦他了。

他把我拍得比孩子们都要好。"她把盒子盖上，放进抽屉中。"保罗先生自己满意吗？"她问。

"他没说，"克莱小姐回道，"他似乎有点儿失望您没有亲自去拿。他说昨天就已经洗好了。他问起您是否安康，孩子们告诉他妈妈去游泳了。她们对他很友好。"

"镇上太热，灰尘太多。"侯爵夫人说。

第二天下午，克莱小姐和孩子们都在休息，整个旅馆在烈日的照射下似乎也睡着了。侯爵夫人换上一身非常简洁朴素的无袖短款连衣裙，为了不吵醒孩子们，悄悄地下了楼。小小的相机在她胳膊上晃动着。她穿过旅馆来到海滩，走上通往上方绿草地的窄道。烈日毫不留情，但她并不在意。在这里，郁郁葱葱的草地上没有尘土，悬崖边上繁茂的蕨菜正轻抚她露出的腿。

蕨菜让出的小道蜿蜒曲折，有几处离悬崖边仅有咫尺，若不小心踩空就会有危险，但侯爵夫人丝毫没有感到害怕或疲倦。她慢慢地走着，慵懒地挪动着她特有的步伐，一心只想走到那个可以鸟瞰巨石的地方。她独自站在海岬上，周围空无一人。在她身后很远的地方，旅馆的白墙和海滩上一排排淋浴房，看起来就像孩子们玩的积木。海面风平浪静，即便海水涌向海湾上的岩石，也泛不起一丝涟漪。

突然，侯爵夫人看到面前的蕨菜丛中闪着光。是照相机的镜头。她没有理会，转过身，假装在检查自己的相机，接着举起相机，摆出在拍风景的模样。她拍了一张，又拍了一张，然后就听到蕨菜丛里传来沙沙声，有人正向她走来。

她转身，一脸惊讶。"呀，下午好，保罗先生。"她说。

他没穿那件廉价死板的外套和鲜蓝色的衬衫，此时的他并非在工作。现在是午休时间，他不再属于原来的世界。他只穿着背心和深蓝色的裤子，那天上午来旅馆时戴的那顶让她惊愕的灰色软呢帽，这会儿也不见了，浓密的黑发框住他温柔的面庞。见到她时，他眼中溢出的喜悦让她不得不背过身去藏起笑容。

"你看，"她轻轻地说，"我听了你的话，到这儿来看看。但我敢肯定我拿相机的动作不对。告诉我要怎么做。"

他站在她身后，拿着她的相机，把她的手稳定移动到正确的位置上去。

"果然应该是这样。"她说着从他身边移开。她微微发笑，因为当他站在她身后指导她怎么拿相机时，她听到了他的心跳声。这声音让她兴奋不已，但她并不想让他看穿。

"你带自己的相机了吗？"她说。

"带了，侯爵夫人，"他答道，"和外套一起放在那边的蕨菜丛里。那是我最喜欢的位置，靠近悬崖边。春天我会来这里观鸟，给它们拍照。"

"让我看看。"她说。

他在前面引路，一路低声说着"抱歉"。沿着这条他自己开出的小径，他们来到一小片像鸟巢一样的空地上。它隐在及腰高的蕨菜丛中，只有一面敞开着，面向悬崖与大海。

"这里太美了。"她说着穿过蕨菜丛，走进这块隐匿之所。她微笑地看着四周，然后优雅又自然地坐了下来，就像在野餐的孩子一样。她拿起放在相机旁外套上的书。

"你经常看书吗？"她说。

"是的，侯爵夫人，"他回答，"我非常喜欢看书。"她瞥了一眼封面上的书名，是那种她和朋友在中学时代会藏在包里的廉价爱情小说，她已经多年不读这类书了。她再次偷偷藏起笑容，把书放回外套上。

"这本书好看吗？"她问他。

他郑重地低头看着她，眼睛就像羚羊一样。

"这本书很温柔，侯爵夫人。"他说。

温柔……多么奇怪的表达。她开始和他聊起他在这儿拍的照片，告诉他为什么她更喜欢其中某几张。整个过程中，她的内心都在欢呼雀跃，庆贺自己竟然能掌控这一切。她清楚地知道自己要做什么，说什么，何时该微笑，何时该严肃。很奇怪，这让她想起童年时光，那时她和朋友们会戴着妈妈的帽子，说："我们来假装当淑女吧。"她现在就在假装，不过不是像那时一样假装当淑女，而是什么呢？她不确定。但绝不是现在的自己，不是那个已经做了太久真正淑女的自己。一直以来，她终日都在庄园的厅堂中小口啜着茶，身边围绕着的尽是些古董和仿佛已然作古的人。

摄影师没怎么说话。他倾听着侯爵夫人的话语，或是赞同地点头，或是缄默不语。她听到自己的声音有些不可思议地颤抖起来。他只是一个可以被她忽视的观众、一个可以任意摆布的木偶，而她正听着一个突然做回自己的既聪慧又有魅力的女人在诉说。

终于，这只有一人开口的交谈停下了，于是他羞涩地问她："我可以斗胆请求您一件事吗？"

"当然。"她说。

"我可以为您在这里拍张照吗？"

只是这个请求？他是多么胆小、多么拘束啊！她笑了起来。

"想拍多少就拍多少吧，"她说，"我坐在这里很惬意，甚至可能会睡着。"

"睡美人。"他脱口而出，接着又似乎为自己的这份亲热感到羞愧，再次小声说着抱歉，伸手去拿放在她身后的相机。

这次他没有让她摆姿势或换位置。他就拍她坐在那里慵懒地轻咬草秆的样子。他自己移动着位置，一会儿在这儿，一会儿在那儿，好拍到各个角度的她，她的正面、她的侧颜，还有她微微侧脸的样子。

她开始犯困。太阳直射着她没戴帽子的头。花哨的蜻蜓，绿的、金的，在她眼前飞舞逗留。她打着哈欠，靠着蕨菜躺下。

"您介不介意用我的外套当枕头，侯爵夫人？"他问。

不等她回答，他已拿起外套，小心地叠好、卷起，靠着蕨菜放下。她把头枕上去，那件她之前鄙夷的灰色外套为她的脑袋提供了一方柔软，令她感到自在又舒适。

他跪在她身边，专心摆弄相机，调整胶卷。她打着哈欠，半眯着眼看他。她注意到他跪下时，会将身体重量都倾向一侧膝盖，高筒靴里那只畸形的脚则摆向另一边。她漫不经心地想着他是否会感到疼痛。高筒靴被擦得很亮，比他左脚上的皮鞋要亮许多。她眼前突然浮现出他每天早上穿衣服时，费劲地擦拭靴子，为它抛光的模样，或许他还专门用了软革布料来清理。

一只蜻蜓在她手上驻足。它蜷缩着，等待着，阳光照亮了它的双翅。它在等待什么？她往手上吹了口气，蜻蜓便飞走了。不久它又飞回来，执着地徘徊着。

保罗先生已经放下相机，但仍跪在她身边。她能感受到他的目光，心想："如果我动了，他就会起身，那么一切就都结束了。"

她便继续盯着闪烁着光芒的蜻蜓，但心里知道再过一小会儿，她就得看向别处，否则要么是蜻蜓飞走，要么是现在的沉默会紧绷到让她只能用笑声来打破，从而毁了一切。她只好不情愿地转向摄影师，目光迎上那双正在注视她的大眼睛，谦卑且充满爱意，他已像奴隶一般，深深臣服于她。

"你为什么不吻我？"她说出这番话时，自己也吓了一大跳，顿时手足无措。

他没有说话，也没有动，只是继续注视着她。她闭上眼睛，蜻蜓从她手上飞走了。

摄影师弯下腰抚摩她，那感觉和她所设想的并不一样。不是狂风暴雨，而是恰似那只蜻蜓又飞回来，用丝绸般的翅膀轻抚她光滑的肌肤。

他很有分寸，贴心地先行离开，把她单独留下，让她免于尴尬难堪，也卸下需要突然刻意开口说话的负担。

侯爵夫人躺在蕨菜丛中，把手覆在眼上，回想刚才发生的一切，并不感到羞耻。她头脑清醒，心平气和，盘算着要等一会儿再走回旅馆。她得多给他点儿时间，好让他可以先走回海滩，这样哪怕旅馆里的人看到他，也不会把他和她联想到一起。她要过大概半小时再动身。

她起身，整理好裙子，从口袋里拿出粉饼和口红。没带镜子的她凭直觉小心地补妆。此时，阳光已不像之前那么毒辣，凉爽的微风从大海吹向陆地。

"如果天气继续如此，"侯爵夫人边整理头发边想，"我就可以每天这个时候出来。没有人会发现。克莱小姐和孩子们都会午休。如果我们俩像今天这样分开过来，再分开回去，躲在这蕨菜丛中，是不会被人发现的。假期还剩下三周多，现在要祈祷的就是让这种炎热的天气继续下去。如果下雨的话……"

走回旅馆的路上，她一直在想，如果下雨，他们该怎么办。她没法儿穿着雨衣走在悬崖上，也没法儿在刮风下雨时卧入蕨菜丛中。当然，他们还可以去商店下面的地下室，但可能会被人看到，太危险了。不，除非大雨倾盆，否则还是悬崖边最安全。

当晚，她坐下来给她的朋友埃莉斯写信。"……这里太棒了，"她写道，"我一如往常在此享受生活，当然，我丈夫不在身边！"虽然她在信里提到了蕨菜丛和今天这个炎热的下午，但没有具体描述那个被她征服的男人。她觉得写得含糊些，埃莉斯就会把对方幻想成一个有钱的美国人，没带妻子，独自旅游寻乐子。

第二天早上，她格外用心打扮。她在衣柜前站了好一会儿，最后挑了一件比平时更加精致的连衣裙。她是特地这么打扮的，因为今天她要和克莱小姐还有孩子们一起去镇上。这天是赶集日，石子路和广场上热闹非凡。有许多从乡下赶来的人，也有大量来自英国和美国的游客，他们有的信步前来观光，顺带买些纪念品和明信片，有的坐在街角的咖啡店随处张望。

侯爵夫人的出场明艳动人。她穿着精美的裙装，迈着慵懒的步子，没戴帽子，撑着一把遮阳伞，两个女儿朝气十足地走在她旁边。许多人回头看她，有些甚至不自觉地臣服于她的美貌，为她让道。她悠闲地逛着市集，买了些东西，克莱小姐便接过放进购物袋中。她始终是一副随性的样子，一边欢快懒散地以幽默的方式回答孩子们的问题，一边拐进橱窗上展示着柯达广告和照片的商店。

店里挤满了人，都在等着店员接待自己。侯爵夫人并不赶时间。她假装拿起一本当地风光册子看着，其实已经默默地将店里的一切尽收眼底。保罗先生和他姐姐都在。他穿着死板的衬衫，这次是难看的粉色，比之前的蓝色还糟糕，衬衫外依然套着那件廉价的灰色外套。他姐姐和所有在柜台后服务的女人一样，皮肤黝黑，搭着一件披肩。

他准是看到她进店来了，因为他几乎马上走出柜台，留他姐姐独自应付排队的客人，来到她身边谦逊、礼貌、急切地等候吩咐。他的眼中没有透露出一丝两人熟识的线索，她也故意直视他的眼睛，还让孩子们和克莱小姐也加入交谈中。她请克莱小姐挑选要加印哪些照片寄回英国，而让他一直站在边上，并用一种居高临下的态度待他，甚至还对其中几张照片吹毛求疵，告诉他那几张照片没把孩子们拍好，她绝不可能寄给她的丈夫侯爵先生。摄影师道了歉，说自己确实没把孩子们拍好，愿意再去旅馆为她们拍一次，并且不收取额外费用。他说或许可以帮她们在露台或者花园那里拍摄，效果更佳。

有一两个人转头看了看侯爵夫人。她可以感受到他们的目光停在她身上，沉浸于她的美丽。她对摄影师说话的语气依然居高临下，冷漠到几乎失礼。她让他展示店里的其他物件，他便立刻照办，急于取悦她。

其他客人开始不耐烦起来，一个个脚蹭着地，等着他姐姐来接待。而她忙得不可开交，可怜巴巴地瘸着腿从柜台一头走到另一头，时不时抬头看一眼刚刚突然丢下自己的弟弟，看他到底什么时候才会回来解救她于水深火热之中。

侯爵夫人的态度终于缓和下来。她已经心满意足。那种偷偷摸摸的刺激感打从她走进店里就油然而生，现下已渐渐平息。

"我会告诉你具体哪天上午过来的，"她对保罗先生说，"到时候你就再来给孩子们拍照。对了，我把账结一下。克莱小姐，麻烦你处理一下，好吗？"

然后她就不再多说什么，把手往两个孩子身上一搭，慢慢走出店门。

她没有为午餐更衣，依然穿着这身迷人的连衣裙。今天旅馆的露台比平时更加热闹，因为有很多游客前来游玩。她听到人们在低声交谈，看向端坐在角落桌子边的她，赞叹她的美貌。旅馆领班和侍者，甚至经理也都被她吸引，微笑着奉承她。她不时在人们的交头接耳中听到自己的名字。

这一切都让她内心欢呼雀跃：人潮、酒食香气、烟草味道，还有缸子里俏丽的鲜花，洒在身上的阳光，以及不远处海水溅起的声音。最后，当她起身和孩子们一起上楼时，她心中涌起一种莫大的喜悦，是那种只有歌剧女主唱在面对持续不断的欢呼鼓掌时，才会感受到的喜悦。

孩子们和克莱小姐一起回她们的房间休息。侯爵夫人迅速换了条连衣裙和鞋子，踮着脚走下楼梯，走出旅馆。她穿过滚烫的海滩，走上小径，来到长着蕨菜的海岬上。

正如她所料，他已经等在那里。他们两人都绝口不提早上的事，也不追究她今天下午出现在这里的原因。他们立刻来到悬崖边的那块小空地上，一起坐了下来。侯爵夫人调侃地说起今天午餐时有多么热闹，还说自己面对露台上的拥挤和可怕的喧嚣有多么疲倦，而现在终于可以远离人群，在海岬这里俯瞰大海，呼吸新鲜空气，这一切是多么愉悦。

他谦逊地表示赞同，看着她，听她说着这些细碎日常，仿佛全世界的智慧都流淌在她的言语之中。随后，就像昨天一样，他恳请为她拍照。她同意了，不一会儿便躺下来，闭上眼睛。

在这漫长慵散的午后，时间也失去了意义。蜻蜓又一次在丛中绕着她飞，阳光直射在她身上。她感受到深深的欢愉，同时莫名却满意地发现，自己在做这一切时不带丝毫情绪，没有动任何心思或情感。此刻的她是那么放松，就如同躺在巴黎的美容院里，享受着别人为她抚平脸上初显的细纹，为她用香波洗净头发。当然，美容院只能带来安逸的享受，带不来欢愉。

他再一次离开，没有留下只言片语，只是周到贴心地离开，给了她一个私人空间，让她可以整理仪表。和昨天一样，她估摸着他已经走远，才起身踏上回旅馆的长路。

她运气不错，这段时间都没有下雨。每天一吃完午餐，待孩子们去休息后，侯爵夫人就会漫步至此，然后在四点半时回去喝下午茶。

克莱小姐一开始还惊叹于她充沛的精力，之后便渐渐把这看作是一件平常事，毕竟选择在大热天出门，也是侯爵夫人的自由，更何况出门走动走动对她也有好处。开始这么做之后，她对待克莱小姐的态度变得更加友善，也不再那么爱唠叨孩子们，之前常犯的头痛和偏头痛也不见了。侯爵夫人似乎真的非常享受和克莱小姐以及两个女儿在海边的简约生活。

两个星期后，侯爵夫人发现一开始的那种快乐渐渐消退。这和保罗先生无关，只是她自己开始对此习以为常。就像接种疫苗一样，第一次接种时效果斐然，但持续几次后便觉得收效甚微，之后便再无起色。侯爵夫人发现，想要再度体验那种快乐，她就必须停止像对待一个木偶，或像对待自己的发型设计师一样对待这位摄影师，而是要把他当作一个人，一个感情可以为她所伤的人。于是，她开始挑剔他的外表，抱怨他头发太长，或是衣服太廉价、剪裁太差，甚至还会批评他不懂经营，说他用来洗照片的材料和纸张都太劣质。

她说这一切时会看着他的脸。只有看到焦虑与心痛钻进他的大眼睛，看到他面色苍白，看到他整个人沮丧不已，意识到自己是多么配不上她，多么微不足道时，她心中才会重新燃起最初的兴奋。

她开始有意缩短下午和他见面的时间。她会故意姗姗来迟，而他早已面带焦虑，等在蕨菜丛中。如果她心情欠佳，便一脸不情不愿，草草了事后就打发他离开，然后在脑海中想象他跛着脚，疲惫又难过地走回店里的样子。

她仍然允许他给她拍照，这成了他们见面时的固定安排。为了拍下她最完美的样子，他会煞费苦心，而她对此感到心安理得。有时她还会让他早上到旅馆给她拍照。她会打扮得很精致，在地上摆造型，孩子们也会在她身边。目睹这一切的克莱小姐总是不住地赞叹，其他客人也会从房间里或是从露台上看她。

在他们之间，早上与下午是那么不同。早上，他是一个腿脚不方便的杂役，在她的指示下，一瘸一拐地来回走动，一会儿把三脚架移到这里，一会儿又搬到那边。下午，在烈日下，在蕨菜丛中，他们却突然变得亲密无间。到了第三个礼拜，只有这样才能让她感到刺激。

终于有一天，海上吹来冷风，变天了。于是，她没像往常一样去他们幽会的地方，而是躺在阳台上看小说。这样的改变让她松了一口气。

第二天，天放晴了，她决定去海岬那儿。见到她时，因为焦急，他说话的声音变得刺耳激烈。上一次他这么说话，还是与她在地下室初逢时。

"昨天我在这里等了您整整一个下午，"他说，"发生什么事了？"

她惊诧地看着他。

"昨天天气不好，"她回道，"我想待在旅馆阳台看书。"

"我担心您，以为您生病了，"他接着说，"我差点儿打电话到旅馆去找您。昨晚我几乎一夜没睡，一直在担心。"

他跟着她走进蕨菜丛中的隐蔽处，眼神依旧焦急，眉头紧锁。虽然他的痛苦和焦虑让侯爵夫人感到刺激，但同时也让她恼怒，因为他竟敢忘了自己的身份，胆敢责怪起她来，就好像巴黎的发型设计师或按摩师因为她没有如约到店而对她发脾气一样。

"如果你以为我每天都非来这里不可的话，你就大错特错了，"她说，"我还有很多别的事可做。"

他马上向她道歉，低声下气地求她原谅。

"您不明白这一切对我意味着什么，"他说，"自从认识您以后，我的人生就改变了。我活着就只为了午后与您相见。"

他的屈从让她觉得很受用，她心中再度激起火花，但同时又同情起躺在身边的他，他竟然如此迷恋自己，像个孩子一样依赖自己。她触摸着他的头发，满心怜悯，几乎萌生出母性。可怜的家伙，昨天为了她一路拖着残腿走到这儿，还在刺骨的寒风中等她，形单影只，悲惨凄凉。她开始在脑海中构思要写给埃莉斯的信。

"恐怕我已经伤了保罗的心。他对这桩假日情事认真了。但我能怎么办呢？归根结底，我们迟早都要做个了断。我不可能为了他而改变生活。毕竟他是个男人，最终一定能从这段感情中走出来的。"埃莉斯应该会想象出这样一幕：一个英俊的美国金发花花公子无力地坐进豪华轿车，绝望地驶向未知的地方。

午后时光结束后，摄影师并没有离开。他在蕨菜丛中坐起，眺望着海中的巨石。

"我已经做好了对未来的打算。"他轻声地说。

侯爵夫人察觉到气氛不对劲儿。他要自杀吗？太可怕了。他要自杀也可以等到她离开旅馆回家后再自杀啊。不需要让她知道。

"说说看。"她柔声道。

"我姐姐可以照看店铺，"他说，"我会把店铺全面托付给她。她很能干。至于我自己，我想跟着您，去巴黎也好，去郊区也好，天涯海角我都要追随您。无论何时，只要您需要，我就会出现。"

侯爵夫人咽了咽口水。她的心依然平静。

"你不能这么做，"她说，"你要怎么谋生呢？"

"我知道这么想很丢人，"他说，"但我想善良的您会接济我的，我要得很少。离开您我会活不下去，我只求永远追随您。我会在您巴黎的房子附近找一间屋子，郊区那边我也会找一间。我们肯定会找到办法相见。炽热的爱可以克服一切困难。"

他的语气还是和平时一样谦逊，却蕴含着让她意想不到的力量。她知道他并不是一时任性胡闹，而是无比真诚，说出的一字一句都是发自肺腑。他真的会放弃店铺，跟着她去巴黎，跟着她去郊区的庄园。

"你疯了，"她无暇顾及自己的仪表和凌乱的头发，坐起来语气激烈地说，"我一旦离开这里，就不再自由。我不可能在任何地方和你见面，那样太危险了，很容易被发现。你明白我的处境吗？如果被发现了，我该怎么办？"

他点了点头，脸上流露出悲伤，但依然很坚定。"这些我都想过了，"他回答，"但您知道，我做事一向小心，您不用担心被发现。我想过，或许我可以做您的男仆。我不在乎什么尊严。我知道这并不光彩，但这么做的话，我们就可以继续像现在这样。您的丈夫侯爵先生那么忙，白天经常要外出，而您的孩子们和那个英语老师定会在下午去乡间散步。您看，只要我们有勇气，一切都很简单。"

侯爵夫人惊讶得说不出一句话。她想不出还有什么能比他去她家做男仆更可怕、更灾难的了。她只要想到他一瘸一拐地走在宽敞的餐厅里就不寒而栗。即便撇开他的残疾不谈，光知道他就在家里，一直等着她下午回到房间里，她就感到痛苦。她无法忍受房门外怯生生的敲门声，无法忍受他的呢喃细语。这个低到尘埃里的……东西，她真的想不出用什么词来描述他了，这个东西会一直在她家里等她，一直心怀希望。

"恐怕，"她坚定地说，"你的提议是绝对行不通的。什么要来我家当男仆，什么我回家后还能和你再见面，通通不可能。你用自己的常识想一想就知道。在这里度过的午后确实很快乐，但我的假期就要过完了。再过几天，我的丈夫就要来接我和孩子们，到时候一切就都结束了。"

为了表示一切到此为止，她站了起来，抚平裙上的褶子，梳好头发，补好妆，然后伸手拿过包，翻找钱夹。

她抽出几张一万法郎的钞票。

"拿去给店里用，"她说，"给店里添置点儿东西，也买点儿东西给你姐姐。记住，以后我想起你时，永远会充满柔情蜜意。"

令她始料未及的是，他的脸色变得惨白，情绪激动地站起身来。

"不，不，"他说，"我绝对不会要的。您太残忍了，竟然说出这么可恶的话来。"突然，他开始抽泣。他把脸埋进手里，肩膀随着激烈的情绪而上下起伏。

侯爵夫人无助地看着他，不知该走还是该留。他剧烈的痛哭让她害怕他会无法自控。她不知道接下来会发生什么。她深深地可怜他，但更可怜自己，因为现在，在即将分别之际，他在她眼中成了这样一副可笑的样子。放任自己情绪溃堤的男人让她嗤之以鼻。在她眼中，蕨菜丛里这片曾经隐秘又温暖的空地，此刻已变得肮脏羞耻。他的衬衫挂在一株蕨菜秆上，看着就像浣衣女晾在太阳下的旧亚麻床单。边上是他的领带和廉价的软毡帽。只要再摆上点儿橘子皮和包装巧克力的锡纸，这穷酸的画面可就算完整了。

"别再发出这种声音，"她突然暴怒，"拜托你冷静下来！"

哭声停止了。他把手从涕泗纵横的脸上拿开。他瞪着她，浑身发抖，棕色的眼睛里满是痛苦。"我看错你了，"他说，"我现在看清你的真面目了。你就是个毒妇，到处去摧毁像我这样无辜男人的生活。我会把发生的一切都告诉你丈夫。"

侯爵夫人默不作声。他现在是精神错乱，发疯了……

"没错，"摄影师依然上气不接下气，"我就要这么做。你丈夫来接你时，我就马上告诉他一切。我会把我在海岬这里给你拍的照片都拿给他看。我会向他证明你对他不忠，证明你就是个毒妇。他会相信我的。他没法不相信我。他会怎样对我都无所谓，没有什么会让我比现在更痛苦。但我敢保证，你的人生就要完蛋了。他会知道，那个英语老师会知道，旅馆经理会知道，我会告诉所有人这些下午你都干了些什么。"

他拿起外套和帽子，把相机挂在肩膀上。她心中的恐慌油然而生，直腾到嗓子眼儿。他会说到做到，他会等在旅馆大堂前台，等着爱德华来的。

"听我说，"她开口了，"我们再想想，或许可以想出什么法子……"

但他没有理会。他的脸笃定、苍白。他站在悬崖边，弯腰去拿拐杖。看着他的背影，她心中生出一种可怕的冲动。这种冲动瞬间席卷她全身，让她无法抗拒。她往前探了探身，面对他弯下的身躯，伸出双手，猛地一推。他没有发出任何惨叫就掉了下去，消失了。

侯爵夫人跪倒下来。她一动不动，就那么等着。汗水顺着她的脸往下滴，滴到她的脖子，滴到她的身体。她的双手湿透了。她跪在空地上等待着。等她觉得自己镇定了一些，便掏出手帕，擦去额上、脸上、手上的汗水。

天似乎突然冷下来，她浑身战栗。她站起来，但是双腿僵硬。由于害怕，她无法行走。她的视线越过蕨菜丛，看向四周。这里空无一人，如同往常一样，海岬上只有她。五分钟过去了，她逼自己走到悬崖边上往下看。涨潮了。海水冲刷着悬崖底部，浪潮涌起，拍向岩石，而后退去，又再度涌起。悬崖边没有他的尸体，也不可能有，因为这里的悬崖非常陡峭。海里也没有。如果他掉下去又浮起来，尸体应该会出现在平静的蓝色海面上。但是没有。看来他掉下去后，一定立刻就沉入了海中。

侯爵夫人从悬崖一侧转回身。她收拾好自己的东西，还试图要把压平的蕨菜扶到原来的高度，这样别人就看不出来这是个藏身地。但这个地方已经存在这么久，想要恢复也只是徒然。或许不恢复也不要紧，或许大家会理所应当地认为走到悬崖这儿的人都会在此小憩一会儿。

她的膝盖突然开始发抖，她坐下来，等了一会儿，瞥了眼手表。她知道一定要记住时间。现在刚过三点半。如果有人问起，她可以说："没错，三点半左右我在海岬上，但我什么也没听见。"事实就是这样，她没有撒谎，就是这样。

她想起来今天还好带了镜子。她害怕地看着镜子里自己陌生的脸，脸色发白，妆面斑驳。她小心翼翼地补妆，但似乎没什么用。克莱小姐会注意到的。她又往脸颊上点涂了一些腮红，但这抹红色格外显眼，让她看起来像个小丑。

"只有一个办法了，"她心想，"我现在就去海滩上的淋浴房，把这身衣服脱掉，换上泳衣去游泳。这样我回旅馆时，头发和脸就都会湿漉漉的，一切看起来就会很自然。我可以说我去游泳了。没错，我就是去游泳了。"

她开始沿着悬崖往回走，但双腿发软，仿佛已在床上卧病多日。等她终于走到海滩上时，双腿已经颤抖到让她觉得自己随时可能倒下。她现在最渴望的就是躺在旅馆房间的床上，拉上百叶窗，甚至连窗户也要关上，然后一个人躲进黑暗中，但是现在，她必须逼自己完成定好的计划。

她走进淋浴房，换好衣服。午休时间快要结束，海滩上已经躺着不少人，有的在看书，有的在睡觉。她走向海边，脱掉绳底鞋，戴上泳帽。海水不冷不热，海面很平静。她在海里来回游着，把脸埋入水中，心里想着不知道海滩上刚刚有多少人注意到她，看到她从海岬上走下来，担心他们之后会说："你忘了吗？那天下午我们明明看到一个女人从海岬上走下来啊。"

她全身发冷，但依然僵硬机械地来回游着。突然，她看到一个和狗玩耍的小男孩伸手指向大海，那只狗边跑边冲着一截像是木头一样的深色物体叫起来。恶心与恐惧让她几乎要昏厥，她跌跌撞撞地从海边走回淋浴房，掩面瘫倒在木头地板上。她想，如果刚刚她接着游，脚可能就会碰到他的尸体，因为尸体已经浮上海面，朝她的方向漂过来了。

按照计划，再过五天，侯爵先生就会开车来接他的妻子、家庭教师以及孩子们回家。侯爵夫人往庄园里打电话，问他能不能早点儿来。没错，这里的天气还不错，她说，但是不知为何，她已经感到腻烦。现在这里人满为患、吵闹不堪，而且食物也不对胃口。老实说，她已经对这里心生厌恶。她告诉丈夫自己渴望回家，渴望回到自己熟悉的环境中，庄园里的花园现在想必十分美丽。

听到她说厌倦了这个地方，侯爵先生深感惋惜，不过他说她肯定还可以再撑三天。他的日程已经排得满满当当，没有办法提早去接她们，而且他还要去巴黎参加一场重要的商务会议。他答应周四早上过来，和她们一起吃过午餐后就马上动身回家。

他说："我一开始还希望你能在那儿再待一个周末，这样我也可以去游泳。房间应该是保留到周一吧？"

她不愿意。她说她已经告诉经理，周四之后就不再需要这些房间，而且经理已经把房间安排给其他人住了。这个地方人太多了。她向他保证这里已经完全没有吸引力，他一定不会喜欢的。而且到了周末这里更让人受不了。所以他可不可以尽全力确保周四准时到，然后一起早点儿吃个午餐就走？

侯爵夫人放下听筒，走向阳台的贵妃椅。她捧起一本书，假装在读，但实际上，她在等着旅馆入口传来脚步声和说话声，接着她的电话就会响起，电话那头的经理不断道歉，问她是否介意下楼到他的办公室来，因为事情有些微妙……警察就在他边上。他们觉得她可以提供帮助。不过电话并没有响，她也没听到脚步声或说话声。生活如旧。漫漫长日步伐拖沓。中午依然是在露台上用餐。侍者一边忙碌，一边阿谀奉承，餐桌上满是老面孔或是取代了老面孔的新面孔。孩子们叽叽喳喳，克莱小姐提醒她们要注意礼貌，而侯爵夫人一直听着，等着……她逼自己吃点儿东西，却食不下咽。午餐后，她回到楼上的房间里。孩子们都去午休了，她独自躺在阳台的贵妃椅上。午后，她们又一起去露台喝茶，但当孩子们再次去海滩边游泳时，她没有同去。她告诉克莱小姐自己有点儿感冒，不想沾水，便继续在阳台上坐着。

晚上，当她合上眼睛想要入睡时，双手便仿佛再次触碰到他的肩膀，再次感受到她那用力的一推。他就那么轻易地掉了下去，消失无踪。上一刻还站在那儿，下一刻，没了。没有磕绊，没有叫喊。

白天，她会拼命仔细望向海岬，在蕨菜丛中寻找人的踪迹，寻找那里是否有叫作"警戒线"的东西拉起。但海岬只是在无情烈日的照射下闪着光，蕨菜丛中一片寂然。

这两天早上，克莱小姐提议一起去镇上买点儿东西，但侯爵夫人每次都找借口不去。

"太挤了，"她说，"而且天这么热，对孩子们也不好。在花园里更舒服，旅馆后头的草坪又阴凉又安静。"

她自己一直没有离开旅馆，也没有走动。一想到海滩那里，她便腹痛、恶心。

"我没事，"她告诉克莱小姐，"只是感冒了，有点儿累，等好了就没事了。"

她躺在阳台上，手里翻着已经看过好几遍的杂志。

第三天早上，快到午餐时间时，孩子们挥舞着手里的风车跑进阳台。

"看，妈妈，"海伦妮说，"我的是红色的，西莉斯特的是蓝色的。喝过下午茶后，我们要把它们插在堆好的沙堡上。"

"这是哪儿来的？"侯爵夫人问。

"集市那里，"她说，"今天早上我们没有在花园里玩，克莱小姐带我们去镇上了。她去拿她今天洗好的照片。"

震惊如电流般穿过侯爵夫人的身体，她直挺挺地坐着。

"去吧，"她说，"收拾一下，去吃午餐。"

她可以听到孩子们在浴室里不停地和克莱小姐说话。过了一会儿，克莱小姐进来了。她关上门。侯爵夫人逼自己抬头看向她。克莱小姐那张愚蠢的长脸此时显得庄重又忧愁。

"发生了一件非常可怕的事情，"她的声音压得很低，"我不想在孩子们面前说。我知道您听了一定会非常难过。是可怜的保罗先生。"

"保罗先生？"侯爵夫人说。她的声音平静得无懈可击，但语调中又带着恰到好处的好奇。

"今天我去店里取照片，"克莱小姐说，"结果店没开。店门紧闭，百叶窗也拉着。我觉得很奇怪，就到隔壁药店打听，结果他们说这家店下午不会开，因为保罗小姐太难过了，现在正由亲戚照顾着。我问他们怎么回事，他们说是出了意外，有渔民在距海岸三英里的地方发现了可怜的保罗先生，他溺死了。"

说这些话时，克莱小姐面无血色，显然她对此深感震惊。她的模样让侯爵夫人获得了勇气。

"太可怕了，"她说，"有没有人知道是怎么回事？"

"因为孩子们都在身边，所以我在药店也不敢过问细节，"克莱小姐说，"但他们应该是昨天发现尸体的。他们说尸体伤痕累累，肯定是先撞上岩石，然后再掉进海里的。太可怕了，我都不敢想。他那可怜的姐姐啊，没有了保罗先生，她该怎么办？"

侯爵夫人抬起手，做了个提醒的表情，示意她安静，因为孩子们跑进了房间。

她们到楼下的露台用午餐。侯爵夫人吃得比过去三天有滋味得多。不知为何，她的胃口恢复了。她说不清原因，或许是因为终于卸下沉重的秘密。他死了，尸体被找到了，这些都成了已知。午餐后，她让克莱小姐去问经理是否知道些什么，并嘱咐克莱小姐转达她的难过与关切。克莱小姐去问时，侯爵夫人带着孩子们上了楼。

电话铃声响起，是那令她害怕的声音。她的心脏漏跳了一拍，随即接起电话。

是经理。他说刚刚克莱小姐来找他。他说，侯爵夫人对保罗先生的不幸表达关切，令他感怀她的高尚。本来昨天发现时就应该前来告知，但他不愿惊扰宾客。在海滨胜地发生溺亡之灾总是让人难过，有的人还会为此感到不舒服。是的，当然，昨天发现尸体时就已经报了警。大致的推测是他在海岸附近跌下悬崖。他似乎一直都很喜欢拍摄海景，加上身有残疾，很容易不慎跌落。他姐姐经常提醒他要小心。真是太令人难过了。他是个好小伙。大家都喜欢他。他没有任何仇家。而且他还是个别具一格的艺术家。侯爵夫人很喜欢他给自己和孩子们拍的照片？经理表示很高兴。他会转告保罗小姐她的喜欢，也会转达她的关切。是的，没错，如果送花和慰问卡过去她会深表感激的。这个可怜的女人已经痛彻心扉。不，葬礼的时间还没有定……

等经理说完话，侯爵夫人叫来克莱小姐，告诉她必须叫辆出租车，到七英里外的镇上去，那边的商店比较大，她印象中那里有一家很棒的花店。她让克莱小姐去买花，可以选百合花，花多少钱都无妨。侯爵夫人还要写张卡片放在花里。等克莱小姐回来，可以让她把这些一起拿给经理，他会确保送达给保罗小姐。

侯爵夫人在卡片上写上"向失去亲人的您致以最深沉的慰问"，然后让克莱小姐带去附在花束中。她给了克莱小姐一些钱，克莱小姐便去叫出租车了。

之后，侯爵夫人带着孩子们来到海滩上。

"你感冒好点儿了吗，妈妈？"西莉斯特问。

"是的，妈妈现在又可以游泳了。"

然后她便在温暖柔和的海水里和孩子们一起游泳玩闹。

明天爱德华就会来了，明天他就会开车接她们回去。这尘土飞扬的白色马路将远远地拉开她和这家旅馆的距离。她再也不会看到它，看到那海岬，看到那小镇。这段假日时光终会像从未发生过什么一样消失不见。

"我死后，"侯爵夫人望着海面想，"会被惩罚的。我不会自欺欺人。我夺走别人的生命，我有罪。我死后，上天会谴责我的。但在那之前，我要当爱德华的贤妻，要当西莉斯特和海伦妮的慈母。从现在开始，我要做一个好女人。我要对所有人，对亲戚、朋友、仆人都更友善，以此为我的所作所为赎罪。"

四天来，她第一次睡了个安稳觉。

第二天她的丈夫到达时，她还在吃早餐。一看到他，她就高兴地从床上一跃而起，用胳膊环住他的脖子。侯爵先生被这样的欢迎感动了。

"我的女孩终于想我了。"他说。

"想你？我当然想你，所以我才给你打电话，我太想要你来了。"

"你已经决定今天午餐后就要走吗？"

"噢，是的，是的……我没法再留在这里。我们差不多都打包好了，就剩最后一些要放进手提箱里的东西。"

他坐在阳台上喝咖啡，和孩子们一起笑着。她在房间里穿好衣服，把个人物品都收拾起来。这间她住了一个月的房间再次失去生活气息。她火急火燎地清空梳妆台、壁炉台和床头柜。一切都收拾妥当。等会儿侍女会进来为下一位房客铺上干净床单，把房间重新收拾一新，而她，侯爵夫人，到时候就已离开。

"听我说，爱德华，"她说，"我们何必留下来吃午餐呢？在路上找个别的地方用餐不是更有意思吗？我们已经结清账单小费，却还留在这里吃午餐，多没趣儿啊！我可受不了这种虎头蛇尾的感觉。"

"听你的吧。"他说。她那么欢迎他来，所以他打算满足她所有的突发奇想。可怜的小姑娘，没有他在，她准是非常孤独。他一定要补偿她。

侯爵夫人在浴室的镜子前涂口红时，电话铃响了。

"接一下，好吗？"她对丈夫唤道，"可能是门房打来问行李的事。"

侯爵先生照办了，过了一会儿，他喊了喊妻子。

"亲爱的，是找你的。保罗小姐说要见你，她想在你走之前谢谢你送她花。"

侯爵夫人没有立刻答话。等她走进房间时，侯爵先生觉得她的口红并没有衬得她更美丽，反而让她显得衰老憔悴。太奇怪了。她肯定是换了口红的颜色吧。不好看。

"那么，"他问，"我要说什么？你现在应该不想被任何人打扰。要不要我下楼打发她走？"

侯爵夫人面露难色。"不，"她说，"不，我想我最好还是去见一下她。其实是发生了一件悲剧。她和她弟弟在镇上开了一家小店，之前给我和孩子们拍过照片，后来发生了可怕的事情，她弟弟溺死了。所以我送了些花过去。"

"你想得很周到，"她的丈夫说，"很体贴。但是现在有必要吗？我们都准备走了。"

"那你告诉她，"他的妻子说道，"告诉她我们马上要走了。"

侯爵先生又拿起电话，但说了两句后就用手捂上听筒，小声和妻子说话。

"她非常坚持，"他说，"她说她有一些你的照片，想要亲自拿给你。"

恐惧感涌向侯爵夫人。照片？什么照片？

"但是所有的账都结清了，"她轻声说，"我不知道她说的是什么。"

侯爵先生耸了耸肩。

"那你要我和她说什么？她好像在哭。"

侯爵夫人回到浴室，又往鼻子上扑了扑粉。

"让她上来，"她说，"但是再和她说一遍我们五分钟后就要走了。同时，你把孩子们带到车上去。把克莱小姐也带上。我要一个人见她。"

他离开后，她环顾这间房间。房间里只剩下她的手套和提包。只要最后把这件事处理好，她就可以关门，坐电梯，和经理行告别礼，然后便自由了。

敲门声传来。侯爵夫人在阳台边等着，十指交叉在身前。

"进来。"她说。

保罗小姐打开门。她哭过，脸显得肮脏凌乱，老式的丧服长得几乎要碰到地面。她犹豫了一下，然后跟跄着向前，脚步怪异地一瘸一拐，似乎每走一步，都伴随着剧痛。

"侯爵夫人……"她开口，然后嘴唇颤动，哭了起来。

"请别这样，"侯爵夫人轻声说，"发生了这种事，我真的很遗憾。"

保罗小姐拿出手帕，擤了擤鼻子。

"他是我在这世上唯一的依靠，"她说，"他对我那么好。我以后该怎么办？我该怎么活？"

"你有亲戚吗？"

"都是些穷亲戚，侯爵夫人，我不指望他们能养我。没了我弟弟，我自己一个人也撑不起这家店。我没有力气，又饱受健康问题的困扰。"

侯爵夫人在包里摸了摸，拿出一张两万法郎的钞票。

"我知道这不多，"她说，"但或许可以帮得上一点儿小忙。我丈夫在这边没有多少熟人，但我会问问他，或许他可以给出点儿建议。"

保罗小姐收下钱。很奇怪，她并没有感谢侯爵夫人。"这可以让我撑过月底，"她说，"可以用来支付殓葬费。"

她打开包，拿出三张照片。

"我店里还有好几张类似这样的照片，"她说，"我想，您这么突然要走，可能已经把这些照片忘得一干二净了。这些是在我弟弟平时冲洗照片的地下室里发现的，和其他照片还有底片放在一起。"

她把照片递给侯爵夫人。看到这些照片，侯爵夫人的身体凉了下来。是的，她忘了，或者应该说她压根儿没意识到这些照片的存在。这是三张她在蕨菜丛中的照片。照片里的她无忧无虑，无拘无束，半睡半醒，头还靠在他外套卷成的枕头上。那时，她曾听到相机的咔嚓声，那声音为他们的午后时光增添了一分情趣。他给她看过一些，但不是这几张。

她接过照片，放进包里。

"你说你还有别的？"她问话的声音里不带一丝情绪。

"是的，侯爵夫人。"

她强迫自己直视对方的眼睛。那双眼睛因为哭过仍肿胀着，但眼里的那丝光却真真切切。

"你想要我怎么做？"侯爵夫人问。

保罗小姐环视着房间。纸巾撒在地板上，零碎的东西丢进了废纸篓，床铺没有整理，乱七八糟的。

"我失去了我弟弟，"她说，"他是我的依靠，让我有了活下去的理由。侯爵夫人在这里玩得这么快活，现在要回家去了。我想侯爵夫人应该不希望丈夫或家人看到这些照片吧？"

"你说得没错，"侯爵夫人说，"连我自己都不想看到。"

"所以，"保罗小姐说，"这么愉快的假期可不止值两万法郎吧。"

侯爵夫人再次看向包里，里面只剩两张一千法郎和几张百元钞票。

"我只有这么多了，"她说，"你可以把这些也拿走。"

保罗小姐又擤了擤鼻子。

"我想如果可以一次谈妥，对你我都有好处，"她说，"现在我可怜的弟弟不在了，我的未来没了定数。我甚至可能会想离开这个伤心地。我忍不住追问自己他是怎么死的。他失踪的前一个下午也去过海岬，但是回来时非常沮丧。我知道他遇上烦心事了，但我没有问他。可能他是去见朋友，但朋友没有出现。第二天他又去了，当晚就没再回来。我报了警，三天后，他的尸体被发现。我没和警方说起任何关于自杀的可能性，只是接受了他们所说的意外。但我弟弟是一个非常敏感的人，侯爵夫人。一旦不开心，他什么都做得出来。如果我

227

自怨自艾，再去细想所有的事，可能我就会去警察局，告诉他们我弟弟或许是因为一段不愉快的风流韵事而自杀。我甚至会让他们去他的遗物中搜寻照片。”

侯爵夫人痛苦不已，这时她听到门外丈夫的脚步声。

“你准备下来了吗，亲爱的？”他边喊边开门进来，“行李已经装进车里了，孩子们都吵着要走。”

他向保罗小姐道早安，对方行了个屈膝礼。

“我给你我的地址，”侯爵夫人说，“巴黎和郊区的都给你。”她心急火燎地在包里找卡片，“希望过几个礼拜可以收到你的消息。”

“可能会更早，侯爵夫人，”保罗小姐说，“如果我离开这里，去了您住的地方附近，我就会去找您，向您和小姐，还有孩子们表达我谦卑的敬意。我在那附近有朋友，在巴黎也有。我一直都想去巴黎看看。”

侯爵夫人转身向丈夫硬挤出一个灿烂笑容。

“我和保罗小姐说了，”她说，“如果有什么需要，可以随时告诉我。”

“那是自然，”她的丈夫说，“对那个悲剧，我深表遗憾。这儿的经理刚刚和我说了。”

保罗小姐再次行了屈膝礼，从他身后看向侯爵夫人。

“他是我在这世上唯一的依靠，侯爵先生，”她说，“侯爵夫人知道他对我有多重要。我很高兴可以给侯爵夫人写信，她也会给我写信，这样我就不会感到孤独。无依无靠地活下去真的太难了。祝您旅途愉快，侯爵夫人，或许我还要祝您带走美好回忆，不留任何遗憾？"

保罗小姐又一次行了礼，转身一瘸一拐地走出房间。

"可怜的女人，"侯爵先生说，"看她这副样子。经理和我说他弟弟也是跛的？"

"是的……"她抓紧手提包，拿起手套，又伸手去拿墨镜。

"这种事很奇怪，不过在家族中倒也常见。"两人在走廊上时，侯爵先生说。他停下脚步，摇响了叫电梯的铃："你没见过我的老朋友理查德·杜·布雷，对吧？他也是残疾，和那个小摄影师一样不幸。但是一个身体健全的漂亮姑娘爱上了他，和他结婚。他们生下一个儿子，结果孩子和他父亲一样，脚也是畸形的。这是无力抗争的事，随着身上流着的血一代代传了下来。"

他们走进电梯，电梯门关上了。

"你确定不改变主意留下来吃午餐吗？你脸色这么苍白。路上要开很长时间，你知道的。"

"我想走。"

经理、前台、门房和旅馆领班都在大堂中等着向她告别。

"欢迎再来，侯爵夫人。我们永远欢迎您。很高兴能够在这段时间里为您服务。您离开后，旅馆都会黯然失色。"

"再见……再见……"

侯爵夫人爬进车里，坐在丈夫身边。车子驶出旅馆。在她身后，是海岬，是滚烫的海滩，是大海。在她前方，是一条笔直长路，通往家与安宁。安宁……？

Kiss Me Again,
Stranger

陌生人，再吻我一次

　　退伍后，我很快就在一家修车厂找到工作，安顿下来。那是家位于汉普斯特得的修车厂，靠近海沃斯提克山山脚下的乔克农场。这份工作很适合我，因为我一直都喜欢和引擎打交道，而且退伍前，我在军队担任的就是皇家机电工程师，接受过相关训练。只要是和机械有关的东西，我处理起来都得心应手。

　　对我来说，最快乐的事莫过于身穿油腻的工作服，在汽油味的包围下，拿着扳手，钻进汽车或卡车下修理老旧的螺栓螺钉。身边的工友有的启动引擎，有的边吹口哨边拿工具敲敲打打。我从不在意汽油味或污垢。记得小时候，我拿着润滑脂罐子到处闲逛，母亲总说："就让他玩吧，这种污垢不脏。"引擎上的油污也是如此。

　　修车厂老板人很不错，好相处，总是乐呵呵的。他并不擅长维修，但知道我对此满怀热忱，所以会把活儿交给我，这正合我意。

　　我没有和母亲住在一起。她住在谢珀顿，离这儿很远。我喜欢方便快捷，不想每天上下班在路上浪费大半天时间。因此，我在汤普森夫妇家里租了一个房间，走路十分钟就能到修车厂。这对夫妇人很好。汤普森先生是个鞋匠，汤普森夫人负责操持家务。我们常常一起吃早餐和晚餐，而且晚餐还总能吃上热汤热菜。我是他们唯一的租客，他们待我如家人一般。

我喜欢规律的生活。白天工作，晚上看报纸、抽烟、听音乐广播之类的，然后便早早睡觉。我对女孩子从来就没有多大兴趣，甚至远赴中东、塞得港等地服役时，也是如此。

能和汤普森夫妇同住，一天天过着相似的生活，我本来已经很满足了。直到一个夜晚，那件事发生了。从此，一切再也不复从前。再也不会。我不知道……

那晚，汤普森夫妇要去海格特看望出嫁的女儿。他们问我是否同去，但我不太想打扰他们。那天，从修车厂出来后，我没有回家一个人待着，而是走去电影院。我看了一眼电影院外的海报，上面有一个牛仔和一个印第安人，牛仔把刀刺进了印第安人的腹部。我喜欢这种西部片，便付了十四便士，走了进去。我把票递给女领座员，说："后排，谢谢。"我喜欢坐在最后排，可以把头靠在后头的板子上。

这时，我看见了她。许多电影院会让女服务员戴上丝绒圆帽，穿上统一的行头，彻底打扮成假小子模样，但他们却没能把她变成那样。她有一头红棕色的披肩发，发梢内卷。她那双蓝色眼眸，会让你以为她视线模糊，实际上却能看得真真切切。在夜晚，那双眸子几乎变成黑色。她嘴角紧绷，微带愠色，似乎要摘下星辰奉上才能博她一笑。她脸上没有雀斑，但肤色也并非雪白，而是透着暖调，更加自然，宛如一颗桃子。她身材瘦小，蓝色丝绒外套非常合身，脑袋后的帽子下，露出红棕色头发。

我买了一张节目单。不是因为想要，而是想拖延钻进帘子入场的时间。我问她："这部电影怎么样？"

她没有看我，眼神依然空洞地盯着对面的墙。"那刀捅得很业余，"她说，"不过反正你也可以睡觉。"

我忍不住笑起来。我知道她是认真的，并没有在和我开玩笑。

"这广告打得可不行，"我说，"被你们经理听到怎么办？"

这时，她看向我，那双蓝色眼眸朝我的方向看来，依然是一副厌倦的样子，没有露出半分兴趣，但我从这双眼睛里看到了从前不曾，而未来也不复看到的东西，那是一种慵懒，仿佛刚从绵长的睡梦中醒来，很高兴看到眼前的人。当猫咪被抚摩而缩成一团，发出咕噜咕噜的声音，放心地把自己交给你时，眼中便会闪烁这种微光。她就这样看了我一会儿，嘴角似乎藏着一丝笑意，然后把我的票撕成两半，说："他们可没付钱让我来打广告，而是让我顶着这副面孔领你入场。"

她拉开帘子，在黑暗中打着手电筒。里头黑漆漆的，我什么也看不见。电影院里一向如此，你要花时间适应黑暗，然后才能慢慢看出来其他观众的轮廓。屏幕上投射出两个大脑袋，一个家伙对另一个说："如果你不招，我就让你尝尝子弹的滋味。"接着有人打碎一扇玻璃，一个女人尖叫起来。

"看起来还行。"我边说边开始摸黑找座位。

她说："不是这部，这是下周的预告片。"然后她晃了晃手电筒，给我指了一个远离过道的后排座位。

我坐着看完所有的映前广告和新闻短片，然后有人进来表演管风琴，屏幕前的帘子忽紫忽金忽绿。真有意思。我猜电影院是想让观众觉得物有所值。我看了看四周，有一半的位置空着。这个女孩说的应该没错，这部电影估计真不怎么样，所以才没什么人来看。

就在放映厅再度暗下来前，她优哉游哉地走下过道，手里拿着一托盘冰激凌，似乎并没打算叫卖，整个人看起来像在梦游一样。于是，等她走到另一侧的过道上时，我便示意她过来。

"有没有六便士的？"我说。

她看向我。我想她一开始可能只觉得我是她脚下一个没有存在感的东西，但后来她准是认出了我，因为那似笑非笑的样子和眼中的慵懒又再次出现。她走到我的座位后面。

"夹心还是圆筒？"她说。

老实说，两种我都不想吃。我只是想从她手上买点儿什么，好和她说上话。

"你推荐哪种？"我问。

她耸耸肩，说："圆筒没那么容易化。"然后不等我做出选择，她就放了一个在我手里。

"要不要也给你买一个？"我说。

"不用，谢谢，"她说，"我看到这东西是怎么做的了。"

说完她便走开，厅里也再次暗下来。我手里拿着一大份六便士的圆筒冰激凌坐在那儿，看起来像个傻瓜。这该死的冰激凌化得圆筒边上到处都是，还流到我的衬衫上。我怕它全部滴到膝盖上，只好忙不迭地塞进嘴里，而且我还得侧过身子，因为有人过来坐在了靠近过道的空位上。

　　总算吃完了。我从口袋里拿出手帕，把自己擦干净后，便聚精会神地看投射在屏幕上的影像。确实是典型的西部片：马车隆隆驶过大草原，装满金块的火车遭劫持，女主角上一刻还穿着马裤，下一刻就华服加身。这就是电影，完全不接地气。看着看着，空气中飘来一缕芳香。我不知道这是何种香味，也不知道它从何而来，但它真切地存在着。我右边坐着一位男士，左边是两张空位，我也很肯定这香味不是从前排飘来的，于是忍不住转过身，寻找香味来源。

　　我平日并没有多喜欢香水，因为大多闻着都太廉价低级，但这缕芳香却不同，一点儿也不浑浊、沉闷或刺鼻，让人联想到西区那些气派花店里还没来得及摆上手推车的鲜花。那些鲜花三先令一朵，有钱人会买来送给女演员之类的。这香味就是这么好闻，在烟味弥漫的昏暗影院中，让我几乎为之疯狂。

　　终于，我转过身，找到了香味的来源。是她，那个女领座员。她的胳膊正支在我身后的背板上，整个人靠在上面。

　　"别开小差，"她说，"十四便士要被你浪费了。看电影。"

　　她说得很小声，其他人都听不到，仅仅是对我一个人私语。我忍不住笑起来。真是个调皮鬼！现在我知道香味是从哪里来的了。不知为何，这让我更享受这部电影，仿佛她就坐在我身边，和我一起看。

　　电影结束，灯光亮起，我才发现自己看的是今夜最后一场电影。这会儿已经快十点，大家纷纷离场，而我坐在原位等了一会儿。然后，她拿着手电筒走下过道，眯着眼睛检查座位下方，看看是否有人不小心掉落了手套或皮包。客人有时候就是这样，到家后才会想起来掉了东西。她完全没搭理我，仿佛我是一块别人懒得捡起的破布。

现在厅里已经没有其他人，我独自一人站在后排。她走向我，说："让一下，你挡道了。"接着，她便晃动着手电筒查看，但是那儿只有个空烟盒，明早会有清洁工丢出去的。于是，她站直身体，上下打量我。接着，她摘下头上那顶滑稽但很适合她的小帽子，拿在手上扇风，说："今晚睡这儿？"说完便轻轻吹着口哨走开，消失在帘子后。

真令人抓狂。我这辈子还从未如此在意过一个女孩。我跟在她后头走到前厅，但她钻过一扇门走到售票处后面去了。门卫这会儿也开始准备关门。我走出去，站在街道上等着。我觉得自己有点儿蠢，毕竟她很有可能会和别人一起成群结队地出来，大多数女孩都是这样。现在里头除了有卖票给我的那个人，肯定还有负责顶层看台的女领座员，或许存衣处的服务员也在，她们肯定会一起有说有笑地出来，而我绝对没有勇气上前和她说话。

但是，几分钟后，她一个人迈着大步走了出来。她没戴帽子，身穿一件风衣，系着腰带，手插在口袋里。她大步向前，没有左顾右盼。我跟着，害怕她突然转身赶我走，但她只是目视前方，笔直快步地走着，红棕色的头发也随着肩膀摆动着。

然后，她有些许犹豫，继而穿过街道，排进等巴士的队伍中。队伍里有四五个人，所以她没有注意到我也排了进来。巴士靠站，她便率先走上车。虽然我对这辆车子要开往何处一无所知，但我毫不在意地跟了上去。她走到巴士上层，在后排落座，打着哈欠，闭上了眼睛。

　　我在她身边坐下，紧张得像只小猫。我从未做过这种事，也做好了被斥责的准备。这时，售票员踏着步子走上来，问我买多少钱的票。我说："请给我两张六便士的。"因为我想她肯定不会一路坐到终点站，六便士的票应该够了。

　　他扬起眉毛，摆出一副自作聪明的样子，说："司机换挡时小心车子震动。他才刚拿到驾照哟。"然后便窃笑着走下台阶，觉得自己堪称幽默大师。

　　女孩被他的声音吵醒，睁开睡眼看着我，又看了看我手上的票。她肯定已经从颜色中看出来是六便士的票。然后，她莞尔一笑。那是那晚我第一次真正看到她笑。她没有丝毫惊讶，说了声："你好呀，陌生人。"

　　我拿出一支烟，想让自己镇定下来，也递给她一支，但她没有接，只是再度合上眼睛睡觉。巴士上层除了我们，只有一个空军，坐在我们前面懒洋洋地翻看报纸。我想没有人会注意到我们，便伸出手，将她的头靠在我的肩膀上，然后用一只胳膊抱住她，与她舒服地依在一起。我以为她一定会甩开我，并狠狠咒骂，但她没有。她靠着我，脸上浮现出笑容，仿佛偎依在一张扶手椅中，她说："我可不是每晚都有免费车坐，还有免费枕头靠的。到山脚下叫醒我，不要过了墓地。"

　　我不知道她说的是哪座山、哪块墓地，但我并不打算叫醒她。我买了两张六便士的票，肯定要在巴士上坐个够。

　　我们靠在一起，随着巴士轻轻摇摆着，非常亲密，非常愉悦。我心想，比起一个人坐在家里的床上看足球报，或和汤普森夫妇同去海格特探望他们的女儿，现在这样可有意思得多。

现在，我变得更大胆，头挨着她，不动声色地稍稍用力，温柔地把她抱得更紧了。任凭谁走到上层来，都会以为我们俩是一对情侣。

等巴士驶完四便士票价的路程后，我开始焦急起来。这辆老巴士开到六便士票价的终点后就不会返程，而是直接停在终点站过夜。届时，女孩和我两个人就会被困在一个前不着村、后不着店的地方，没有返程巴士可以搭，而我口袋里只剩下六先令。六先令可没法坐出租车，何况还要付小费之类的。再说，那个地方可能也拦不到出租车。

我真的太蠢了，居然没多带点儿钱出门，居然蠢到让自己为此烦恼。不过，毕竟我打从一开始就是冲动行事。如果我早知道今晚会是这样，肯定会把钱包装得鼓鼓的。我很少和女孩约会，讨厌不精心策划约会的男人。约会就要去餐厅美餐一顿。现在很多餐厅都提供自助服务，非常不错。如果她觉得咖啡或橙汁不够带劲儿，我可以带她去喝点儿别的。虽然这么晚了没有多少地方可以去，但我知道家附近有一些不错的去处。比如，我老板常去的那家酒吧，可以买酒寄存，等你想喝的时候随时去。我听说西区的高级夜总会也是如此，只不过那里总是漫天要价。

总之，现在我正坐在一辆鬼知道要开到哪儿去的巴士上，而我的女孩就坐在我身边。我叫她"我的女孩"，假装她就是我交往中的女朋友。老天保佑，但愿我身上的钱够送她回家。我紧张到坐立不安，开始挨个口袋都摸一遍，希望自己可以幸运地找到遗忘在口袋里的半克朗硬币，最好能翻出一张十先令钞票。或许是我的动作扰了她，她突然扯了扯我的耳朵，说："别捣蛋。"

　　我想说……这句话击中了我的心。我无法解释原因。她扯我耳朵之前，先是轻轻地抓了一会儿，仿佛在感受我的皮肤，并且心生喜欢。然后，她懒洋洋地扯了一下，就像大人对待小孩子那样。她说那句话的感觉，仿佛她已经认识我多年，我们正要一起去野餐。"别捣蛋。"多么亲密友好，但又胜过亲密友好。

　　"你听我说，"我说道，"真的非常抱歉，我干了一件蠢事。我买了去终点站的票，因为我想要坐在你身边，可到那儿之后，就没有返程的巴士。那里离别的地方都有好几英里，而我口袋里只有六先令。"

　　"你有腿，不是吗？"她说。

　　"我有腿？什么意思？"

　　"你的腿是用来走路的。我的也是。"她回答。

　　我便知道我不用再烦恼，她没有生气，今晚会一切顺利的。我马上振作起来，把她抱得更紧，想让她知道我心存感激，因为大多数女孩这时应该已经把我撕得粉碎。接着，我说："我们应该还没有过墓地。要紧吗？"

　　"噢，还有很多个，"她说，"哪个都行。"

　　我不知道这话是什么意思。我以为她要在墓地那边下车是因为那里离她家最近。就好比如果你说"麻烦到了伍尔沃思把我放下来"，就意味着你住在那附近。我疑惑地说："你说的'还有很多个'是什么意思？一般巴士很少经过墓地的。"

　　"没什么特别的意思，"她答道，"别说话了，我喜欢你安安静静的。"

她的语气不会让你觉得被泼了冷水。其实，我明白她说这话的意思。和像汤普森夫妇那样的人聊天非常愉快。我们在吃晚餐时会分享当天的感受，一个人读出报纸上的一两则新闻，另一个就说："真不错啊！"这样的聊天会一直持续下去，直到我们当中有人开始打哈欠，就会有人说："要不要去睡觉？"和像我老板那样的人聊天也很愉快。我们会在上午茶歇时间，或下午三点没什么事情可做的时候聊上一会儿，比如"我和你说，现在政府里的那些家伙就是在瞎搞，干得也不比上届好"。然后聊天就会因为有人来加汽油而中断。我也喜欢在难得去看望老母亲时，和她聊聊天。她会告诉我小时候她是怎么揍我屁股的。我就像儿时那样坐在餐桌上，她会烤岩皮饼，然后把糖衣给我，说："你从小就喜欢吃糖衣。"这就是聊天，这就是交谈。

但我不想和我的女孩聊天，我只想像此刻一样抱着她，把下巴抵在她头上。这正是她说的安静，而我也喜欢这样。

最后还有一件事让我有些烦恼，就是我不知道能否在车子抵达终点站之前吻她，毕竟拥抱是一回事，亲吻又是另一回事。通常来说，要让两人的关系升温，需要花点儿时间。首先，两人要一起度过一个漫长的夜晚，等到看完电影或者听完音乐会，又一块儿吃了点儿东西之后，两人就熟络起来了。这时，一般来说，女孩也会和你心照不宣地期待以亲吻和拥抱来结束约会。说实话，我从来都不太喜欢亲吻。在参军前，我在老家曾和一个女孩约会过。她很不错，我也喜欢她，但她有点儿龅牙。和她接吻时，即便闭上眼睛，试图忘记在亲吻谁也是不可能的，因为你很容易知道那就是她。噢，我善良的邻居多丽丝。但是，那些和她截然不同的女孩更糟糕，她们仿佛要生吞你。当你身着戎装，身边就不乏这样的女孩。她们过分热情，成天和你厮混，简直等不及要有男人天天围着她们转。我毫不客气地说，这让我恶心。我无比反感，这就是我的真实感受。可能我生来就挑剔吧。我不知道。

但此刻，巴士上的这个夜晚，一切都显得非常不同。我不知道为什么对这个女孩这么动心。她的睡眼、红棕色的头发，以及表面上看起来毫不在乎、实则也在偷偷喜欢我的样子，都让我心动。这种感觉前所未有。我对自己说："现在，我该冒个险，还是该等待？"听到下层的售票员吹起口哨，和下车的乘客道晚安，再结合巴士行驶的方向，我知道我们离终点站已经不远。我大衣下的心脏狂跳，领子下的脖子也开始发热。真蠢，只是一个吻，她又不会杀了我。于是……就像要从跳板上一跃而下，我心里想着"来吧"，便俯身，把她的脸转向我，扶起她的下巴，结结实实地吻住了她。

我若是个诗人，定会把这一切描述为上天的启示。但我不是诗人，我只能说，她也回吻了我。我们吻了很久，这个吻和多丽丝的完全两样。

这时，巴士突然急刹车，售票员用单调的语气喊着："请全体下车。"说实话，我真恨不得掐他脖子。

她踢了一下我的脚踝。"走吧，下车。"她说。我踉跄着从座位上站起，走下台阶。她跟在我身后。然后，我们两人便站在大街上。此时，天开始下雨，虽然不大，但无法忽略，让人想立起大衣领子。我们就站在一条宽敞大街的末端，两边都是没有点灯的商店，里面空无一人。眼前景象在我看来就像是世界末日，但果不其然，左边有一座小山，山脚下有片墓地，我可以看到栏杆以及后面白色的墓碑。墓地一路延伸到小山半坡处，足有好几千平方米。

"见鬼，"我说，"这里是不是你说的地方？"

"或许吧。"她微微转头看了看，然后挽起我的胳膊。"要不要先去喝杯咖啡？"她说。

先……？我不明白她说的是在长途跋涉回家前，还是说这里就是她家。无所谓了。现在刚过十一点。我可以喝杯咖啡，再吃个三明治。路对面有个小摊子还没有打烊。

我们走过去，巴士司机、售票员，以及之前坐在巴士上层的那个空军也在那儿。他们点了茶和三明治，我们俩都只点了咖啡。小摊子卖的三明治看起来总是非常诱人，我之前就注意到了，他们提供的食物分量十足，大片火腿夹在厚厚的白面包间，煮得滚烫的咖啡倒满杯子，非常划算。我心想："六先令可以搞得定。"

我注意到我的女孩在看那个空军。她若有所思，仿佛从前见过他似的，而他也在看她。我不怪他，也并不在意，因为如果其他男人注意到和自己在一起的女孩，一般人的心里都会有点儿得意，而我的女孩是肯定会被注意到的那种。

然后她转身背对他，动作有些刻意。她把手肘支在摊上，小口地喝着热咖啡。站在她旁边的我也是如此。我们俩没有摆出和别人格格不入的样子，而是相当愉快礼貌地和他们问好，但是大家都可以看出我们俩是一块儿的，这个女孩和我，是一块儿的。我喜欢这种感觉。很奇怪，这让我从心底产生一种安全感，因为所有人都会觉得我们或许是一对准备回家的夫妻。

这三个人和摊子的小贩闲聊打趣，但是我们俩没有加入。

"你穿着这身制服可得小心点儿，"售票员对那个空军说，"可别落得像其他几个那样的下场。而且现在这么晚了，你又一个人。"

他们都笑了起来。我不太明白，但我猜那应该是个笑话。

"我早就警惕着了，"那个空军说，"谁不是善类，我一眼就能看出来。"

"我看其他几个也是这么说的吧，"司机听完后说，"但是结果怎么样我们都知道了。让人一想到就发抖。不过我就搞不明白为什么专挑空军呢？"

"是因为我们制服的颜色，"空军说，"在黑暗中也能看得清楚。"

他们又像刚才那样笑了起来。我点燃一支烟。我的女孩不抽。

"都怪战争让女人变得这么不正常，"咖啡摊的小贩边说边把擦干的杯子挂起来，"我看一大堆女人都不正常了，一个个是非不分。"

"不，要怪就怪运动，"售票员说，"让她们肌肉发达。女人哪需要什么发达的肌肉嘛。就看我家那两个孩子，现在女儿每次都能把儿子给打趴，就爱欺负人。让人不得不多想。"

"是啊，"司机附和道，"她们管这叫'性别平等'，对不对？都是因为投票权。我们就不该让她们有投票权。"

"才怪呢，"空军说，"不是投票权让她们不正常的。她们骨子里就一直是这样，压根儿没变过。远东的人知道怎么对付她们。他们让女人都闭嘴。就要这么做，她们才不会给你惹麻烦。"

"如果我让我家那老太婆闭嘴，我可不知道她会说出什么玩意儿来。"司机说。然后他们几个又开始大笑起来。

我的女孩扯了扯我的袖子，我看到她已经喝完咖啡。她把头朝大街上撇了撇。

"想回家了？"我说。

太蠢了。不知为什么，我想让其他人觉得我们要一起回家。她没有作答，只是把手插进风衣口袋，大步流星地走开。我向其他人道过晚安，便跟着她离开，但我注意到那个空军正盯着她的背影。

她沿着大街走着。雨依旧在下，这凄凉的感觉让人想找个舒服的地方坐着烤火。她穿过街道，在墓地外的栏杆边驻足，抬起头看着我微笑。

"现在要做什么？"我说。

"有些墓碑是平放着的。"她说。

"那又如何呢？"我困惑地问。

"那样人就可以躺在上面了。"她说。

她转身沿着栏杆慢慢走着，走到一处地方停了下来。那儿的栏杆弯折，边上挨着的一根也断了。她再次抬起头看着我微笑。

"每次都是这样，"她说，"只要找得够久，就一定能找到缺口。"

她钻过栏杆缺口，速度之快就像刀子切过黄油一般，令我大吃一惊。

"等一下，"我说，"我个头可不像你这么小。"

但她已经走远，在墓地里漫步。我钻过缺口，稍稍有点儿喘。接着，我四处张望。天哪，她竟然已经躺在一块平放着的墓碑上了。她头枕胳膊，闭着眼睛。

我没有在期待什么。我是说，我已经决定要送她回家，至于约会什么的，就等到明天晚上。当然，现在已经这么晚，我送她到家后，她不需要马上进门，我们可以很自然地在门口缠绵一阵子。但是现在，躺在墓碑上可一点儿也不自然。

我坐下，牵起她的手。

"躺在这里身上会湿的。"我说。这话听着很无力，但我也不知道还能说点儿什么。

"我习惯了。"她说。

她睁开眼睛看着我。栏杆外不远处有一盏路灯，因此四下并没有那么暗。虽然在下雨，眼前也并非一片漆黑，只是有些朦胧不清。我多么希望我可以形容出她眼睛的样子，但我实在文采不佳。你知道夜光表在黑暗中发光的样子吧。我自己就有一支。半夜醒来时，手腕上的夜光表如同一位朋友在陪伴你。此刻，我的女孩眼睛闪着光，就和夜光表一样美好。那双眼睛不再如猫咪般慵懒，而是温柔的、充满爱意的，同时也流露出悲伤，所有的情绪都夹杂在一起。

"习惯躺在雨里？"我说。

"从小到大都是这样，"她回答，"在收容所时，他们叫我们'没出路的'。打仗那会儿，他们就是这么叫我们的。"

"你们没有被安置吗？"我问。

"我没有，"她说，"我在任何地方都无法久留，总是回去那儿。"

"父母还在吗？"

"不在了。被炸弹炸死了，我们家也被炸毁了。"她的语气中没有悲伤，只有淡然。

"太不走运了。"我说。

她没有接话。我坐在那儿，牵着她的手，等着送她回家。

"你在电影院已经工作了一阵子吧？"我问。

"大概三个礼拜吧，"她说，"我在任何地方都不会久留，很快就又要离开了。"

"为什么？"

"待不住。"她说。

突然，她抬起手，捧住我的脸，动作非常轻柔。

"你的脸很好看。我喜欢。"她对我说。

真怪。她的语气让我感到温柔又傻气，我的心情全然不同于巴士上的兴奋。我心想，是了，或许是了，我终于找到自己真正想要的女孩。不是一夜风流，而是细水长流。

"你有男朋友吗？"我问。

"没有。"她说。

"没有交往过吗？"

"从来没有。"

这样的对话在墓地中显得很滑稽，而且她躺在那里，就像老墓碑上刻着的人形一般。

"我也从来没有过女朋友，"我说，"从来就没有想过，不像其他人那样。我猜他们是把那当作潮流了吧。我非常喜欢自己的工作。我在修车厂当技工，你知道的，就是修理所有能在路上跑的机器。薪水不错。除了给老母亲寄钱，我自己还存了一点儿。我租住在别人家里，房东汤普森夫妇人很好。修车厂老板人也很不错。我从来都不孤单，现在也是。但自从见到你，我就开始思考。你知道的，一切都不同了。"

她没有打断我。不知为何，我心中的想法倾泻而出。

"回到汤普森夫妇的家中总是非常快乐，"我说，"你不会奢望遇到比他们更善良的人了。住的地方也很不错。晚餐后我们会稍微聊聊天、听听广播。但你知道吗，现在我想要的东西不同了。我想要在电影散场后去接你，你会站在帘子边看着人群涌出，冲我眨眨眼，示意我你要去换衣服，让我等你。然后你会像今晚一样，走到街上，但你不会自己一人离开，而是会挽着我的手臂。如果你不想披外套或者拎包，我就会帮你拿着。接着，我们就去餐厅或者其他地方吃晚餐。我们会提前预订，店里的服务员都认识我们，会专门为我们留出特别的餐点。"

我的脑海中清晰地浮现出这样的画面：桌子上放着"已预订"的桌卡，女服务员向我们点头，告诉我们今晚有咖喱鸡蛋。然后我们去拿餐盘，我的女孩假装不认识我，我暗自发笑。

"你明白我的意思吗？"我对她说，"不只是朋友关系。"

我不知道她是否听到。她躺在那儿，看着我，温柔而又古怪地摸着我的耳朵和下巴，似乎对我心生怜悯。

"我想给你买东西，"我说，"比如偶尔给你买花。女孩的裙上别朵花儿，显得干净又清新，令人赏心悦目。还有在特殊的日子，比如你的生日或者圣诞节之类的，我想给你买橱窗里摆着的那些你喜欢却不想进去问价格的东西。也许是枚胸针，也许是条手链，总之是个漂亮的东西。我会趁你不在我身边时去买。这个东西可能会花掉我一周多的薪水，但是我不在乎。"

我可以看到她打开盒子时的表情。她把我买给她的礼物戴起来，和我一起出门。为此，她还稍稍打扮，不异常艳丽，但俏皮迷人。

"现在还不适合谈婚论嫁，"我说，"当前的局势，一切都还未知。虽然男人不在乎什么未知不未知的，但对女孩来说确实不容易。每天只能困在狭窄的房子里，还要去排队领口粮。女人和男人一样，向往自由，想要工作，不想被束缚。刚刚咖啡摊那些人说的话真是不可理喻，说什么现在的女人和过去不同，要怪就怪战争。至于那家伙提到的远东那里对付女人的方式，我也目睹过一些。我想他说那番话只是为了逗趣吧，空军那些家伙都自视甚高，但他刚刚那番话真是愚昧。"

她闭着眼睛，手垂在身侧。墓碑上湿漉漉的，我很担心她。虽然她穿着风衣，但鞋袜那么薄，腿脚早已弄湿。

"你没在空军服过役吧？"她说。

很奇怪，她的声音变得生硬。和之前不同，听起来很锋利，仿佛她在焦虑，甚至在害怕。

"没有，"我说，"我以前在皇家机电工程师军团服役。军团里的人都很守规矩，不卖弄，也不胡扯，和他们在一起不会迷失方向。"

"我很高兴，"她说，"你是个善良的好人。我很高兴。"

我好奇之前是不是有空军伤过她的心。我遇到的空军都很放纵。我记得她看摊子上那个空军时那略有所思的神情，似乎在回忆过去。看着她的模样，我相信她就像她自己说的那样，从小父母双亡，在收容所长大，经历过种种颠沛流离。但我不想去想象她曾被任何人伤害过。

"怎么了，他们有什么不好吗？"我说，"空军对你做过什么吗？"

"他们毁了我的家。"她说。

"那是德国的空军，不是我们的。"

"都一样，都是凶手，不是吗？"她说。

我低头看着躺在墓碑上的她。她的声音不再像刚刚问我是否在空军服过役时那般生硬，却变得疲惫、悲伤，而且奇怪的是，还透着孤独感。我的心揪得紧紧的，我想要不顾一切地做一件疯狂的傻事——带她回家，回到汤普森夫妇的家里。我要告诉汤普森夫人我的想法。她很善良，不会介意的。我要告诉她："这是我的女孩，请照顾她。"这样我才能确保她的安全，才能知道她不会出事，没有人可以伤害她。是的，我突然害怕有人会来伤害我的女孩。

我俯身，双臂环抱着她坐起，让她紧靠着我。

"听着，"我说，"雨下得很大，我要带你回家。你这样躺在湿漉漉的石头上会得重感冒的。"

"不，"她扶着我的肩头说，"从没有人送过我回家。你现在该回到属于你的地方去了。"

"我不会把你留在这里的。"我说。

"你必须这么做，我希望你这么做。如果你不答应，我会生气。你不想让我生气，对吧？"

我疑惑地凝视着她。朦胧的灯光下，她的脸看起来比之前更苍白，但是好美，我的天哪，她真的好美。我知道在墓地说这话可能亵渎了亡灵，但我想不出别的说法了。

"你想要我怎么做？"我问。

"我想要你走，让我一个人留在这里，别回头看，"她说，"就像梦游一样，在雨中走回家去。或许要好几个小时，但没关系，你年轻又结实，又有一双长腿。走吧，回到自己的房间里，上床睡觉，然后第二天早上，就像平时那样，起床吃完早餐去工作。"

"那你呢？"

"别管我，走吧。"

"我明晚可以去电影院找你吗？我们之间可以像我说的那样，就是……认真交往吗？"

她没有回答，只是浅笑。她静静坐着，看着我的脸，然后闭上眼睛，仰起头说："陌生人，再吻我一次。"

我照她说的，把她留在了那里，没有回头。我爬过墓地的栏杆，走到路上。周边无人，咖啡摊也闩起门打烊了。

我沿着巴士来的路走回去。那是一条没有尽头的笔直马路，两侧都有商铺，过去肯定是条商业街。它位于伦敦东北角，之前我从未来过。我很可能是迷路了，但无所谓。我觉得自己像在梦游，一如她所言。

她一直萦绕在我的脑海中。我走着，心里眼里除了她，还是她。军队里就有这样的说法，说一个男人的心如果被女孩俘走，就会看不清、听不清，也弄不清自己在做什么。以前我还不相信，觉得只有醉汉才会这样，现在这一切发生在我身上，我才知道这是真的。我不再担心她要如何回家。她让我别担心，准是因为住得很近，否则不会坐这么久的巴士到这里来。住得离工作的地方这么远倒令我挺费解的，但或许之后她会一点点地告诉我她的想法。我不打算追问她。有一件事我已经决定，就是明天晚上去电影院接她下班。我已经打定主意，没有什么能改变我的想法。到明晚十点前，对于我，一切都将如浮云。

我在雨中继续往回走。这时，出现一辆卡车，我便搭了好一段便车，直到司机必须左拐开往另一个方向，我才下车继续走路。到家时，肯定已经接近凌晨三点。

换作平时，要叫醒汤普森先生来为我开门，我肯定会过意不去，而且这种事之前也从未发生过。但是现在，因为爱着我的女孩，我内心喜不自禁，所以丝毫不在意。我按了好几次门铃他才听到，最后下来为我开了门。出现在门边的他，睡眼惺忪，因为刚从床上爬起，睡衣上满是褶子。可怜的老伙计。

"发生什么事了？"他说，"我和妻子一直都很担心，怕你被车子撞了。我们回来时发现家里空荡荡的，晚饭你也没有动过。"

"我去看电影了。"我说。

"看电影？"他站在过道上抬头盯着我看，"电影院十点就关

253

门了啊。"

"我知道，"我说，"后来我去散步了。对不起。晚安。"

然后我就走上楼梯回到房间，留下他自顾自咕哝着闩上门。我听到汤普森夫人从房间里向外唤道："怎么了？是他吗？是他回来了吗？"

我害他们担心，本应该进去道个歉，但是现在我并不想，反正事已至此。于是，我关上门，脱掉衣服躺到床上。黑暗中，我的女孩似乎仍在我身边。

第二天早餐时，汤普森夫妇有些沉默。他们没有看我。汤普森夫人递给我熏鲱鱼时一言不发，汤普森先生则一直在看报纸。

我吃着早餐，说："你们昨晚在海格特应该玩得很开心吧？"汤普森夫人的嘴唇有些紧绷，她说："非常开心。谢谢。我们十点到的家。"她轻轻地抽了抽鼻子，又给汤普森先生倒了杯茶。

我们又陷入沉默，没有人说话。然后，汤普森夫人说："今晚回来吃饭吗？"我说："不了，我要去见一个朋友。"话音落下，我看到汤普森先生的视线越过镜框落在我身上。

"如果你要晚回来，"他说，"我们最好给你一把钥匙。"

说完，他便继续看报纸。很明显，因为我什么也没告诉他们，也没说去了哪里，他们觉得很受伤。

早餐后我便去工作。那天修车厂很忙，差事接踵而来。若是以前，我完全不会介意，我喜欢工作量满满当当，还常常会加班，但是今天，我满脑子都想着要在商店打烊前收工。

四点半时，老板来找我，说："我答应那个医生今晚可以来取他那辆奥斯汀，我和他说了你今晚七点半可以搞定。没问题的，对吧？"

我的心往下一沉。我本指望今天可以早点儿下班，好去做我想做的事。我的大脑飞速运转，心想，如果老板同意我现在离开一会儿，我就可以赶在商店关门前过去，然后再回来修理那辆奥斯汀，这样的话还是来得及交差的。于是我说："加班没问题，不过我现在想要出去一下，大概半小时，我想在商店关门前去买个东西。"

他同意了，于是我脱掉工作服，洗掉身上的油污，穿上大衣，走向海沃斯提克山山脚下的商业街。我已经想好要去哪家店。那是汤普森先生之前去修表的首饰店，那里卖的可不是什么低端货，都是好东西，比如纯银相框和餐具等。

那里当然也出售戒指，还有高级手镯，但我不喜欢它们的样式。海陆空三军合作社的女孩都戴着这种有挂坠的手镯，没什么特色。我继续在橱窗里寻找着，然后我看到了它，就摆在后头。

是一枚胸针，很小，不比手指甲大多少，但上头镶嵌着一枚精致的蓝宝石，后头连着别针，形状是颗心。就是这个形状让我心动。我仔细地看了一会儿，上面没有标价，说明或许价格不菲，但我依然走进去，请店员拿出来让我仔细端详。店员将它从橱窗里取出，抛光，然后以多种角度向我展示。我能看到它别在我的女孩的连衣裙或是毛衣上的美好模样，我知道，就是它了。

"我要了。"我说，并问了价格。

当他说出价格时，我不禁咽了咽口水，但还是拿出钱包，把钞票数给他。他小心地用棉布裹好这颗"心"，把它放进盒子，再细致地包装好，打上了漂亮的绳结。我知道今晚下班之前，我得请老板预支点儿工资给我了。他是个好人，一定会同意的。

我站在首饰店外，胸口的口袋里正好好地放着给我的女孩的礼物。这时，教堂四点四十五分的钟声响起，是时候去电影院和她确认今晚的约会了，之后我会赶紧跑回修车厂，在医生来取车前把他的奥斯汀修好。

到电影院时，我的心脏像一把大锤敲得怦怦作响，几乎要从嗓子眼儿里跑出来。我不断想象着见到她时的模样。她会穿着那件丝绒外衣，脑袋后戴着帽子，站在帘子边。

外面排着长队，我看到电影院换了节目单。那部牛仔拿刀捅印第安人的西部片海报已经撤下，取而代之的是一张音乐剧海报，上头有许多女孩正翩翩起舞，一群男子手执手杖，昂首阔步地从她们面前走过。

我走进去，没有去售票处，而是径直看向她会出现的帘子那儿。那里的确站着一个女引座员，但不是她。这个女孩个子很高，穿着那身衣服，显得傻气。她正忙着兼顾两件事——一边腾出手撕掉进场观众的票根，一边还要握紧手里的手电筒。

我等了一会儿，心想或许是她们俩换了岗，我的女孩在二楼看台引座。等最后一拨人钻过帘子后，这位女引座员稍稍得了空，我便走上前："不好意思，你知道我可以上哪里找到另一位小姐吗？"

她看着我："什么另一位小姐？"

"昨晚在这里的那位，红棕色头发的。"我说。

她更加仔细地看着我，一脸怀疑。

"她今天没来，"她说，"我是接替她的。"

"没来？"

"嗯。挺有意思的，你不是第一个来打听的。警察才刚走不久。他们找经理和门卫问过话，还没人告诉我是怎么回事，但我觉得应该是出了什么乱子。"

我的心依然怦怦跳，但已不再是兴奋，而是不安。就像得知有人生病，突然被送进医院一样。

"警察？"我说，"他们为什么来？"

"我和你说了，我不知道，"她回答，"但是和她有关。经理和他们去警察局了，还没有回来。——请走这边，二楼往左，一楼往右。"

我站在那里，不知所措，仿若坠入深渊。

高个子女孩撕了票根，转过头来对我说："她是你朋友吗？"

"算是吧。"我不知道该说什么。

"好吧，老实说，她很古怪。如果她自杀了，尸体被警察发现，我也一点儿都不惊讶。——没有，冰激凌要等到中场休息才供应，等新闻短片播完。"

我走出去，站在大街上。买低价座位票的队伍变得越来越长，队里也有孩子，他们兴奋地聊着天。我穿过他们往北走。我心里很难受，一阵怪异的感觉袭来。我的女孩出事了。我现在知道了。所以昨晚她才想摆脱我，不让我送她回家。她打算在墓地自杀，所以她说话才那么奇怪，脸色才那么苍白。现在他们发现了她的尸体，就躺在栏杆边的墓碑上。

如果我没有离开她，她就会平安无事。如果我再多陪她五分钟，好好劝劝她，她就会接受我的想法，让我送她回家，不会干出傻事，那么现在她就会在电影院里带大家入座。

或许情况不像我所害怕的那么糟糕，或许警察只是发现她漫无目的地游荡在街头。她失忆了，所以他们才带她去警察局。他们查出她工作的地方，于是才去电影院找经理确认。如果我去警察局问问，说不定他们会告诉我发生了什么。我可以告诉他们她是我女朋友，我们在约会。哪怕她认不出我也没关系，我会坚持这种说法。但是，我不能让我的老板失望，我要先回去把奥斯汀修好，等我修好后，就去警察局。

我失魂落魄地回到修车厂，完全不知道自己在做什么。有生以来第一次，这里的油污味让我反胃，而且有一个家伙倒车前把引擎搞得轰隆作响，一大团烟从排气管冒出，弄得整个车间乌烟瘴气。

我穿上工作服，拿起工具开始修奥斯汀。我全程都在牵挂我的女孩。她到底出了什么事？是在警察局里茫然孤寂，还是躺在什么地方……死了？和昨晚一样，她的脸一直浮现在我眼前。

我花了一个半小时把车修好，还给车子加满油，把车头朝外，好方便车主开出去。但我已经累得半死，大汗淋漓。我简单地洗了洗，穿上大衣时，感受到胸口口袋里盒子的重量。我把它拿出来，那扎着精致缎带的包装多么整洁好看。我再次把它放回口袋，背对着门的我没注意到老板进来了。

"你买到自己想要的东西了吗？"他欢快地笑着说。

他是个好人，从不发脾气。我们相处得很融洽。

"买到了。"我说。

但我不想聊这个话题，只是告诉他我已经把奥斯汀修好。我随他走进办公室，他要在里头记录下我所做的工作以及加班时长。办公桌上的晚报边放着个烟盒，他从中取出一支烟递给我。

"我看到幸运女神跑赢了下午三点半那场比赛，"他说，"这礼拜我赚了几镑。"

他把我的工作时间记入账簿，确保工资表无误。

"真不错啊！"我说。

"我只下注赌它能跑进前三，太蠢了，"他说，"赔率有二十五倍呢。不过，赛马就是这样，有输有赢。"

我没有回答。我不爱喝酒，但我现在非常需要来一杯。我用手帕擦了擦额头，希望他可以快点儿处理好，然后和我道声晚安，就许我离开。

"又一个可怜鬼遭殃了，"他说，"这是最近三周以来的第三个。和另外两个一样，直捣腹部。早上死在医院里。皇家空军好像被什么厄运缠住了。"

"怎么了，是空难吗？"我问。

"空难？"他说，"不是，该死的，是谋杀。开膛破肚，可怜啊！你不看报纸的吗？这已经是这三周来的第三个了，手法完全一样。都是空军，每次都是在墓地或者坟场附近发现的。我刚刚才和过来加汽油的伙计说，不是只有男人会不正常，变成色情狂，女人也会。等着看，这件事会查清楚的。报纸上说警方已经掌握了她的信息，很快就会实施逮捕。也该抓住了，省得再有什么倒霉鬼遭殃。"

他合上账簿，把铅笔架在耳朵上。

"要不要喝一杯?"他说,"柜子里有瓶杜松子酒。"

"不用了,"我说,"不用了,非常感谢。我……我有约了。"

"好吧,"他微笑着说,"玩得开心。"

我走上大街,买了份晚报。头版新闻就是老板刚刚说的谋杀案。报纸上说案发时间应该是在凌晨两点,地点位于伦敦东北角,被害者是一名年轻空军。遇袭后,他挣扎着走到电话亭报警,警方到达现场时发现他倒在电话亭中。

断气前,他在救护车上告诉警方事发过程。他说有一个女孩叫住他,他以为是场艳遇,便跟着她。当晚稍早一些时候,他在一个摊子上见过这个女孩和一名男子一起喝咖啡。他以为女孩看上了自己,所以甩掉了那名男子。接着,她就一刀捅进了他的腹部。

报纸上还说,他已向警方详细描述了她的外表。警方表示,希望案发当晚与这个女孩在一起的男子可以前来警局协助指认。

我不想再看这份报纸,于是将它扔了。我在街上瞎晃,直至浑身疲惫,估摸着汤普森夫妇应该睡着了,才回家去。我从信箱中摸出他们挂在里头的钥匙,开门上楼回到房间里。

汤普森夫人已经把我的床铺好,还很贴心地放了装着热茶的保温杯,以及一份最新的晚报。

他们抓到她了。在今天下午三点左右。我没有读报纸上的内容,连标题什么的也没看。我拿着报纸坐在床上,头版是我的女孩,正与我四目相对。

我从大衣口袋里拿出包装盒拆开,丢掉外包装和精致的绳结,坐在床上,低头看着手里这枚小小的"心"。

老翁

The Old Man

我刚刚是不是听到你在问老翁的事？我就知道。噢，你是外地人，来这里度假的啊。夏天的这几个月里，已经有好多人来问起。他们总是有法子从悬崖走到这片海滩上来，然后就停下来，从海看到湖，就像你一样。

这里很美，对吧？远离尘嚣。也难怪老翁会选择在此地住下。

我不记得他是什么时候来这里的。没人记得。但是准有好多年了。早在战争之前，我来的时候，他就已经在这里。或许他和我一样，来这里是为了逃离文明，又或许是他之前住的地方，人们待他过于苛刻。不好说。我第一次见到他时就有一种感觉，感觉他做过什么事，或者遇上了什么事，使他对世界充满怨恨。我记得我的目光第一次落在他身上时，心下便想着："我敢保证这个老家伙绝不是个省油的灯。"

没错，他和太太一起住在湖边那凑合搭起来的简陋小窝里，上漏下湿，风吹日晒，但是他们似乎并不在意。

农场那里有个家伙曾经嬉皮笑脸地告诫过我，让我和老翁保持距离，说他不喜欢陌生人。于是我总是小心地绕着他走，也不和他打招呼，毕竟我也完全听不懂他说的语言。我第一次遇到他时，他正站在湖畔眺望大海。于是，我特地不走小溪上的木板桥，以免从他身边经过，而是选择从海滩边上绕到湖的另一侧。我突然尴尬地意识到自己是擅自闯入，于是便猫在一丛金雀花后，掏出小望远镜偷看他。

他块头很大，很强壮。当然，他现在老了。我说的是好几年以前的事。但即便是现在，如果你看到他，还是能够看出他曾经的体魄。从他身上可以看到力量和干劲。他看起来有勇有谋，高贵的脑袋充满帝王之气。不，我没在开玩笑。谁知道他身上是不是流淌着远古皇室祖先的血液呢？而这种血液一次次不受他控制地沸腾，击溃他的理智，让他疯狂搏斗。当时我并没有想到这些，只是看着他。他转过身时，我赶紧躲进金雀花后，忖度他的想法，也好奇他是否知道我在这里看他。

如果他追到湖这边来，我会很狼狈。但是，要么是他考虑后决定还是不这么做，要么就是他压根儿不在意，总之，他继续望向大海，看着海鸥和涨起的浪潮。然后，他信步离开，走向家中的太太，可能是要回去吃晚餐。

那天，我并未瞥见他太太。她没在附近。他们的住处紧挨湖的左岸，想过去也找不到好走的路，我没有勇气冒险靠近去一睹其容貌。不过当我见到她时，我很失望，她实在没什么可看的。我的意思是，她没有他那种气质，在我看来，只能算是脾气挺好的样子。

我见到他们时，他们正捕鱼归来，沿着海滩一路走向湖边。自然，他走在前头，她跟在后头。我很高兴他们俩完全没有注意到我，否则老翁可能会站住不动，等待片刻后，他让她先回家，然后自己径直走向我坐着的石头。你问我如果他真的这么做，我会说点儿什么？我要知道就真见鬼了。可能我会站起来，吹着口哨，摆出漫不经心的样子，冲他微笑点头。这么做当然也是徒然，但这是我下意识的动作，你明白我的意思吧，然后我会打个招呼就走掉。我觉得他应该什么也不会做，只会用那双奇怪又狭长的眼睛盯着我的背影，放我离开。

之后，不论冬夏，我都会出现在海滩或者岩石上，他们也继续过着那令人好奇的与世隔绝的生活。他们偶尔会去湖上捕鱼，偶尔在海上。有时我还会在河口湾偶遇他们，他们在那儿看着停泊的游艇和船只。我曾好奇他们中是谁提议去那儿的。或许某天他会突然被海湾的喧嚣与生机所引诱，被曾经肆意放弃或从未了解过的一切所吸引，对她说："今天我们进城去。"而她乐意做一切能使他高兴的事情，欣然与他一同前往。

有一件事显而易见，让人不能不注意到，那就是他们彼此深爱。我曾见过她在他捕鱼归来时去迎他，见过她走过湖畔，走上海滩，走到海边去等他。她会看着他从海湾一角远远走来，我也看着。他快步走向海滩，她便前去迎他，然后不顾旁人的眼光，相拥在一起。这一幕令人心生感动。看到他们这样的相处模式，你会觉得老翁身上也有可爱之处。也许对外人来说，他是个魔鬼，但是对她而言，他就是全世界。看到他们在一起的模样，我心里对他涌起一股暖意。

你问我他们有没有孩子？我正要说呢。这才是我真正想要告诉你的，因为后来发生了一场悲剧。除了我，没有人知道。其实我本可以告诉别人，但是如果我说了，我不知道……他们可能会把老翁带走，那会让她心碎。总之，这毕竟不关我的事。我知道有许多不利的证据都指向老翁，但也没有确凿证据证明那件事就是他干的。那也可能是一起意外。再说，男孩消失后，也没有任何人来打听他的下落，我又有什么资格多管闲事、乱嚼舌根呢？

我会尽量解释清楚当时发生了什么事。但你要明白，这件事已经过去很久，而且有时候我也在忙或者外出去别处，没有到湖边去。除了我自己，似乎没有人对这对夫妇的生活感兴趣，所以我所说的一切都基于我自己的观察，没有道听途说。

没错，他们之前并非像现在这样孤独。他们有四个孩子，三女一男。他们就在湖边那破旧不堪的房子里带大了四个孩子。我总是好奇他们到底是如何办到的。天哪，这里有时候会下起滂沱大雨，滔滔水流会猛扑向他们家边上泥泞的湖岸，把洼地都填成沼泽，狂风还会直灌入屋中。但凡有点儿常识，都会带着太太和孩子们离开，至少找个舒服点儿的地方。但老翁没有这么做。我想他是觉得如果自己能挨得住，太太和孩子们也一定能挨得住。或许他就是想让孩子们在艰苦中成长。

我告诉你，这四个孩子都生得很好看，尤其是最小的女儿。我不知道她的名字，就给她起名叫"小小"。她颇具天赋，尽管身材娇小，但酷似她父亲。我现在依然可以清晰地回想起，在一个晴朗的早晨，小小的她遥遥领先于哥哥姐姐们，成为第一个敢到湖中冒险的孩子。

我给她哥哥起名叫"男孩"。他最年长，但是有点儿傻，这一点我只悄悄告诉你。他长得也不像他几个妹妹，是个笨拙的家伙。女孩们会自己玩，还会去捕鱼，而他只是在一边无所事事。只要可以，他就会留在家中，待在妈妈身边，妥妥一个离不开妈妈的男孩，所以我才给他起了这么个名字。他妈妈倒没有偏爱他，在我看来，她对待四个孩子一视同仁。她最在意的不是孩子，而是丈夫。但是男孩就是一个只长个儿不长智的家伙，头脑简单，四肢发达。

和父母一样，四个孩子也过着与世隔绝的生活，我敢说这都是源于老翁的言传身教。他们从不自己到海滩上玩耍。我想，在盛夏里，人们走下山崖，到海边游泳、野餐，对他们来说一定是很大的诱惑。我猜，出于一些不为人知的原因，老翁警告过他们不要和陌生人接触。

他们已经习惯见到我终日在此闲逛，捡捡浮木之类的。我常常会停下来看着这几个孩子在湖边玩耍，但是没有和他们说话。或许他们已经回家告诉过老翁这一切。我经过时，他们会抬起头看看，然后又移开视线，略带羞涩。只有小小不会这样。小小会甩甩头，翻个跟斗，只为炫耀一番。

有时候，我会看着他们六个离家去海上捕鱼。老翁、他的太太、男孩，还有三个女孩。老翁自然是走在最前面；小小靠近爸爸，迫切地想要帮忙；他的太太边走边张望，确保不会变天；另外两个女儿跟在旁边；而男孩，那可怜的头脑简单的男孩，总是最晚一个离开家。我一直不知道他们收获如何，因为他们常常在外待到很晚，等他们回来时我已经离开海滩，但我猜他们应该收获颇丰。他们准是自给自足，吃的几乎都是自己捕来的鱼。据说鱼类富含维生素，对吧？或许老翁对食物的追求有自己的一套想法。

时光流逝，孩子们渐渐长大。我觉得小小失去了自己的一些特性，长得和姐姐们越来越像。不过她们三个都一样好看，而且文静，举止得体。

至于男孩，他可真是长得牛高马大，体形几乎和老翁一样，却又那么不同！他的长相、力量、个性都和他父亲大相径庭，一副笨手笨脚的样子。而且麻烦的是，我觉得老翁也以他为耻。我敢肯定他没为家里出过什么力，出去捕鱼时也帮不上任何忙。女孩们像蜜蜂一样忙碌，男孩却总在一边把事情搞得一团乱，而且如果他母亲在附近，他就会一直黏着她。

我看得出来，有这么一个傻儿子，老翁很是恼火。同样让他恼火的还有儿子的高大。他无法理解这一点，或许在他偏狭的观念中，力量和愚蠢不能并存。在正常家庭里，到这个时候，男孩都应该离家出去自力更生了。我也常常好奇，老翁和太太是否在夜晚争论过这个问题，还是他们都心知肚明，知道男孩不中用。

好吧，最后他们确实离开了家。至少，女孩们离开了。

我会告诉你一切的经过。

那是深秋的一天，我碰巧去小镇上买东西。就是离这里三英里、高踞于港湾之上的小镇。突然，我看到老翁、他的太太、三个女孩以及男孩，他们正去往庞特。庞特就在从港湾向东延伸的小溪源头那儿，那里有几间农舍，后头还有一片农场和一座教堂。他们一家看起来干净清爽，不知道是不是要去拜访谁。真要是这样，那对于这一家来说太不寻常了。不过，他们有可能有一些我完全不知道的或相熟的朋友住在那儿。总之，那是我最后一次看到他们一家在一块儿，在那个晴朗的星期六午后，前往庞特。

在那之后，整个周末，东风都刮得很凶。我躲在家里，完全没有出门。我知道海滩一定被掀天白浪重重地拍打着。不知道老翁一家是否回得去。如果他们有朋友在庞特，还是和朋友待在一起更安全。

到了周二，风势减弱，我便又去了海滩。那儿到处都是海草、浮木和焦油。东风肆虐后，总是这般场景。我望向湖那边老翁的屋子，看到他和太太站在湖畔，但是没见那几个孩子。

我觉得有点儿蹊跷，便等了一会儿，觉得说不定晚点儿他们就会出现。但是他们并没有出现。我绕过湖，从对岸仔细看向他们家，甚至还掏出了小望远镜，但是依然没有看到他们。老翁闲逛着，平常不捕鱼时他就会这样，而他的太太正在一旁晒着太阳。看来只有一种解释，几个孩子留在庞特的朋友家里，在那里度假。

不得不承认，我松了一口气，因为我担心他们周六晚上就返程而被困于强风之中。现在老翁和太太已经平安归来，虽然孩子们不在，但是应该也没有遇上什么危险；否则我应该会听到别人说起，而且老翁也不可能这么气定神闲，他的太太也不可能安心晒太阳。所以，不可能有什么意外，孩子们应该是留在朋友家中，也或许女孩们和男孩往北边去了，他们终于离家外出谋生。

不知为何，我心里有点儿空荡荡的。我感到悲伤。这么久以来，我已经习惯在这里看到小小和她的哥哥姐姐们。我心中涌起一种奇怪的感觉，觉得他们永远不会再回来。我这么在意是不是很傻？老翁和他的太太、四个孩子一直在这里生活，我差不多是看着孩子们长大的，现在他们却毫无征兆地离开了。

我多么希望自己能对他的语言略知一二，这样我就可以像邻居一样叫住他，说："今天怎么只有您和您的太太。没出什么事吧？"

但即便问了也没用，他还是会用那双奇怪的眼睛盯着我，让我滚。

从此我再也没见过女孩们。对，再也没有。她们从未归来。有一次在河口，我觉得我似乎看到小小了，她和朋友们在一块儿，但我也不敢肯定。如果那的确是她，那她长大了，看起来和以前不太一样。我和你说我是怎么想的。我想老翁和太太在那个周末已经铁了心，要么把她们托付给了朋友，要么让她们自力更生去了。

我知道这听起来很无情，不像是你会对自己子女做的事，但你别忘了，老翁强硬又特立独行。毫无疑问，他觉得这么做是最好的，或许是吧，但如果至少让我知道女孩们，尤其是小小怎么样了，我也就不会这么担心。

但后来因为男孩的事，我确实担心了。

男孩真的太傻了，他回来了。那个周末后的第三周，他回来了。那天，我没有走平时走的那条路，而是穿过森林，顺着汇入湖水的小溪走下来。湖北边有一片沼泽，那儿距离老翁家还有一段距离。我绕过沼泽时，首先映入眼帘的就是他——男孩。

他一动不动，神情恍惚，静静地站在沼泽边。我离他很远，没法和他打招呼。当然，我也没那个胆子。我就远远地看着他，看着他笨拙地站在那里的样子。我看到他注视着湖的另一端，注视着老翁所在的方向。

老翁和太太在一起，完全没有注意到男孩。他们在靠近海滩的木板桥边，应该是准备去捕鱼，或者是捕鱼刚归来。而男孩就站在这里，一脸呆傻恍惚，但除了呆傻，他的脸上还透着恐惧。

我很想说："你还好吗？"但我不知道该怎么说。我只能站着，就像男孩一样，注视着老翁。

接下来，我们都害怕的事情发生了。

老翁抬起头，看见了男孩。

他肯定和太太说了什么，因为她就在桥边原地待着，纹丝未动，而老翁像闪电一般向湖另一边的沼泽，向男孩的方向来了。我永远也忘不了他来时那可怕的模样。那令我一直赞叹的高贵脑袋，此刻因怒火而变得凶恶。他不断咒骂男孩。我告诉你，我听到了。

男孩困惑、恐惧，绝望地在四周找寻藏身之处。沼泽边只长着稀疏的芦苇，他无处可躲。结果这可怜的家伙竟蠢到躲进了芦苇丛中，缩成一团，以为自己安全了。这一幕实在叫人目不忍视。

我刚刚鼓起勇气想要上前阻止，老翁突然停下来，一下子怔住了，然后继续咒骂着、嘀咕着，转身离开，回到了桥边。男孩从藏身的芦苇丛中看着他，接着，这可怜的傻瓜又爬出来走到沼泽边，我猜他心里想要争取回家。

我环视四周，没有可以喊来帮忙的人。如果我去农场那边找人，他们一定会告诉我别管闲事，不要招惹盛怒之下的老翁，再说，男孩已经这么大了，可以自己照顾自己。他和老翁的个头一般大，他可以还手。但我知道并非如此。男孩不会动手的，他不知道要怎么动手。

我在湖边等了很久，但已经没有什么动静。暮色四合，再等也无济于事。老翁和太太已经离开桥边回家去了，可是男孩依然站在湖畔的沼泽边。

我轻声低唤他："没用的，他不会让你进家门。回到庞特去，回到你来时的地方去，去哪里都好，就是不要留在这里。"

他抬起头，脸上还是那古怪恍惚的神色，我不知道他是否明白我说的话。

我感到无能为力，便自己回家。整晚，我都在忧心男孩。到了早上，我又去了湖边，还带上一根粗棍子壮胆，但我知道这其实没什么用，在老翁面前只能败下阵来。

嗯……我想他们可能在夜里达成了某种协议。此刻，我看到男孩在他妈妈身边，老翁则独自闲逛着。

我必须说，我松了一口气。因为说到底，我能说什么、做什么呢？如果老翁不希望男孩回家，那也是他的事。如果男孩蠢到不知道离开，那也是男孩的事。

但我深深地责怪这位母亲。毕竟，应该由她来告诉男孩他是个包袱，告诉他老翁脾气暴躁，让他趁着还有机会马上离开。但我认为她并没有这样的大智慧，她从来没有表现出任何灵气。

不过，他们所达成的协议似乎暂时奏效了。男孩总是黏着母亲，我想他应该是在家中帮她，我也不确定，而老翁把他们留在家里，自己则越来越孤立。

他来到桥边坐下，驼着背，脸上带着古怪的沉思神情，望向大海。他看起来陌生又孤独。我不喜欢。我不知道他在想什么，但我敢肯定都是些邪恶的想法。他和太太还有孩子们一同外出捕鱼的欢快与满足，似乎突然成了遥远的记忆。对他而言，现在一切都变了。他在寒天里独自外出，太太和男孩却一起待在家里。

我替他感到惋惜，但同时我也感到恐惧。因为我觉得这一切不可能永恒，事情将会生变。

一天，在一夜大风后，我到海滩那里寻找浮木。我瞥向湖边时，看到了男孩。他没有和母亲在一起。他站在沼泽边，就是我第一天看到他时的那个地方。他和他父亲一样高大。如果他知道如何使用自己的力量，一定很快就能和他父亲一较高下，但他实在是脑袋空空。这个受惊的痴傻大块头就站在沼泽边，而老翁在家门外盯着他，眼中充满杀气。

我自言自语："他会杀了他的。"但我不知道他会在何时何地如何杀了他，是在夜晚，还是白天，或是在捕鱼时。不能指望那个母亲，她不会上前阻止，求助于她也是徒劳。但愿男孩能稍微用点儿脑子，然后离开……

我看着，等着，直到夜幕低垂。什么也没有发生。

夜里下雨了，昏暗、寒冷。满眼都是十二月的萧瑟，光秃秃的树，荒凉暗淡。第二天，我到下午晚些时候才去了湖边。那时天已经放晴，冬日的太阳照亮水面，在沉入海底前，迸发着光芒。

我看到老翁和太太在老旧的窝棚边紧紧相偎。我走过去时，他们也看到了我。但男孩不见了。他既不在沼泽边，也不在湖畔那儿。

我穿过桥，顺着湖的右岸走。我拿起小望远镜，依然找不到男孩，但我始终都能感受到老翁的目光聚焦在我身上。

然后，我看到了男孩。我迅速爬下岸边，穿过沼泽，走向我看到的躺在芦苇丛后的身影。

他死了。他的尸体上有一道深深的伤口，后背的血迹已经干了。他在这里躺了一整夜，身体被雨水浸湿。

或许你会觉得我很蠢，但我就像个傻子一样哭了起来。我冲着老翁吼着："你这个凶手，你这个该死的凶手！"他没有应声，只是一动不动地和太太站在家门口，盯着我。

你想知道我做了什么吧。我回去拿了把铲子，在沼泽后的芦苇丛中，为男孩掘了个墓。我不知道他的信仰，便用我的祷词为他安生。结束后，我看向湖那边的老翁。

你知道我看到了什么吗？

我看到他低下高贵的头，俯身拥抱她。她抬起头，也抱住了他。这是安魂，也是祝祷；是赎罪，也是歌颂。他们用自己奇怪的方式承认了犯下的罪行，但现在一切都已结束，因为我已埋葬了男孩，他已经离开了这个世界。现在，他们俩又可以自由自在地在一起，不会再有谁来把他们分开。

他们走向湖中心。突然，我看到老翁伸长脖子，振动翅膀，充满力量地从水面腾起，而她跟在他后头。我看着这两只天鹅迎着落日飞向大海。我告诉你，那是我一生中见过的最美的画面：两只天鹅，在冬季里，成双飞翔。

读客®
悬疑文库
认准读客读悬疑，本本都是大师级。

专注出版英、美、日、意、法等世界各国各流派的顶尖悬疑作品。

为读者精挑细选，只出版两种作品：

经过时间洗练，经典中的经典；以及口碑爆表、有望成为经典的当代名作。

跟着读客悬疑文库，在大师级的悬疑作品中，

经历惊险反转的脑力激荡，一窥人性的善恶吧。